埃德加·爱伦·坡
作品中的非自然叙事研究

UNNATURAL NARRATIVES IN
EDGAR ALLAN POE'S WORKS

周晶　著

中山大學出版社
SUN YAT-SEN UNIVERSITY PRESS
·广州·

图书在版编目（CIP）数据

埃德加·爱伦·坡作品中的非自然叙事研究/周晶著.——
广州：中山大学出版社，2023.9

ISBN 978 - 7 - 306 - 07890 - 2

Ⅰ.①埃… Ⅱ.①周… Ⅲ.①坡（Poe，Edgar Allan
1809—1849）—小说研究 Ⅳ.①I712.074

中国国家版本馆 CIP 数据核字（2023）第 160449 号

出 版 人：王天琪
策划编辑：熊锡源
责任编辑：熊锡源
封面设计：曾 斌
责任校对：丘彩霞
责任技编：靳晓虹
出版发行：中山大学出版社
电　　话：编辑部 020 - 84110283，84113349，84111997，84110779，
　　　　　　　　84110776
　　　　　发行部 020 - 84111998，84111981，84111160
地　　址：广州市新港西路 135 号
邮　　编：510275　　　　　传　真：020 - 84036565
网　　址：http://www.zsup.com.cn
　　　　　E-mail：zdcbs@ mail. sysu. edu. cn
印 刷 者：佛山家联印刷有限公司
规　　格：787mm×1092mm　　1/32　　9.5 印张　　235 千字
版次印次：2023 年 9 月第 1 版　　2023 年 9 月第 1 次印刷
定　　价：40.00 元

中央高校基本科研业务费专项基金
（项目编号：2602022WGYJ005）资助

Supported by the Fundamental Research
Funds for the Central Universities（Program
No. 2602022WGYJ05）

目　　录

绪　　论

第一节　选题背景及其意义

埃德加·爱伦·坡（Edgar Allan Poe，1809—1849）是美国文学史上的一位鬼才。命运多舛的他从小便失去双亲，虽被富商收养过上了一段衣食无忧的生活，但最终与富商决裂，此后的大部分时间都过着居无定所、贫病交加的生活，仅仅四十岁便英年早逝。生活的困窘、命运的不公并未消磨他的创作热情，也无法掩盖他天才的光芒。在不到 20 年的文学创作生涯中，爱伦·坡在繁重的编辑工作之余创作了种类多样、丰富多彩的作品：60 多首诗歌、约 70 个故事、百余篇论文和评论、2 部小说（1 部未完成）、1 篇有关宇宙理论的长篇散文诗和 1 部未完成的戏剧。虽然和一些高产作家比起来，爱伦·坡的作品并不算多，但考虑到他的身体和生活状况，能有此产出，已实属不易。

更难能可贵的是，爱伦·坡的文才并非仅限一域，多才多艺的他在小说、诗歌、文学评论等方面都取得了举世瞩目的成就，对美国乃至世界文学的发展都产生了深远影响。威廉·卡洛斯·威廉姆斯曾说"他是美国文学赖以栖息的铁锚，他一个人，就可以为美国文学提供坚实的基础"（转引自 Carlson，1996：136）。萧伯纳称他为"最好的艺术家"（转引自 Carl-

1

son，1996：95）。乔伊斯·卡罗尔·欧茨在提及他时说道："谁没有受过坡的影响?"（Oates，1994：303）波德莱尔、马拉美等法国象征主义诗人更是对坡推崇备至。可以说没有坡，美国文学甚至世界文学都将失色不少。

作为"英语国家中对19世纪末20世纪初欧洲大陆三个相互关联的文学思潮的发展影响最为深远的文学家"（Thompson，2004：xiii），一百多年来，爱伦·坡的作品从未离开过读者和批评家的关注视野。曾获普利策奖的《美国思想史》（*Main Currents in American Thought*）一书的作者沃浓·路易斯·帕灵顿（Vernon Louis Parrington，1871—1929）将其誉为"美国的第一位艺术家、第一位唯美作家、第一位批评家"（2002：401 - 402），与此同时又称坡的问题像"谜一般难解"（帕灵顿，2002：400）。而以捍卫西方文学正典著称的哈罗德·布鲁姆（Harold Bloom，1930—2019）更下过如下经典性断语："自爱伦·坡以来，再也没有一位美国作家如此让人不可回避，而同时又如此地令人猜疑。"（2000：6）作为最难理解的美国作家之一，爱伦·坡留给世人的印象极为多面。他个性独立不羁，抒发性灵，自出机杼，颇具离经叛道、反叛传统的色彩。

正是这样的多面性和复杂性让爱伦·坡的作品在世界各地常读常新、魅力不衰，也让学界对其研究持续升温，相关文献可谓汗牛充栋。诚然，纵观国内外学界对爱伦·坡及其作品的研究和批评，的确取得了不俗的成绩。但是，如果仔细考察、分析国内外有关爱伦·坡的研究成果，我们可以看到，目前还没有学者从叙事学的形式美学视角对其作品进行系统研究，这不能不说是一种欠缺。尤其是近年来叙事学的勃兴发展，一方

2

面让叙事学本身得到了不断的补充和完善，另一方面也为文学研究提供了新的视角和更加完备的理论基础支撑。

　　基于此，本书试图从非自然叙事的角度对爱伦·坡的作品展开深入系统的研究。作为"叙事理论中最激动人心的一个新范式"（Alber，et al.，2013：1），非自然叙事学为研究、阐释文学提供了"新奇"的视角与不竭的动力。而素以神秘、诡异风格著称的爱伦·坡，其作品中充满了非自然的元素，从非自然叙事的角度对其进行研究能够更好地挖掘出文本中的深刻内涵，更全面、深入地理解坡的作品，更真切地欣赏坡的魅力。本书便是基于"非自然叙事学"这一理论，阐释爱伦·坡作品中的"非自然叙事"艺术的表征以及其意义和价值。在相关资料的查找和研读过程中，笔者深切认识到，爱伦·坡的叙事艺术展示了极大的前瞻性和无限的可挖掘性，其诗学原则和创作风格仍具有较高的学术价值，值得深入探讨。

　　具有超前意识的爱伦·坡在浪漫主义占主导地位的时代就敏锐地感受到了工业化进程对人类命运和艺术生命的胁迫，体察到了危机时代人类内心的细微变化，并试图借助诗歌和小说以非现实、非理性、非自然的表达方式来揭示现代人的精神困顿，探微现代化进程中的矛盾和危机。这种独特的艺术手法造就了爱伦·坡作品的独特魅力，也体现了他对时代危机的深刻反思。

　　爱伦·坡所生活的19世纪，西方正处在工业化进程所带来的变革和危机之中。加速的现代世俗化运动导致科技理性的霸权，神性丧失、诗意阙如，人们如被置于"铁笼"之中，这个"铁笼"就是资本主义经济秩序和生活世界的象征。铁笼内外，不仅一片黑暗，而且冷漠空虚，这就是理性主义给予

3

人类的"礼物"。这个"铁笼"可以化身为各种可怕的形象，或者是边沁设计的"全景监狱"，或者是卡夫卡的灵魂城堡以及冷漠家庭的变形人格，或者是商品社会巨大的物品堆积，或者是爱伦·坡笔下幽灵出没的荒宅。总之，"铁笼"就是19世纪哲学家、艺术家率先反思自审的对象，他们一直把人类文化危机的根源追溯到人自身，并企求通过返求自身来摆脱深重的罪孽感和末日感。

回顾历史，不难发现，危机的警钟早已在一些先知式人物的心灵深处敲响。沐浴在启蒙神话之光中的歌德（Goethe，1749—1832），在别人陶醉于科技进步和文明成就之时，却已经为现代人心灵的加速颓败、人类罪孽的累积和世界深重的痛苦忧心万分。晚年的歌德曾经喟叹："如果在忧郁的心情中深入地想一想我们这个时代的痛苦，就会感到我们愈来愈接近世界末日了。罪恶一代接着一代地逐渐积累起来了！我们为我们的祖先的罪孽受惩罚还不够，还要加上我们自己的罪孽去贻祸后代。"（1978：170）末日感和罪孽感所兆示的是时代的内在危机，它意味着西方社会已经进入一种危急、紧迫而必得重新调整其价值重心的时期。

现代意义上的第一批具有真正批判意识并给人类带来精神振荡的思想家——叔本华（Schopenhauer，1788—1860）、克尔恺郭尔（Kierkegaard，1813—1855）及马克思（Marx，1818—1883）等人开始了对人类文化自身问题的严峻反思，而这种反思往往关系着人生的终极价值以及现代文化的命运。

叔本华的出现是划时代的，"他是滥觞于文艺复兴的近代文明的第一位真正的批判者"（黄克剑，1999：125）。批判出自一种对人生价值的终极追问，因此，它也可看作是对人类文明的寻根究底的反省。叔本华在人生终极处展开了对西方科技理性的批判，对基于人的肉体感受性的那种"幸福"价值的质疑所引出的是对人的深层意欲的透析和对人生的痛苦、焦虑、恐惧与虚无的反省，而这种质疑和反省毫无疑问地为现代西方的哲学与文学艺术涂上了一层阴郁的底色。

　　与叔本华相比，克尔恺郭尔是更具悲郁色调的思想家。他的思想在历经一个多世纪后才被人们真正发现，人们称他为"存在哲学"的先驱之一，认为他与叔本华、马克思、尼采等一起对文化展开了充满悲情的批判反思。克尔恺郭尔也是在以黑格尔哲学为主导精神的时代敢于对"理性"说"不"的人；叔本华诉诸"意志"，克尔恺郭尔看重的是人的本己的"存在"——一种内在的生命体验和个体超越自身的祈求。在克尔恺郭尔看来，理性似乎把一切都做了整齐划一的处置："作为一个人，乃是要隶属于一个秉具理性的人类，以一个样品的身份隶属于它，因之人类或同类人高于个体，而如此的意义乃是说不再有个体而只有样品。"（2000：47）置身在理性桎梏精神的时代，克尔恺郭尔敏感的灵魂饱受痛苦，深怀焦虑的他意欲挣脱这个"铁笼"，发出了不满和抗拒的呐喊。

　　马克思可以说发出了对工业化和资本主义批判的最强音。他深刻意识到了机械化和现代工业的诞生对人类社会所造成的巨大影响。它们犹如雪崩一样，席卷和破坏了一切。一方面，19世纪的西方社会虽然产生了以往人类历史上任何一个时代都无法想象的工业和科学的力量，但另一方面却显露出衰颓的征兆，这种衰颓远远超过了罗马帝国末期的各种可怕情景。一切道德和自然、白天和黑夜的界限都被打破了。"一切固定的东西都烟消云散了，一切神圣的东西都被亵渎了。"（马克思等，1997：31）整个西方世界陷入了深重的危机。

作为一个刚建立不久的国家，美国除了必须应对整个人类文化的危机之外，还有其自身特殊的历史文化问题。19世纪初期是北美经历巨大动荡和变革的时代，新旧交替及其带来的巨变是这一时期的重要特征。年轻的共和国在政治、经济和思想领域内都表现出一派勃勃生机，杰克逊倡导的那种民主和政治平等被用来充当这个新国家的理想。然而，在这个俨然一帆风顺和永远象征着未来的国度却隐藏着种种问题和重重危机。第一，在社会形态上，它正在从农业社会快速向工业社会转换，一个洋溢着牧歌情调的社会渐渐远去，巨大的工业帝国正在扩张它的版图。与此相伴，浓郁而无可奈何的怀旧情绪也使人们黯然神伤。第二，在疆域上，它正在自东向西地挺进，疆界不断扩大，大自然张开双臂，以她宽广的怀抱接纳源源不断的新来者，"世界花园"的憧憬正闪着诱人之光。然而这版图扩充的背后是美国人与大自然、土著居民以及周边国家的矛盾。第三，更重要的是，在文化上，它急切地寻求民族认同，努力建构民族精神的愿望成为一种强烈的渴望。从彼岸欧洲移植而来的信仰体系已经越来越不适应正在迈向未来的美国，这也带来了一系列的问题。加尔文教义以及在它基础上建立的神权政治让人无法忍受，而本土化的神教呆板、僵化而缺乏灵动，人们渴望着新思想的萌生。

从历史背景看，美国人的思想中一直有一条暗流在活动，那就是自信、进取、坚定、乐观而又保守的清教主义。它构成了一种价值意义系统，制约着当时人们的生活。15世纪末哥伦布发现美洲大陆后，欧洲出现了有史以来规模最大的移民运动。经过文艺复兴和宗教改革的欧洲人，冲出中世纪的灰暗，开始以深沉的目光透过浩渺的水波与迷雾，向大洋彼岸的朦胧轮廓凝望。随之而来的冒险和尝试，增强了他们在新大陆立足的勇气和信心。进入 17 世纪后，向美洲大陆的移民已经取得长足进展。在这些殖民区中，英国人的影响最大，他们的人数最多，宗教、社会、文化根基最牢固。在绵长的阿巴拉契亚山脉的荫护下，这些移民把英国悠久的文化传统移植到原始的北美大陆，创造了融汇各种不同因素的新文明，铸造了堪称"文化熔炉"的美国文明。这些移民中的大部分是拥护加尔文神学主张的清教徒。加尔文的神学思想主旨是：上帝是全能的，他是世界的主宰，是人世一切事物的渊源。新英格兰的清教徒坚信自己是上帝的选民，是上帝把他们从旧世界的罪过和堕落中拯救出来，送往北美这块希望之地的。因此，务实与理想在北美移民中十分突出。经过几代移民的努力，北美东海岸取得了长足的发展，艰苦、粗陋的生活方式已基本被舒适、典雅的社会环境所代替。到了 19 世纪，这一作为美国文明基石的价值系统遭到了怀疑。人们的思想也发生了深刻变化，他们用自己的双手创造财富，改善了生活，开始要求摆脱宗教的束缚，寻求更大的思想和言论自由。

从文学发展看，清教主义对美国文学的影响是多方面的。它的理想主义已渗透进了美国文学的机体中。清教徒梦想着生活在一种完善的秩序下面，怀着勇气和希望竭诚在北美建设一处新伊甸园，以使人们最终过上理想的生活。在这种使命感的鼓舞下，他们面对艰难险阻而无所畏惧，内心充满乐观主义情绪。这些成为美国文学产生和成长的重要滋养。拉尔夫·瓦尔多·爱默生（Ralph Waldo Emerson，1803—1882）将美国人视为再生的亚当，率真地面对着整个世界；沃尔特·惠特曼

（Walt Whitman，1819—1892）看到自己的同胞终日忙碌在新世界，宛如重返伊甸园的亚当的子孙而心旷神怡；亨利·詹姆斯（Henry James，1843—1916）在自己的主要作品中用亚当题材描绘出一个个天真无邪的"新人"形象。在 19 世纪美国文学、历史和神学领域，新亚当、新伊甸园的"美国神话"成为新大陆世界的一道亮丽的景观，一个辉煌的美国梦渐渐成形。不仅如此，美国清教徒形象地观察事物的方式也导致了具有典型美国文学特点的象征主义的产生和发展。清教神学及清教徒的文学实践是这种象征主义发展的主要原因。在写作技巧上，清教徒作品的朴素无华也给美国文学留下了清晰的印迹。这些与美国人的价值观念有着根本的关系。就美国整个民族的性格而言，清教主义对理想的憧憬和对前途的乐观也成为美国的民族精神，它成为一种价值体系、一种生活哲学、一种民族传统。然而，这种传统到 19 世纪却受到了一批反对说教的"异端"者的斥责，他们更多地注重挖掘人的内心世界，表现个体者个性的灵魂的真实，爱伦·坡就是其中一个杰出代表。

从文化视角看，19 世纪初期要求变革的呼声与正在崛起的西部精神成了美国"矛盾时代"的写照。西进运动推进了经济的飞跃和财富的增长，但给社会带来了秩序的破坏、文明的失落，辉煌的成就之中包含着暴力和骚乱。像一切发展着的国度一样，往昔之火熄灭，古老优美情调消逝，在这矛盾时代自然会引起一种非常矛盾的情感。历史学家早就认识到，19 世纪 40 年代的美国，是其政治和经济的过渡时期，也是其知识文化界经历着空前动荡的时期：

自 19 世纪 40 年代以来，知识界从未经历这样剧烈的

动荡；美国所建立的制度从未经受这样严格的审查，或者
说他们的哲学从未遇到过这样尖锐的挑战。启蒙时代那种
纯净而有秩序的宇宙——人们能够发现那个宇宙运行的规
律在达尔文的进化论以及新物理学和新生物学的冲击下正
趋于瓦解：哲学家无法找到普遍的规律，只能就局部和偶
然现象的分析进行争论。然而和谐健全的美国性格正在逐
渐消失，引起普遍的不满，由自信的时代转变为怀疑的时
代在很多方面都有所表现。（康马杰，1988：72－73）

　　其实，19世纪美国开拓空间的西进运动，也在一定程度
上表现了个体灵魂的渴求，以及个体生命的艰难自我超越。但
是，美国西进时代的边疆精神却是一种非常矛盾的情感的综合
体。一方面，在生活空间的开拓之中，文明之光普遍散播。蕴
含在边疆这一形象之中的信念是：存在着一片自由的土地，这
片土地是美国民主的基础。而另一方面，空间的征服让人领会
了文明的本质就是斗争。虽然边疆的确是通往美国的光荣与梦
想的中间站，但是，在这一梦幻和光荣的表象之下，隐藏着的
是罪恶与死亡、阴暗与血腥。由此可见，美国文明作为西方文
明的典型形态，它的背后终究深藏着深重的危机，这危机刺激
着一批思想敏锐而又对时代怀着焦虑与责任感的人。

　　正是这种特有的时代氛围，为身处其中的爱伦·坡提供了
创作的源泉。此外，坡悲惨的身世和坎坷的命运也促成了他独
特的思想与灵魂。年轻父母的死、年轻哥哥的死、年轻妻子的
死，还有年轻情人的死，这些曾经鲜活生命的凋零，在爱伦·
坡的灵魂深处留下了永难消逝的死亡阴影。一个遭际不幸的人
总能够比常人更深切地感受到他所处社会和时代的不幸，饱经

9

命运沉浮而对人生终不能全然绝望的爱伦·坡以他睿智的目光洞察到那貌似光艳诱人的世界所隐藏的危机。与美国主流浪漫主义作家相比，爱伦·坡更敏锐地感受到新旧世界秩序的断裂所产生的心灵震撼。

特殊的时代和坡本人多舛的人生经历及其对语言艺术的独特审美力，造就了坡特异的叙事风格。他标举"为艺术而艺术"的大旗，从孤独忧郁的个人出发，选择迥异于传统审美趣味的惊世骇俗、带有黑色性质的恐怖、暴力、凶杀、邪恶等非理性题材为观照对象，以本能、直觉、意志等主体内在的非理性因素来阐释世道人心，以新异的叙事手法大胆展示反常识、反经验的审美思考，揭示人类幽隐的生存性状，营构诡谲邪魔的意境，以触目惊心的艺术效果震撼文明人的神经。坡以其天才诗人罕见的敏锐，捕捉现实生存的荒谬性，瞥见了人性中恶魔般的非理性的一面，以艺术家独具的慧眼，关注个体存在的有限性、局限性、否定性、可怖性与必死性。他不隐恶，不遮丑，潜入世道人心的幽微之处，将人的矛盾、爱恨交加、阴霾、莽撞、猜忌、贪婪、残酷等令人惊骇、震撼的深层心理，不加掩饰地展示出来，这正是他的作品常常呈现狂逆乃至歇斯底里状态的主要根源。

米兰·昆德拉（Milan Kundera，1929—2023）曾经指出，小说是对存在的诗性沉思，"是在世界变成的陷阱中对人类生活的勘探"（1992：24），不表达存在的文学只能是稍纵即逝。困惑、不安与自我撕裂一直潜伏于坡的主体意识，并外化为貌似歇斯底里的文学话语。他的作品所表现的虽多为沉郁荒漠、灰暗阴冷的精神世界，但无论是《瓶中手稿》《厄舍府的倒塌》《丽姬娅》还是《红死魔的假面舞会》《亚瑟·戈登·皮姆的故事》《泄密的心》，在展示恐怖、谋杀、对抗的表层结构下，隐含的是对现代社会中个人与自我、人与人之间的分裂与和谐的拷问。可以说，坡的小说没有逃离文学对存在本质与真相的探索及作为人类精神显现的手段和方式，而是以主体自身对人类存在境遇的独特感受和发现，表达出对现代文明危机厚重阴霾的忧虑和思索及其对走出人类生存困境的深层探究。

作为"交织着多层意义和关系的一个极其复杂的组合体"（韦勒克、沃伦，2005：18），文学作品视野不同，观照对象不同，结论可能迥然有别。将视野锁定于文本的表层结构，即会忽视作品其他层面的内涵。坡的作品所呈现的文学世界迥异于读者惯常的阅读期待，需要深度阅读才能领悟其独特的表达方式，洞悉其问题意识，把握其思想脉络与精神实质。如果仅仅把坡看作一个耽于幻想的作家，或简单化地给他的作品贴上"颓堕""病态""癫疯"的标签，显然失之偏颇。只有把坡的小说创作置于其所处的文学整体环境来考察，还原作家创作心理结构的矛盾性、悖论性和复杂性，才能领略其作品独特的思想内涵和审美价值。

坡是一个能将人性的变异、乖张、惊厥和扭曲刻画得淋漓尽致的艺术家，他以一种我们感到陌生的晦暗方式，将这些为主流审美所漠视、忽略的人类状况展示给我们，这深刻表明他对人生及人性的悲观、忧戚和焦虑。需要强调的是，作品中的叙述者或人物声音并不等同于作者真正的声音，因为作者的价值观与叙事者的声音所表达的价值观之间未必一致。坡一改传统的思维方式，从另一个角度解读个体生命的存在，展示出一个"不透明的、密实的、非理性的世界"（巴雷特，2012：55），凭借传统思维定式和批评方法，难以洞悉其颠覆惯常经验的精神视野和文学意识。而近年兴起的叙事学新分支——非自然叙事学则对传统规约提出了挑战，从而为叙事文本研究提供了新的视角，也为研究爱伦·坡独特的叙事艺术提供了良好的理论支撑。因此，本书将以非自然叙事学为理论切入点，深入探索坡及其背后深刻的问题意识和批判精神。

作为唯美主义先驱与现代主义鼻祖的坡，其作品中所关注的不是现实生活的表象，而是在对客观现实的质疑与拷问之中，以独特视角和叙事手法展开对危机时代中人类生存困境更深层次的探索。可以说，坡的作品之所以常读常新，同其作品所展示的弥足珍贵的"问题意识"不无关系。仔细研读这些文本，不难发现其中充满了坡对危机时代里问题和弊端的批判及反思。其实，坡所使用的非自然叙事手法揭示并回应了时代危机，是其在危机时代独特而有力的艺术表达，但这往往被传统叙事理论所忽略。因此，使用非自然叙事理论解读坡的作品，将有助于我们加深理解坡所秉持的独特艺术理念及其作品特有的审美价值，更透彻地把握其深层的意蕴和内涵。

第二节　国内外研究综述

一、国外研究综述

国外的爱伦·坡研究可以分为五个阶段。第一阶段从1829年第一篇关于爱伦·坡的评论发表至19世纪末。此阶段主要是对作家人格的评论，对作品的关注相对较少。这个时期，尤为引人注目的是法国著名象征主义诗人波德莱尔及马拉美（Stephane Mallarme，1842—1898）等人对坡的译介和极力推崇，为坡蜚声欧洲并最终跻身世界文坛起到了至关重要的作用。

第二阶段为 20 世纪上半叶。该阶段的研究视野有了明显拓展，特别是精神分析法的运用结出了丰硕的成果。1904 年法国学者劳弗瑞尔（Emile Lauvriere）发表的论文《埃德加·爱伦·坡：生平和作品》、1923 年罗伯森（John W. Robertson）的《坡：一种精神分析》（*Poe：A Psychopathic Study*）和 1926年克鲁奇（Joseph Wood Krutch）的《埃德加·爱伦·坡：对天才的研究》（*Edgar Allan Poe：A Study in Genius*）都运用了此种方法。当然，最广为人知的无疑是弗洛伊德的弟子玛丽·波拿巴的研究。波拿巴于 1933 年在法国出版的著述《埃德加·爱伦·坡生平和作品》（*Life and Works of Edgar Allan Poe：A Psychoanalytic Interpretation*）堪称此类研究的经典。此后，坡的作品成为众多弗洛伊德学派评论家研究的重要素材。

第三阶段从 20 世纪 50 年代到 70 年代。该阶段的坡研究进入了真正意义上的现代批评分析框架。在此时期，盛行于欧美的新批评为坡研究注入了新的活力，也让坡在美国的声誉达到空前的高度。新批评的代表人物艾伦·塔特（Allen Tate）对坡产生了波德莱尔式的强烈认同。站在现代主义的角度，他坚持坡的作品的严肃性，针对别人对坡的哥特模式的怀疑，他认为"不可能有人反复使用如此多的新哥特元素，除非他是严肃的，我认为坡是严肃的"。而在他 1951 年所发表的演讲《天使的想象》（"The Angelic Imagination"）中，他又一次肯定了坡的现代意识，认为"坡是现代文学的转折性人物，因为他发现了我们的伟大题材——人格的分裂，但又用统一有序的语言表达出来"。另一位著名的现代主义诗人理查德·魏尔伯（Richard Wilbur）也发表了类似的看法，他在1959年的演讲《坡的屋子》（"The House of Poe"）中指出坡的作品确实含有丰富的现代寓意，并将其总结为两点："第一，诗意的心灵与外在世界的战争；第二，诗意的心灵同世俗自身的战争。"在魏尔伯看来，"坡开创了全新的领地，而他的领地又是同类中最好的"。这种站在现代主义立场上，注重文本细读的新批评式解读热潮一直延续到60年代末70年代初。新批评作为一种方法结出了丰硕的成果，涌现了大批的坡研究专家。事实上，这个阶段坡批评的唯一动力似乎就在于为坡的文本找到合理的意义。这种孤立的文本研究的进一步发展就是结构主义批评，其中最具代表性的就是1966年法国结构主义精神分析学家拉康对坡的小说《窃信案》的分析：《关于〈窃信案〉的研讨班》（"Seminar on 'The Purloined Letter'"）。尽管都是精神分析，但拉康的研究方法和30年代玛丽·波拿巴对坡的文本分析已经有了很大的区别。如果说波拿巴的分析是为了给坡的作品找到深层心理原因，属于一种实践批评的话，拉康的分析则更具有科学性和自足性，他试图在结构中阐释作品。在他的分析中，事件成为符号，故事成为象征的链条，意义成为结构的副产品，完全忽视了对作家和相关文化背景的考虑。

第四阶段从20世纪70年代至80年代。在此阶段，解构主义的兴起为坡研究提供了新的方法，起点是法国解构主义大师德里达的文章《真理供应商》（"Purveyor of Truth"，1975）。德里达在该文中针对拉康对《窃信案》的分析做出了反驳式和推进式批评。他指责拉康不是彻底的索绪尔语言论者，反对拉康潜在的深度模式诉求，提出语言是一个封闭的任意的能指体系而不具有任何明确的现实意义。德里达的长文引发了大量针对坡的解构性批评，主要代表人物有琼·戴扬（Joan Dayan）、G. R. 汤姆森（G. R. Thompson）和杰拉德·肯尼迪（Gerald Kennedy）等。这些人对被现代主义赋予意义的坡的作品如《我发现了》《亚瑟·戈登·皮姆的故事》《红死魔的假面舞会》等进行了解构式阅读。这些批评的共同点是放弃对意义和深层模式的追求，把语言看作符号，把文本看成关注自身的系统。这种批评思路虽然有助于我们怀疑现代主义加在坡的作品之上的各种意义，但其自身所秉承的解构主义缺陷也使自己丧失了前进的动力。

第五阶段是 20 世纪末期至今。此阶段的爱伦·坡研究突出文本发生的内在肌理及其相应的认知范式，注重采用以文本为核心的多元化方法论，融合发生学批评、传记批评、新历史主义、文化研究以及各种围绕种族问题所展开的社会学批评，从而使得坡研究得以置身于文学与文化、现实与想象、自觉与直觉相互交织的审美网络中。这种系统化的阐释路径不仅有效发掘出爱伦·坡小说中常为人所忽略的文学逻辑，而且更为科学地还原了爱伦·坡作为 19 世纪美国作家的历史面相，将坡研究提升到了一个新的层面。该阶段的坡研究呈现出多元、立体的发展态势，质量上乘的著作相继问世，以下为其中的部分代表。

特伦斯·惠伦（Terence Whalen）的《埃德加·爱伦·坡和大众：美国南北战争之前文学中的政治经济》（*Edgar Allan Poe and the Masses：The Political Economy of Literature in Antebellum America*，1999）结合资本主义政治经济对坡的职业生涯进行重新审视，对美国出版业的扭转性力量进行深刻解析，在美国爱伦·坡研究史上第一次全方位、文献式地阐述了坡作为一名"文学企业家"对待美国民族主义、帝国主义和奴隶制度的复杂情绪，探讨了美国杰克逊时代个人创作与公共知识间的冲突，揭示了坡在文学和批评领域踊跃创新的社会意义。

凯文·海斯的《坡和印刷文字》（*Poe and the Printed Word*，2000）则将焦点对准坡与美国图书、杂志和印刷文化之间错综复杂的关系，通过传记的形式，以坡在印刷文化影响下的成长之路为线索，向人们展示了坡对印刷文化的独到理解和巧妙利用以及由此而产生的特殊效果。

杰拉德·肯尼迪主编的《埃德加·爱伦·坡历史指南》（*A Historical Guide to Edgar Allan Poe*，2000）以全新的视角，分别从历史文化、社会心理、性别结构和社会环境等不同的侧面对坡和坡的作品进行阐释和解读。

杰拉德·肯尼迪与莉莲·韦斯伯格（Liliane Weissberg）主编的《影子的虚构：坡和种族》（*Romancing the Shadow: Poe and Race*，2001）收录了9篇立场鲜明、鞭辟入里的种族研究论文，分别从不同角度发掘坡与种族主义微妙而又深刻的关系。

凯文·海斯（Kevin Hayes）主编的《剑桥爱伦·坡研究指南》（*The Cambridge Companion to Edgar Allan Poe*，2002）则为人们全方位了解坡提供了一个很好的视窗。全书收录的14篇论文涵盖了坡艺术创作的诸多特色，不仅对爱伦·坡的文学成就进行了深入全面的考察，而且将视野延伸到学术界一般并未涉足的领域，这对坡研究无疑具有重要意义。

芭芭拉·坎特卢珀（Barbara Cantalupo）的著作《坡与视觉艺术》（*Poe and the Visual Arts*，2014）旨在探讨坡围绕文学与绘画之间的"对话性"所持有的"敏锐意识"，以及坡作品中的"图像性"对一个多世纪以来的西方画家们所产生过的深远影响。

罗伯特·塔利（Robert T. Tally）的专著《坡以及美国文学的颠覆：讽刺、幻想和批判》（*Poe and the Subversion of American Literature：Satire，Fantasy，Critique*）则指出坡清晰地认识到了美国理想和民族生活现实的差距，并通过"讽刺性幻想"的写作模式揭露和批判了美国社会的种种弊端，极具启发意义。

要之，在当今全球化与跨学科研究风云变幻的时代背景下，国外爱伦·坡研究呈现出艺术与历史遥相辉映、文学与文化相互交融、作家与时代携手并进的多元格局。各种批评理论纷纷被用到坡研究上，新成果不断推出，展现出多学科彼此交叉、相互渗透、走向融合的局面。

综观国外一百多年的坡研究，在研究方法、研究视野、研究格局、研究深度等诸多方面业已日臻成熟。研究角度几乎涵盖了 20 世纪上半叶在西方勃然兴起的各种新潮艺术和时兴理论，坡的作品已然成为各种西方理论和技巧的实验场。但遗憾的是，有关坡作品之形式美学的研究还非常欠缺，上升为具有理论建构性的命题，有独到发现和理论阐释的尚不够多，而对坡的非自然叙事研究则更多地是以单个作品或专题研究为主，整合研究相对薄弱，亟待集思广益，将其提升到一个新的层次与高度。

二、国内研究综述

我国对爱伦·坡的译介始于 20 世纪初。1905 年，周作人翻译了坡的短篇小说《玉虫缘》（*The Gold-Bug*，今译《金甲

17

虫》），由上海小说林出版发行。20 世纪中期，国人开始了对
爱伦·坡的系统译介。1949 年 3 月，焦菊隐翻译的《海上历
险记》（*The Narrative of Arthur Gordon Pym*，今译《亚瑟·戈
登·皮姆的故事》）和《爱伦·坡故事集》出版。1982 年 8
月，外国文学出版社出版了由陈良廷和徐汝椿翻译的《爱
伦·坡短篇小说集》。1995 年 3 月，三联书店出版了由曹明伦
翻译的《爱伦·坡集：诗歌与故事》，该书分上下两卷，共
1520 页，计 107 万字（诗歌部分亦按版面字数计算），是迄今
为止最完整的爱伦·坡作品中译本。20 世纪最末两年和新世
纪以来，随着中国读者对爱伦·坡作品的兴趣越来越浓，国内
译者对翻译爱伦·坡作品的热情也空前高涨并经久不衰，但近
年翻译出版的译本均为重译本，而且各版本内容大多集中于坡
的 20 余篇死亡恐怖小说和推理侦探小说。

　　国内爱伦·坡的研究可分为三个阶段。第一个阶段为 20
世纪初期至 80 年代末，在这几十年中，我国学术界对爱伦·
坡的研究处于起步阶段。主要文章有：盛宁的《爱伦·坡与
"五四"运动以后的中国现代文学》（《国外文学》1981 年第 4
期）、郭栖庆的《埃德加·爱伦·坡》（《外国文学》1982 年
第 2 期）、王齐建的《试论爱伦·坡》（《外国文学研究集刊》
（第六辑），中国社会科学出版社 1982 年版）以及翁长浩的
《爱伦·坡简说》（《外国文学研究》1986 年第 3 期），等等。
本阶段的文章多限于对坡的生平、创作的简介，对坡的作品以
及创作风格虽有分析叙论，但批评模式略显扁平化。

　　第二个阶段（1990—1999）为逐步发展阶段。进入 20 世
纪 90 年代，坡研究无论从格局还是研究范围看，均开始呈现
突破与变化趋势。其中最具代表性的是盛宁的《人·文本·

结构——不同层面的爱伦·坡》(《外国文学评论》1992 年第
4 期)。该文以扎实的文学理论底蕴、开阔的视野、清晰的思
路、深刻的思辨,对国外多年来的坡研究做了较为全面的考察
与总结,并对坡研究中存在的一些弊病及其症结做了较有说服
力的诊断。该文从坡的人格层面、文本层面和抽象结构层面,
分别对坡的身世、社会历史关系及作品的抽象世界展开探讨,
立论审慎,角度独特,研究方法令人耳目一新,可称得上国内
坡研究难得一见的评论范本。同期的郭栖庆的《埃德加·爱
伦·坡与他的诗论及小说》(《外国文学》1993 年第 4 期)、
鞠玉梅的《埃德加·爱伦·坡及其诗歌艺术》(《外国文学研
究》1995 年第 3 期)、刘筱华的《爱伦·坡的小说特征描述
——神经绷紧的叙述者》(《国外文学》1996 年第 4 期)、曾
庆强的《鬼神情结与戏剧意识——爱伦·坡与罗伯特·布朗
宁之比较》(《外国文学研究》1996 年第 4 期)以及曹曼的
《追求效果的艺术家——爱伦·坡的〈厄舍古屋的坍塌〉》
(《外国文学研究》1999 年第 1 期)等文章也一改之前国内坡
研究领域相对单一的局面,从平铺直叙的作家介绍逐渐转向深
入的文本分析,研究开始迈上新的台阶。

　　进入 21 世纪后,国内爱伦·坡研究迎来了繁荣期,此为
第三个阶段。从 2000 年到 2020 年,对坡及其作品进行研究的
文章达 1300 多篇,视角也更为多样,进一步呈现出多元化的
趋势。这些文章大体可分为五类。第一类是综述性论文。代表
性作品有:朱振武、杨婷的《当代美国爱伦·坡研究新走势》
(《当代外国文学》2006 年第 4 期),于雷的《新世纪国外爱
伦·坡小说研究述评》(《当代外国文学》2012 年第 2 期)。
第二类是对爱伦·坡文学创作艺术特点的探究。如:刘玉红的

《评坡恐怖小说中的恶梦世界》（《国外文学》2003 年第 1 期），把爱伦·坡放在哥特文学这个框架内进行认真比较，从背景设置和文本重读两个角度重新解读了爱伦·坡恐怖小说的特点。第三类侧重比较研究分析。主要文章有：何木英的《离经叛道　独树一帜——埃德加·爱伦·坡与查尔斯·波德莱尔生活与美学观比较》（《四川师范学院学报》2002 年第 1 期），王萍的《天庭雅韵与鬼蜮悲音——济慈的〈夜莺颂〉与爱伦·坡的〈乌鸦〉比较研究》（《辽宁大学学报》2005 年第 5 期），陆万胜的《蒲松龄与爱伦·坡小说之比较研究》（《齐鲁学刊》2006 年第 2 期）等。这些文章通过对爱伦·坡和中外文学名家的比较，探究了爱伦·坡的创作历程及其作品的艺术特色。第四类是作品分析。前期一直不太受重视的作品分析，一跃成为这一时期的重点研究对象，说明国内学者从关注对作品形式的研究转变为对作品内容的解读。爱伦·坡的经典小说《厄舍府的倒塌》成为研究的热点，针对这部作品的研究文章有 66 篇之多。学者们从各个角度、用多种理论对这部作品进行了解读。如：刘俐俐的《〈厄歇尔府的倒塌〉的现代阐释》（《外国文学研究》2003 年第 4 期）运用叙述学与原型理论方法，对这部小说进行了解读。叶超的《注定的悲剧——〈厄舍府的倒塌〉罗德里克·厄舍精神分析》（《安徽师范大学学报》2005 年第 1 期）运用弗洛伊德精神分析人格理论，全面、深入剖析《厄舍府的倒塌》主人公罗德里克·厄舍心理变态和人格扭曲的成因，揭示其悲剧必然性及作品的社会启示。唐伟胜的《爱伦·坡的"物"叙事：重读〈厄舍府的倒塌〉》（《外国语文》2017 年第 3 期）分析了《厄舍府的倒塌》中坡对物件的描写，指出坡在"故事"和"话语"两个层面上运作"物"的邪恶力量，制造出惊人的恐怖效果，使该小说成为"物"哥特美学的经典代表作。在诗歌方面，《乌鸦》无疑是学者们评论的焦点，针对此诗的研究文章多达68篇。如：郑晓春、何木英的《调动多种艺术　挥洒诗人激情——评埃德加·爱伦·坡〈乌鸦〉的创作艺术》(《四川师范学院学报》2001年第5期)详细分析了爱伦·坡的《乌鸦》在艺术上的精妙绝伦之处。关于其他作品的主要文章有：金衡山的《重复的含义——〈南塔科特的阿瑟·方篁·皮姆历险记〉的一种解读》、杨璇瑜的《扭转命运的力量——对爱伦·坡作品〈陷坑与钟摆〉的叙事学分析》(《天津外国语学院学报》2002年第3期)、严泽胜的《能指与主体间性的辩证法——拉康对〈被窃的信〉的另类解读》(《外国文学研究》2004年第1期)、于雷的《〈裘力斯·罗德曼日〉的文本残缺及其伦理批判》(《外国文学研究》2013年第4期)等。第五类是对爱伦·坡作品主题层面的挖掘。如：任翔的《爱伦·坡的诗歌：书写与死亡的生命沉思》(《外国文学研究》2004年第2期)从语词的视角对爱伦·坡诗歌进行修辞读解，展示爱伦·坡诗歌中对书写生命的沉思，对其死亡场景的寓言化进行了揭示；曹曼的《从"效果说"看爱伦·坡作品主题的艺术表现构架》(《外国文学研究》2005年第3期)通过分析爱伦·坡的创作原则和审美取向，结合"效果说"，从气氛营造、场景设计以及语言构筑等方面，来探究其作品死亡主题的艺术表现构架，探究爱伦·坡如何表现死亡主题，从而实现"效果说"理念。这类文章还有李慧明的《爱伦·坡人性主题创作的问题意识探讨》(《学术论坛》2006年第5期)、岳夕茜的《爱伦·坡作品的密码主题解析》(《河南社会科学》

2012 年第 9 期）等。

通过对国内外的研究进行梳理，可以得出以下结论：近年来，国内的坡研究不断深入且不乏亮点。数量众多的译介作品、文学史及相关著作和评论文章相继出版、发表，这不仅有助于我们全面地了解爱伦·坡多舛的创作生涯，也能为学者们深入地探索爱伦·坡及其文学创作提供参考，对当下展开爱伦·坡研究具有重大的现实意义。

但同国外相比，国内的研究仍存在不少局限，主要表现为以下三个方面：

第一，整体研究水平尚待提高。近年国内对坡的研究激增，但真正涉及作家思想和创作的有深度的整体研究并不多。第二，研究视野尚不够开阔，多停留在主题表现、人物塑造、语言风格等，重点多未脱出印象式的死亡与恐怖解读，在历史还原、文化还原与多元解读方面均显薄弱，研究有待走向全面和深入。第三，研究对象不够平衡。在对爱伦·坡作品分析方面，我们的研究相对集中在《厄舍府的倒塌》《乌鸦》等几部名作上，研究对象过于集中，势必会造成重复研究的现象，研究空间和成果的出新都会受到极大的局限。

此外，在国内，虽然近年对坡的研究持续升温，但较之于始终受到高度关注的美国作家海明威（Ernest Miller Hemingway，1899—1961）、福克纳（William Faulkner，1897—1962）等文学巨匠，国内对坡这样一位曾经被边缘化的作家之研究力度亟待加强。综观国内的研究现状，不难发现，尽管学者们运用多种批评理论对坡进行了大量研究，但对其作品形式美学的研究却很不充分，目前国内尚未出现对坡的叙事艺术进行全面、系统、完整的阐述与评估的专论或专著。作为追求效果的艺术家，爱伦·坡对于作品的形式建构极为关注，没有对这个问题的分析，坡的思想和创作就难以得到更深入的阐释与评估。因而本书旨在填补这一不足，力求深入阐释爱伦·坡独特的叙事艺术及其所揭示出的时代弊病和危机。

第三节　本书研究方法与思路

　　研读爱伦·坡的作品时不难发现，其中充满了被非自然叙事学家们称为"非自然"的元素。坡这种独特的叙事手法同其所处的社会潜藏的深重危机有着密不可分的关系。美国南方传统社会及其价值观在资本主义工商文明的冲击下所造成的精神危机的先知和反思，构成了他作为一个现代主义先驱的至关重要的方面。坡身处历史交汇处和社会变革期，与社会定型期的作家相比，对社会生活等领域所呈现的纷繁复杂更为敏感；同时，他本人一生命运多舛，饱尝世间冷暖，正是这种复杂性和矛盾性为其创作提供了巨大的艺术源泉和生命力，使他得以创作出更丰富、更震撼人心的作品。

　　极具前瞻意识的坡清醒地意识到，传统以理性和模仿论为主导的文学模式不足以认识纷繁复杂、潜藏危机的现代世界。因此，他的创作秉承叔本华的非理性主义思路，把目光从传统的理性转向长期被忽视的非理性方面，并在此基础上开掘其文学创作视阈，采用非自然叙事手法揭示现代社会的矛盾和危机，达到了震慑人心、振聋发聩的艺术效果。

　　本书将以非自然叙事学为理论基础，全面而客观地分析爱伦·坡作品中独特的叙事艺术表征。由于分析论证主要以具体文本为论据和对象，故本书主要采用文本细读、实证研究、对比归纳等基本研究方法，同时结合了社会历史研究、解构主义批评和阐释学等多种批评方法，缜密而全面地分析、论述爱伦·坡作品中的非自然叙事艺术的表征及其对彰显作品主题的重要意义。

此处需要指出的是，非自然叙事学是近年来兴起的叙事学新分支，发展时间相对较短，理论体系也并未成熟。为此，有的叙事学家尤其是那些拘囿于模仿论传统的叙事学家或质疑、或忽视和边缘化其存在，有的叙事学家则保持中立，静观这一叙事理论的发展，如我国著名叙事学家申丹教授认为其"画面仍不够清晰"（2016：483）。但是不可否认，非自然叙事学的发展极为迅猛，目前已成为后经典叙事学谱系中"一支不容忽视的新贵"（尚必武，2015：95），甚至有些原来质疑过非自然叙事学的理论家都不得不承认其存在的价值和意义。比如，德国叙事学界领军人物莫妮卡·弗鲁德尼克（Monika Fludernik）认为"非自然叙事学这一提案及时而富有意义"（2012：364）；美国著名叙事理论家詹姆斯·费伦（James Phelan）也称赞"非自然叙事学显然已经为叙事理论大业添砖加瓦，贡献良多"（2016：41）。由此可见，尽管非自然叙事的理论体系尚在建构之中，还没有完全成熟，其学科地位也还未完全确立，但它因独到新颖的见解和蓬勃发展的态势已经得到众多叙事理论学家的关注乃至肯定。

总之，非自然叙事学的蓬勃发展是对传统叙事理论的有益增补和扩充，也为叙事作品的研究提供了新的视角。有鉴于此，本书通过非自然叙事理论切入爱伦·坡不同类型的作品，全方位、多角度探索其中的非自然因子及其背后的深意，以期实现对爱伦·坡作品主题研究与形式分析的有机结合。

　　本书包括绪论、正文和结语。绪论阐述了爱伦·坡研究的重要意义，回顾了国内外爱伦·坡研究现状，初步阐释了从非自然叙事角度研究爱伦·坡作品的可行性和目的，同时介绍了本书的研究方法和思路。

　　正文共分五章。第一章梳理了非自然叙事理论。回答了什么是非自然叙事、什么又是非自然叙事学、如何解读或阐释非自然叙事，以及非自然叙事研究有何意义与价值等问题，厘清了非自然叙事学的基本概念和理论主张，进而为后面各章解读爱伦·坡及其作品提供更为清晰、科学和合理的理论基础。

　　第二章从时间旅行和时间回环两个方面考察了爱伦·坡作品中叙事时间的非自然特质。作为极具超前意识的作家，爱伦·坡通过非自然的时间大胆地书写过去的无限可能性和未来的开放性，这些书写虽然解构了我们对现实世界中的时间及其进程的认知，但都有着现实的关怀。它们或借古说今，或借未来之事述说当时之理，在众人都沉浸于"美国神话"之时，敏锐地察觉到了工业化进程中的时代危机，对社会存在的各种问题进行了讽刺和批判。

　　第三章分析了爱伦·坡作品中所构建的超凡之境、诡异之地、科幻世界等多重非自然空间及其所蕴含的深意，指出这些作品不仅充满了爱伦·坡对人类生存空间的探索和关注，而且还紧密回应了 19 世纪西方世界的文化危机，表达了对人类的生存困境和发展危机的深刻焦虑、对美好世界的向往，以及对科学和人性关系的反思。

　　第四章主要分析爱伦·坡作品中非自然的人物。阅读坡的作品时不难发现其中充满了形形色色的非自然人物，此章将这些非自然人物分为死而复活之人、魔鬼神怪、超越生命极限之人等三种类型。这些非自然的人物其实映照了当下社会中人们已经异化了的心理状态。从这种精神生态的层面来看，坡的作品对后人从文学艺术形式中了解那个社会开辟了一个独特的窗口，并且因其表现出对文化问题的深层意识和对人类生存困境的满腹忧思而对今天的人们具有很大的启发价值。

第五章对爱伦·坡作品中非自然的叙述行为进行了探讨。非自然的叙述行为包括在物理上、逻辑上或者心理上不可能的话语。在非自然叙事文本中，话语放弃了为故事服务的功能，不再致力于意义的建构或者表达，而是为自己服务，并通过一些反常的或者说是极端的叙述行为架构或是颠覆了故事。本章将详细阐释爱伦·坡作品中的多叙、元叙述和第一人称现在时语态叙述等非自然的叙述行为。这些非自然的叙述行为颠覆了传统的叙事方式，以非现实、非理性的表达途径揭示了现代社会的问题及个体的生存困境和荒诞性。

最后的结语肯定了爱伦·坡在美国文学乃至世界文学界的地位，及其强烈的前瞻意识，并在前文从四个不同层面对坡的作品进行深入研究的基础上，指出从非自然叙事的角度对爱伦·坡进行研究能够更好地挖掘出文本中的深刻内涵，更全面、深入地理解坡的作品。爱伦·坡的文学创作与19世纪普遍的文化危机紧密相关，当时的美国同欧洲其他主要发达国家一样经历了前所未有的巨大变革，科技革命给人们固有的生活方式和思维方式带来了强烈冲击。这种急剧变化的时代激发了人们对艺术未来和人类命运的终极思考。爱伦·坡在浪漫主义占主导地位的时代就敏锐地感受到了工业化进程对人类命运和艺术生命的胁迫，体察到了文化危机时代人类内心的细微变化，并用非自然的表达方式来揭示现代人的精神困顿，探微现代化进程中的矛盾和危机，表现出了文化危机时代的艺术自觉以及过人的艺术前瞻性。

第一章　非自然叙事与非自然叙事学

现代叙事学从 20 世纪 60 年代发轫至今，已有半个多世纪的历史，它也从经典叙事学（或者说结构主义叙事学）发展到了如今的后经典叙事学。叙事学在文学批评当中的作用也日益显著和越发重要起来，它"已经替代了小说理论而成为文学批评所主要关心的一个主题"（Wallace，1986：15），而且"正在占据当代文学研究的中心位置"（Phelan，1989：xviii），它还"很有可能会在文学研究领域居于越来越中心的地位"（Richardson，2000：174）。总之，我们这个时代已经成为"西方有史以来'叙事'最受重视的时期，也是叙事理论最为发达的时期"（申丹等，2013：203）。近年来兴起的非自然叙事学更是因其新颖的视角和富有洞见的研究成果而引起了学界的广泛关注，为叙事理论注入了新的活力。那么，什么是非自然叙事？什么又是非自然叙事学？该如何解读或阐释非自然叙事？本章将详细阐述以上提出的根本性理论问题，厘清非自然叙事学的基本概念和理论主张，进而为后面各章解读爱伦·坡及其作品提供更为清晰、科学和合理的理论基础。

第一节　非自然叙事学及其核心概念

作为一种叙事现象，非自然叙事已存在至少 2500 年的历史了，最早可以追溯到古希腊的阿里斯托芬（Aristophanes）、古罗马的佩特洛纽斯（Petronius）、印度梵文文学、中国古典文学，以及中世纪和文艺复兴时期的作品，但是对非自然叙事进行系统探讨和研究却是相对晚近的事情。非自然叙事的研究近些年来已经成为叙事理论中最受关注的一个新领域。作为当代西方后经典叙事学的分支，非自然叙事学的发展极为迅猛，有关非自然叙事的论文和专著如雨后春笋般飞速增长。非自然叙事研究丰富了当前的叙事理论，为众多非自然叙事文本提供了卓有成效的解读方法。戴维·赫尔曼将非自然叙事学视为后经典叙事学的一项主要研究内容；在《后经典叙事学：方法与分析》一书的"导言"中，主编扬·阿尔贝、弗鲁德尼克同样把非自然叙事看作后经典叙事学研究的一个重要领域。在非自然叙事学研究的四位主将扬·阿尔贝（Jan Alber）、布莱恩·理查森（Brian Richardson）、亨里克·尼尔森（Henrik Skov Nielsen）和斯特凡·伊韦尔森（Stefan Iversen）等人看来，对非自然叙事的研究成了叙事理论中最激动人心的一个新范式。

按照卢克·赫尔曼（Luc Herman）和巴特·凡瓦克（Bart Vervaeck）的观点，"假如叙事学是有关叙事作品的理论，那么首先要解决的就是叙事的定义"（2005：11）。非自然叙事学就是有关非自然叙事作品的理论，因此，要搞清楚什么是非自然叙事学，首先要搞明白什么是非自然叙事。

"非自然"（unnatural）这一术语最初源自被威廉·纳波夫称作口头自然叙事的对立面。美国学者布莱恩·理查森在其专著《非自然声音：现当代小说的极端化叙述》（*Unnatural Voices：Extreme Narration in Modern and Contemporary Fiction*，2006）中第一次使用了该术语。此书为"非自然叙事学领域的奠基之作"（Phelan，2016：39），一经出版，书中提出的反模仿或非自然叙事就引发了叙事学界的广泛讨论。"非自然"一词是对德国叙事学研究领军人物莫妮卡·弗鲁德尼克（Monika Fludernik）提出的"自然"叙事学的戏仿，意在"表明他的研究既是对弗鲁德尼克所建构框架的补充，也是一种超越"（Alber，et al.，2013：3）。赵毅衡先生认为，"欧洲学界关于'自然'与'非自然'叙述的辩论触及了各种叙述的根本性特征"（2013：5）。在理查森看来，非自然叙事研究"彻底拓展和更新了莫妮卡·弗鲁德尼克在其《构建"自然"叙事学》一书中所做的工作。她在书中将自然叙事的范式推向了极致。在我看来，'非自然'一词并无叙事外的内涵，它仅仅是从社会语言学派生的一个叙事术语。我并不赞同也不反对任何通常被社会贴上'非自然'标签的文化实践、个人行为以及性取向。我意识到这些截然不同的意义可能会引起一些混淆，但'非自然叙事'一词现已传播甚广，故而我们不得不学会适应其带来的后果，包括有时明显的悖论"（Richardson，2015：6）。

既然"非自然"这一术语是"自然"的对立面，那么要弄清楚"非自然"的定义，首先要厘清其与"自然"的关系。所谓"自然"，指的是源自我们日常体验的真实世界认知参数，涵盖有关时间、空间和他人的基本认知形式（Fludernik，1996）。这种真实世界的知识并不是个体信息片段的松散结合，而是储备在有意义的结构之中，即认知框架之中。对此，阿尔贝做出了明晰的解释，"自然（或真实世界）框架包含如下类型的信息：在真实世界中，人类可以讲故事，但是尸体和物品不会说话；人类不会突然变成另一个人；时间向前推移（而不会向后倒退）；我们栖身的空间不会突然改变形态（除非是有地震或者龙卷风）"（Alber，2016：26）。

为了强调真实和我们对真实的认知之间的区别，保罗·瓦兹拉威克（Paul Watzlawick）提出了两个概念："第一层现实"（first-order reality）和"第二层现实"（second-order reality）。"第一层是纯粹物理上的，对物质特性的客观认识；第二层则给予这些事物意义和价值且以交流为基础。"（1976：140 - 141）阿尔贝认同这种区分，但同时指出："第二层现实可以贴合（fit）第一层现实：认知框架和脚本可以对应我们周围经验世界的基本特征。"（Alber，2016：26）此外，他还声明："这些真实世界参数是迄今为止还未被证伪，也就是说未被经验所驳斥的认知。比如，如果我们有足够先进的技术手段，穿越到未来是可能的。但是只要还没有人经历过这样的时间旅行，我就认为时间旅行不可能是一个还未被驳斥的有效认知。"（Alber，2016：27）

传统叙事理论多以上述真实世界框架为参照，认为叙事都是对现实的模仿，都受到外部世界可能或确实存在的事物的限制，叙事的基本面都能运用建立在现实主义参数基础上的模式来进行诠释。而非自然叙事学家们极力反对传统叙事理论所持的这种"模仿偏见"（mimetic bias）。他们指出，"虚构叙事最有趣的一点是，它们不仅重现我们周围的经验世界，也经常包含真实世界中无法实现的因素"（Alber，2016：3），可是这些包含不可能或反模仿因素的作品"在现存的叙事框架中却一直被忽视或边缘化"（Alber, et al.，2013：1）。故而，这些叙事学家们将研究的焦点集中到这些文本，致力于挑战传统的叙事理论。他们强调的核心为以下两点：①不可能叙事如何挑战传统模仿理论对叙事的理解。②这种叙事作品的存在对于人们理解什么是叙事以及叙事的意义有着什么样的影响。

正如阿尔贝等非自然叙事学家们所指出的："通常来说，非自然这个术语有着较消极的内涵。比如说，它被用来谴责在说话人看来不正常或是乖张的行为。"（Alber, et al. , 2011：2）因而，他们一开始就强调："对于我们这个理论框架而言，非自然有着绝对积极的内涵。更具体来说，非自然学家们认为非自然是极为吸引人的研究对象，在研究过程中能让人收获颇丰。非自然叙事理论的目标是去研究并概念化他者，而不是去污蔑它或诋毁它。这种方法对各种奇特叙事都感兴趣，尤其是那些偏离模仿规范的文本。"（Alber, et al. , 2011：2）

需要指出的是，尽管所有的非自然叙事学家都统一使用"非自然叙事"这一概念，也都反对传统叙事理论的模仿偏见，但是他们对非自然叙事的界定与理解却不尽相同。对此，阿尔贝和海因策解释道：非自然叙事学是"一门欣赏叙事多面性的叙事学"（Alber, et al. , 2011：16）。这里的"多面性"（multifariousness）不仅包括"非自然叙事"的不同类型，同时也包括非自然叙事学家们对此概念的不同界定。

阿尔贝认为非自然叙事是指那些"物理上、逻辑上和人力上不可能的场景与事件"，是那些"通过投射物理上和逻辑上的不可能性以超越我们真实世界知识的叙事"（Alber, 2016：3）。也就是说，叙事中所建构的场景或事件从物理准则、逻辑定律或者人类知识和能力方面来说是不可能的。比如，马丁·艾米斯（Martin Amis）的《时间之箭》（*Time's Arrow*, 1992）在物理上是不可能的，因为在现实世界时间是向前推移而不是后退的。而罗伯特·库佛（Robert Coover）的短篇小说《保姆》（*The Babysitter*, 1969）则体现了逻辑上的不可能。在这个故事中，出现了很多互相矛盾的情节，如"塔克先生回家和保姆发生了关系"和"塔克先生并没有回家和保姆发生关系"，这违反了逻辑上的无悖论定律。萨尔曼·拉什迪（Salman Rushdie）荣膺布克奖的小说《午夜之子》（*Midnight's Children*，1981）中的主人公萨里姆·西奈展示了人力上的不可能：他可以听到其他人物的内心想法，这无疑是现实世界人类所无法具有的能力。

理查森认为，"非自然叙事是指那些有重要意义的反模仿（antimimetic）事件、人物、环境和架构。我所说的反模仿，意为非自然叙事的再现违反了（contravene）非虚构叙事的前提，违背了（violate）模仿期待与现实主义实践，而且否认了（defy）现有的、既定的文类规约"（Richardson，2015：3）。理查森还区分了反模仿与非模仿（non-mimetic）两种不同形式。反模仿叙事作品，比如说贝克特的《莫莉》，违背了模仿传统的规约；而非模仿叙事，比如说童话，则建构了一个稳定的平行世界，遵循着既定的传统，只是加入了一些超自然的元素。两者之间的不同体现在"文本所带来的出乎意料的程度，无论是惊奇、震惊还是读到另类戏谑作品时的苦笑"（Richardson，2015：5）。他举了三个有趣的例子来进一步明晰模仿、非模仿和反模仿三种叙事形式的区别。一个普通人骑着一匹平常的马，花了数小时穿过一片普通的土地，这是模仿叙事。一个王子骑着飞马几分钟就到了他领地的尽头，这是非模仿叙事。而阿里斯托芬的《和平》中，主人公骑上巨型屎壳郎飞向天堂，还请求观众不要放屁以免误导他的坐骑，则是反模仿叙事。理查森认为，非模仿作品并不是非自然叙事，只有反模仿叙事才是真正的非自然叙事（Richardson，2015：4）。

在阿尔贝看来，理查森太过于强调非自然叙事可能对读者产生的效果，他认为对非自然的界定应该建立在文本特点而不是读者反应的基础上（Alber，2016：14）。笔者对阿尔贝的观点持赞同态度。

伊韦尔森聚焦于故事与情节之间那些难以解释的冲突，把非自然叙事界定为"呈现控制故事世界的原则与在这个故事世界中发生的情节或事件之间的冲突；那些不能被轻易解释的冲突"（Iversen，2013：97）。换言之，他强调的是自然世界和非自然世界的冲突。用克里斯·基尔戈尔（Chris Kilgore）的话来说，伊韦尔森界定的非自然叙事，是"先设定一个模仿世界，然后再有意打破规则"（Kilgore，2014：636）。

尼尔森则把非自然叙事看作虚构类叙事的一个子集，认为与现实主义叙事和模仿叙事不同的是，非自然叙事要求读者采用与在非虚构类、口头故事讲述情景中不同的阐释策略。更具体地说，"这些叙事可能包含在真实世界的故事讲述情景中不可能被重构出来的时间、故事世界、心理再现或叙述行为，但是却通过暗示读者改变阐释策略的方式，将它们阐释为可靠的、可能的和/或权威的"（2013：72）。

我们可以看到，他们对于非自然叙事的界定虽然不同，但也有其核心的共同之处，正如阿尔贝指出的：首先，他们都痴迷于高度不合情理的、不可能的、反现实的、不真实的、反常的、极端的、怪异的、坚定的虚构叙事和其结构；其次，他们都通过回答潜在的问题的冲动来阐释它们；最后，他们都对审视具体的叙事和所有其他叙事之间的关系感兴趣。非自然叙事学家们都肯定从古代叙事到后现代叙事中非自然的重要价值和范畴，他们都深信在叙事范畴内注意这些不可能的叙事的意义，即便这意味着需要极大地去扩充甚至重构当下的叙事理论。

上面提到的诸位非自然叙事学家对于非自然叙事的各自理解和不同界定，大大增补和扩充了现有的叙事理论，也为当下叙事学研究提供了新的动力和新的视域。就连弗鲁德尼克都在《叙事》杂志上撰文感叹道："非自然等同于很多不同意义，涵盖难以置信的、魔幻的、超自然的和逻辑上或认知上的不可能，但它们较为详细地刻画了怪异的叙事如何通过现实主义的肌理被再现出来，以及奇幻的事件如何通过现实主义的认知框架得以释义。"（Fludernik，2012：362–363）但不可否认，这些不同的界定必然导致人们理解上的困难和混乱。值得肯定的是，非自然叙事学家们对此做出了及时而又不无道理的辩解："事实上，非自然叙事学不得不准允各种各样关于叙事的视域和界定，至少其中一个原因是对非自然的解读必须把其文化语境纳入考量，这样才能避免半球盲区（hemispheric blindness）。"（Alber，et al.，2011：9）

要之，非自然叙事理论的不够统一或多样性一方面自有其原因，也有其表征和价值；但另一方面，它的这种多样性也致使这一理论难以把握，或者说使得这一理论有些混乱。对此，尚必武做出了一番切中肯綮的判断和论述：

　　问题的关键不在于"非自然"这一术语是否确立或被广为使用，而在于对这一术语的定义不够统一是否会影响这一理论的长远发展。既然非自然叙事学的研究对象是非自然叙事，倘若不能统一界定什么是非自然叙事，势必会影响这一理论流派的未来发展。实际上，对非自然叙事的界定与判断至少涉及"程度"与"层面"两个问题。首先，自然叙事与非自然叙事之间存在程度不同的"非自然性"（unnaturalness），自然叙事具有较低甚至是零度的"非自然性"，而非自然叙事则具有较高程度的"非自然性"。其次，在一个非自然叙事与另一个非自然叙事之间也存有不同程度的"非自然性"，即某些非自然叙事比另一些非自然叙事看起来要"更像非自然"（more unnatural like）。那么影响非自然叙事性程度高低的因素是什么？这些因素姑且可以被称作"非自然因子"（unnatural elements）。（2015：99）

由此可见，如若一部叙事作品存在少量的非自然因子，那么我们认为该叙事作品就具有少量非自然性，属于部分非自然叙事作品；如若一部叙事作品存在大量的非自然因子，那么我们认为该叙事作品就具有大量非自然性，属于整体非自然叙事作品。尚必武认为无论是部分非自然叙事作品还是整体非自然叙事作品，"其非自然因子的构成无外乎体现在'故事'与'话语'两个部分，即话语层面上的非自然性与故事层面上的非自然性"（2015：100）。

非自然学家们对故事和话语层面的非自然特征都进行了诸多探讨。话语的非自然指的是非自然的叙述行为。在此方面，理查森所做的研究最为翔实和深入，非常具有参考价值和启发意义。他详细考察了各种话语层面上的非自然叙事作品，并创造性地将之称为"极端化叙述"（extreme forms of narration），主要有以下三种：

第一，对话者（interlocutor）。对话者是一个无实体的声音，它提出问题，然后叙事文本接着回答。第二，解叙述（denarration）。解叙述是一种叙事否认，即故事叙述者否认其起先所做出的叙述。最简单的例子，如叙述者说："昨天下雨了。昨天没有下雨。"这种解叙述的效果是多变的，既可以对整个叙事作品产生很小的影响，也可以从根本上改变故事的本质和接受度。第三，渗透性叙述者（permeable narrator）。渗透性叙述者能够进入其他人物内心，并说一些他们根本不可能知道的东西。（Richardson，2006：79－103）

除了理查森，鲁迪格·海因策、亨利克·尼尔森、斯特凡·伊韦尔森等人也对非自然的话语做了相关研究，提出了诸多有益的补充，如对多叙、元叙述、第一人称现在时语态叙述等非自然叙述行为的分析。

至于故事层面上的非自然性则是指涉及故事世界中的事件、人物、时空和心理等要素在真实世界的逻辑上、物理上或人力上是不可能存在或发生的。在非自然的故事层面，阿尔贝、海因策主编的《非自然叙事－非自然叙事学》（*Unnatural Narratives—Unnatural Narratology*，2011）从非自然的叙述者和心理、非自然的时间和因果关系、非自然的世界和事件等几个方面进行了探讨；阿尔贝、尼尔森、理查森等人主编的《非自然叙事诗学》（*A Poetics of Unnatural Narrative*，2013）从非自然的时间、空间、心理、转叙等角度做了分析；阿尔贝在其专著《非自然叙事：小说和戏剧中的不可能世界》（*Unnatural Narrative：Impossible Worlds in Fiction and Drama*，2016）中则从叙述者、人物、时间和空间等方面进行了详述。值得一提的是，中国学者尚必武在此领域也进行了卓有成效的探索，创造性地提出了"非自然情感"（2016）这一故事层面新的非自然因子，有力促进了非自然叙事研究的发展。

第二节 非自然叙事的历史

如前文所述，虽然非自然叙事学只有数十年的历史，但非自然叙事作品却历史悠久。早在 2000 多年前，被誉为"喜剧之父"的古希腊著名剧作家阿里斯托芬的作品中就多次出现了非自然叙事。如在《蛙》中，欧里庇得斯和埃斯库罗斯在冥府里比赛决断谁是更好的剧作家。为了弄清谁的诗句更有分量，两人的诗行被分别放在天平两边，埃斯库罗斯每次都能获胜。在《和平》里，主人公特律盖奥斯骑在一只被他叫作"佩伽索斯"的蜣螂的背上飞抵天庭，恳请诸神终止战争。一到达天庭，他就让道具管理员不要太快转换场景，否则他可能葬身自己坐骑之腹。《地母节妇女》更是充满了非自然元素。其情节围绕着一次妇女大会展开，参会女性因为欧里庇得斯剧本中有很多厌恶女性的角色、场景和言论而要狠狠惩罚他。但消息不知如何走漏，欧里庇得斯提前知道了女人们的计划。于是他想出了一个自救的方案：请年轻貌美的女性同行，并让悲剧诗人阿伽通伪装成女人参与聚会，为自己说说好话。但这个提议遭到了阿伽通的拒绝。没有办法，欧里庇得斯只有让姻亲墨涅西洛科斯男扮女装参加地母节大会。可这一计划被识破，两人险些丧命，最终仓皇逃跑。该剧的一个中心主题就是在戏台上模仿现实是很困难甚至是不可能的。继阿里斯托芬之后，非自然叙事在公元前 3 世纪古希腊加达拉犬儒派哲学家梅尼普的作品中得到了充分体现。

至古罗马时期，讽刺作家佩特洛尼乌斯的《萨蒂利孔》中夸张的多重类型的戏仿包含鲜明的非自然元素。还有阿普列尤斯的《变形记》（又名《金驴记》），也是一部颇具非自然色彩的作品。它通过希腊青年鲁巧因好奇魔法而试身失败，变作笨驴，遭受非人待遇，后被伊希斯搭救的故事，告诫人们不要妄自尊大，要相信宗教才能拯救人生。同时小说借希腊神话中变形的手法，揭露古罗马的黑暗社会，抨击时弊，表现了作者丰富的想象力。该小说在文艺复兴时期流传甚广，对近代欧洲小说的产生起了重要作用。还有卢奇安（又译琉善）的代表作《真实的故事》也可谓是非自然叙事的典型。在小说中，主人公越过大西洋去旅游，经历了一连串令人难以置信的历险，如人被吹到月亮上、在大鲸鱼的肚子里生活了近两年等。小说还对《奥德赛》等经典作品进行了戏仿，表现出高度的自反性。托马斯·莫尔、埃拉斯穆斯、拉伯雷、伏尔泰、斯威夫特、菲尔丁、塞万提斯乃至后来的魔幻现实主义作家都受到了这部小说的影响。

及至中世纪，非自然叙事亦是层出不穷。如《十字架之梦》中十字架可以开口说话。还有但丁的长诗《神曲》可谓集非自然叙事之大成者。诗中但丁在地狱、炼狱和天堂游历，见到了荷马、苏格拉底、犹大等人，经历了无数神秘、离奇、不可能的事件，如《地狱篇》第 25 节里讲述的几个盗贼被蛇缠绕并与之结合成一种难以名状的可怕怪物，这一幕也成为后世作品里出现的类似非自然变形的先声。

文艺复兴时期，埃德蒙·斯宾塞、克里斯托弗·马洛和本·琼生的作品中都有非自然因素。当然，这一时期的非自然叙事大师非莎士比亚莫属。正如理查森所说："莎士比亚是后现代主义之前文学史上非自然空间、事件和序列最伟大的编造者之一。关于《非自然的莎士比亚》很容易就能写出一部厚重而又引人入胜的专著。"（Richardson，2015：102 - 103）他对模仿论的超越在《冬天的故事》里得到了很好的表达和体现。此剧的场景之一在波西米亚的海岸边。事实上，波西米亚并没有海岸，故而本·琼生因此处地理上的不可能性批评莎士比亚，但是莎士比亚并非试图再现现实中已有的地形地貌，而是有意在虚构的故事世界里对它们进行大胆的重构。此外，莎士比亚不仅公然违反"三一律"中的时间一致规定，还让时间老人现身解释其中缘由，说自己有能力推翻一切世间的习俗，不必俯就古往今来规则的束缚。剧中最为非自然的一幕也是全剧的高潮部分，死者赫尔迈厄尼的雕像竟然拥有了生命，这也喻示着艺术超越了自然的阈限，具有无限的生命力。除了《冬天的故事》，《李尔王》《麦克白》《仲夏夜之梦》中也多次出现了非自然的元素，这里不再一一详述。①

18 世纪的非自然叙事亦是丰富多彩，如乔纳森·斯威夫特的《格列佛游记》②、劳伦斯·斯特恩的《项狄传》、亨利·菲尔丁的《汤姆·琼斯》③ 等。此外，很多 18 世纪的文本都出现了非自然的非人类叙述者。有些是动物，如跳蚤、

---

① 对这些剧里非自然叙事的分析可以参见 Richardson，2015：103 - 110。

② 《格列佛游记》中的非自然叙事分析可以参见拙作：《非自然叙事学文学阐释手法研究》，载《华侨大学学报（哲学社会科学版）》2017 年第 1 期，第 188 - 198 页。

③ 有关《汤姆·琼斯》的非自然叙事可以参见 Richardson，2015：111。

猫、老鼠、马、虱子、苍蝇、乌鸦等；有些则是没有生命的物体，如硬币、纸钞、拖鞋、大衣、雨伞、手表、沙发、马车、起子，甚至是一个原子。①这些非人类叙述者大多对人类社会的某些问题和积弊进行讽刺和批判，旨在引发读者的关注和反思。

19 世纪也是非自然叙事争奇斗艳的时代。如浪漫主义奠基人歌德的代表作《浮士德》中就多次出现了非自然元素。诗剧伊始的"天堂序曲"就打破了框架，让自己的本体地位悬置。而正文中的非自然因子更是数不胜数，尤其是"瓦尔普吉斯之夜"一幕包含了会说话的风向标、时间精灵、鬼火等诸多非自然的角色。理查森在评价《浮士德》时这样写道："这部作品中众多的非自然因素如此明显，让人不得不断定是对传统表现手法极为熟悉并乐在其中。"（Richardson，2015：116）同样充满非自然因子的还有路德维希·蒂克的《颠倒的世界》。剧如其名，该剧起首并非序曲而是尾声，一人走上舞台询问观众是否喜爱此剧。第一幕中这种颠倒继续进行：一个演员从剧团辞职加入观众的行列，而一名观众则成了演员；喜剧演员斯卡拉穆乔开始扮演严肃角色，尽管创造这些角色的作者对此表示抗议，但观众们却极为开心。这种颠倒和颠覆的模式后面仍在继续：当被问及这部作品是否为悲剧时，一个演员说大家都已经事先达成一致拒绝死去，就算剧作家想要杀死这些角色也不行。整部剧就沿袭这种风格到了结尾，即序言部分。这个时期的非自然作品还有果戈理的小说。在短篇小说

---

① See Christopher Flint, "Speaking Objects. The Circulation of Stories in Eighteenth-Century Prose Fiction", *PMLA*, 1998, 113 (2): 212 – 226.

《鼻子》中，主人公的鼻子不翼而飞，后来发现它竟化身为五等文官招摇过市；《外套》里的叙述者突然拒绝全知叙事；还有《死魂灵》中对人物和虚构世界的项狄式的操弄。此外，乔治·戈登·拜伦、恩斯特·特奥多尔·霍夫曼以及本书着重论述的作家埃德加·爱伦·坡的作品都充满了非自然的元素。

进入 20 世纪以后，尤其是 20 世纪下半叶后现代主义出现以来，非自然叙事作品更是俯拾皆是、层出不穷，如路伊吉·皮兰德娄的《六个寻找剧作者的角色》、雷蒙·格诺的《麻烦事》、罗伯-格里耶的《嫉妒》、弗兰·奥布莱恩的《双鸟泳河》与《第三个警察》，以及伊恩·麦克尤恩和石黑一雄的多部作品。阿尔贝、理查森等非自然叙事学家都注意到了非自然叙事与后现代主义的紧密关联。阿尔贝认为："非自然在后现代叙事中占据显著地位。"[①]（Alber，2016：9）理查森则首先对后现代进行了界定："后现代叙事是那些破除了很多有关身份的标准概念——自我/他者，不同的历史时期，虚构/现实，高雅文化/流行文化，样本/模拟，美学和商业话语，不兼容的类型，等等。当然后现代主义特别偏好本体混杂。"（Richardson，2015：129）在此基础上，他指出："故而，在我看来，后现代与非自然具有相似性。几乎所有的后现代虚构作品都是反模仿叙事；只要它们让自己的本体论地位存疑，就具有了反模仿的特质。"（Richardson，2015：129）

当然，非自然叙事并非西方专利，我们中国的文学作品中

---

① 阿尔贝还进一步指出后现代作品中不可能的场景和事件在早前的叙事作品中已有端倪，并认为非自然是迄今一直被忽略的一股推动新文类发展的力量。详见 Alber，2016：9 - 13。

也有众多非自然的元素。正如宁稼雨所说："华夏民族素以实际、平和和中庸著称，这些基本素质与奇幻思维几乎是相悖的。但是，这并不应当成为我们无视甚至否认这个民族曾经或仍然具有奇幻思维的理由。"（宁稼雨，1994：20）距今 2000 多年的先秦文学中即有非自然元素。如中国第一部集中记录神话片段和原始思维的奇书《山海经》中就充满了奇幻的非自然叙事。《山海经》成书于战国年间，书中多有奇人、怪兽和异事。如《海外南经》部分记载的"羽民国"，这里的人有着长长的脑袋，全身长满羽毛；还有"白民之国"，此国的国民皮肤都像雪一样白，整日披头散发。白民国境内生活着一种叫作"乘黄"的野兽，其形状与一般的狐狸相似，但脊背上长有角，它是一种祥瑞之兽。人如果骑上它就能长寿，活到 2000 岁。《海外北经》中则讲述了著名的夸父追日的神奇故事。如此种种，不一而足。此外，被称作上古奇书的《穆天子传》[①] 中也有诸多非自然元素。《穆天子传》讲述的是周穆王率领七萃之士，驾上八骏之乘，由造父赶车，伯夭做向导，从宗周出发，越过漳水，经由河宗、阳纡之山、群玉山等地，至西王母之邦，与其在瑶池宴饮酬酢的故事。还有《庄子》里的《逍遥游》《齐物论》等篇章也出现了非自然叙事。

　　至魏晋南北朝时期，志怪小说开始盛行，这些小说都充满了非自然色彩。章培恒和骆玉明先生在《中国文学史》中指

------

　　① 《穆天子传》也叫《周王传》《周穆王传》《穆王传》，是西晋时期出土的先秦古书，共六卷，其作者与成书年代不详。关于《穆天子传》的成书年代历来说法不一，主要有三种说法：晋人伪作说、西周史官所记说以及春秋战国成书说。现被众多学者所接受的说法为西周史官所记说，谓书成于西周，作者即周穆王之史官。

出："按年代确定的志怪书，当以题名曹丕作的《列异传》最早。"《列异传》中多为妖鬼神怪等非自然的故事，如《宋定伯卖鬼》一篇讲述宋定伯夜行逢鬼，便诈称自己也是鬼，一路同行，巧妙地消释了鬼对他的怀疑，并得知其怕人唾液的秘密。随后他把鬼强行背到市场上，鬼化为羊，他唾羊使其不能变化，卖得一千五百钱。还有《谈生》讲述书生谈生与一个美丽的女鬼结合，因不能遵守三年不得以火照观的禁约，终于分离，留下一子。这故事优美动人，后代还有新的演变。因不能抑制好奇心而受到惩罚，这是古代民间传说中最常见的母题。魏晋志怪小说中，《搜神记》是最具代表性的一种，其中《干将莫邪》《董永》《东海孝妇》《韩凭夫妇》等，都很有名，对后代文学影响较大。《干将莫邪》讲述的是铸剑师干将被楚王残忍杀害，其子为之复仇的故事。文中写干将莫邪之子以双手持头与剑交与"客"，写他的头在镬中跃出，犹"瞋目大怒"，不但想象奇特，更激射出震撼人心的力量。《东海孝妇》讲述一位孝妇被官府冤杀，精诚感天，死时颈血依其誓言缘旗竿而上，死后郡中三年不雨。《董永》叙董永家贫，父死后自卖为奴，以供丧事，天帝派织女下凡为其妻，织缣百匹偿债，而后离去。《韩凭夫妇》写宋康王见韩凭之妻何氏貌美，欲夺为己有，韩凭夫妇不愿屈服，双双自杀。死后二人墓中长出大树，根相交而枝相错，又有一对鸳鸯栖于树上，悲鸣不已。这故事控诉了统治者的残暴，歌颂了韩凭夫妇对爱情的忠贞。

到了唐朝时期，出现了一种新的文类——传奇，其中也多有非自然叙事。唐传奇源于六朝志怪，但志怪小说多粗陈梗概，而传奇则情节更为复杂，建立了比较完整的小说结构。如今所见最早可归之于"传奇"的唐人小说，是《古镜记》和《补江总白猿传》。前者讲述一古镜降妖伏魔的故事，后者则讲述了欧阳纥之妻被猿精所劫并产下一子的故事。之后陈玄祐所作的《离魂记》、牛肃《纪闻》、戴孚《广异记》及张荐《灵怪集》中都有众多的非自然元素。

及至明清时期，非自然叙事更是屡见不鲜，其中很多是优秀的经典作品。首先要提到的就是四大名著之一的《西游记》。《西游记》比较完整的版本至迟在元末明初已经出现，现存刊本以明万历二十年金陵唐氏世德堂本为最早。《西游记》是一部充满幻想、情节离奇的小说，讲述了唐僧师徒四人西天取经的过程，是典型的"历险记"式小说。"历险记"在古今中外的虚构性文学中最为常见（如荷马史诗《奥德赛》即属于这一类型），这种故事除了便于展开离奇的情节，也蕴含着人必须历经千难万险才能获得最终完善和幸福的意义。还有《红楼梦》里也出现了非自然叙事：贾宝玉是由女娲补天时剩下的一块顽石幻化而成，林黛玉则是仙草转世，还有空空道人的预言、太虚幻境的奇遇，等等，不一而足。蒲松龄的《聊斋志异》亦充满了非自然色彩，其中有许多狐鬼仙妖的奇幻故事。作者艺术创造力的高超，就在于他能够把真实的人情和幻想的场景、奇异的情节巧妙地结合起来，从中折射出人间的理想光彩。此外，李汝珍的《镜花缘》也有众多非自然的元素，尤其是前半部分写主人公唐敖等人游历海外的30多回。作者在描写这些海外国度时，驰骋奇思异想，幻设情景，表现了丰富的想象力。而通过幻想性的虚构情节，作者表达了对许多现实问题的看法，如"两面国"中人之虚伪欺诈、"无肠国"中人之刻薄贪吝、"豕喙国"中人之撒谎成性等等，都是现实生活景象的映照。

现当代中国文学也不乏内容丰富、精彩纷呈的非自然叙事，如《故事新编》。《故事新编》是鲁迅去世前不久出版的短篇小说集，共收录了八则故事，每篇都取材于历史或传说，都另辟蹊径，别出心裁，打开了全新的思路。例如《补天》中，女娲因补天耗费了所有的力气倒地而亡，她创造的人类却激战正酣，还"在死尸的肚皮上扎了寨，因为这一处最膏腴"（鲁迅，2021：255）。这些小说是鲁迅对传统进行的新的冲击，也是他为自己与现代小说在寻找新的突破。正如钱理群所说："即使在生命的最后阶段鲁迅仍然坚持自己艺术上的非正统性，仍然保持着强大的艺术创造力与活跃的想象力。"（钱理群，2021：332）他在小说艺术上进行了大胆的试验，有意打破时空界限，采取了古今杂糅的手法，极具非自然特质。当代文学中也有众多优秀的非自然叙事作品，如莫言的《生死疲劳》、阎连科的《日光流年》、余华的《第七天》，等等。

综上所述，在文学史的多数阶段，各种类型的非自然叙事都蓬勃发展。每个时期和作品的具体形式都各不相同，但是反模仿的特点却是共通的。有的是极尽夸张的荒谬故事，有的是寓言和超自然的虚构，其非现实主义的进程跳出了常规的类型和思想框架；还有些作品，表面看来基本遵循模仿论法则，但其具有元小说性质的旁白或戏仿动摇了逼真地表现真实世界的本体论。正如理查森所说，"非自然叙事有着丰富、多样、广泛的历史"（Richardson，2015：91），它们是文学世界一道亮丽的风景线，光辉夺目、异彩纷呈，值得我们认真研究、挖掘和阐释。

第三节　非自然叙事的阅读策略

既然非自然叙事的话语是反常的，故事世界是不可能的，那么习惯阅读自然叙事文本或模仿叙事文本的读者在面对非自然叙事文本时，不仅会感受到陌生化或新奇的效果，而且还要面对阐释这类文本的困惑。那么，我们究竟该如何解读非自然叙事作品呢？

对于非自然叙事的阅读策略的研究，近年来已经引起学界不少叙事学家的重视和关注。如玛丽-劳拉·瑞安、弗鲁德尼克、理查森、伊韦尔森、尼尔森、玛丽亚·梅凯莱和阿尔贝都曾提出过一些自己的看法和主张，这些观点可以划归为两大类型：自然化阅读策略和非自然化阅读策略。理查森把非自然叙事学家据此分成了两个阵营：内在派（intrinsic）和外在派（extrinsic）。内在派理论家（包括尼尔森、伊韦尔森和理查森）主张非自然化阅读策略，外在派理论家（以阿尔贝为代表）则主张自然化阅读策略。

非自然化阅读策略抵制将真实世界的种种局限应用于所有叙事，同时也不会将阐释限定在可能的文学交流行为和呈现模式范围之内。例如，若读者只是因为主人公提及了他实际不可能获得的信息就断定此叙述不可靠，则是误入歧途。同样，如果我们要追问第二人称叙述中到底谁在向"你"讲述故事，我们就无法真正理解多数第二人称文学作品。这些文本中的"你"并不特指任何一个人，而意在探索指称的另一种可能性，这种可能性和仅仅用"你"来称呼听众的口头的自然故事讲述完全不同。总之，非自然化阅读强调非自然叙事所包含的用真实世界的原则所无法解释和解决的现象、情感及问题。在阐释非自然叙事时，读者不一定要参照真实世界的条件与认知框架。非自然化阅读方法允许读者把物理上、逻辑上和人力上不可能的场景与事件视作对虚构世界权威的、可信的或者实事求是的表达。在尼尔森看来，这是"一种比运用自然化和熟悉化原则更为合适的选择"（Nielsen，2013：67），它能够让读者很好地体会到文本所呈现出的含混性和奇特性。

与之相对的是自然化阅读策略，其中最具代表性的人物是阿尔贝。他从认知叙事入手，并借鉴瑞安和弗鲁德尼克的解读方法，提出了五种阐释非自然叙事的策略：①"把非自然因素作为内心状态来解读"。②"突出主题"。③"寓言式阅读"。④"整合认知草案"。⑤"丰富认知框架"。三年后，阿尔贝在此基础上将上述五种解读策略扩充为九种，进一步完善了这些策略。①整合框架。当读者面对不可能的场景和事件时，可通过重组、拓展或改变原有认知参数来建构新的框架。比如伊索寓言中会说话的动物就可以通过整合人和动物两种认知框架来解释。这种整合过程能打开新的概念空间，在解读非自然文本时起着重要作用。②类型化（文学历史中的类型规约）。在有些情况下，文本中所表现的非自然场景和事件已经被规约，成为可被认知的框架。换言之，框架整合过程已经完成，非自然因素已经变成了某种文类传统的一部分。在这样的叙事作品中，非自然因素可以解释为某种文类的特色。比如，在动物寓言中兽类能开口说话，在魔幻小说中魔法无处不在，在科幻小说中时间旅行司空见惯。③主体化（作为内心状态阅读）。一些非自然的因素可以被解读为叙述者或者人物的内心状态，如梦境、愿景、想象或者幻觉等。例如，《时间之箭》中的时间倒流可以理解成主人公想要拨转时针回到过去的一种强烈愿望。这样他就能消除自己过去犯下的过错，尤其是参与大屠杀这样的可怕罪行。④突出主题。还有一些非自然的范例可以从主题的角度来解读，把它们理解为叙事作品所表达的某些主题的例证。比如说拉什迪的《午夜之子》中主人公萨里姆·西奈能听到其他人内心想法的超自然能力，表达了特定的主题：在刚刚摆脱英国殖民统治、正处于后殖民时代的印度，不同的民族、宗教和社区之间是有着互相理解的可能的。⑤寓言式阅读。寓言是一种修辞性的表现模式，它意在传达一个特定观点而不是表现一个清晰的故事世界。读者能把不可能的因素视作抽象寓言的一部分，它对人类整体状况或世界整体情况进行了言说。例如，萨拉·凯恩（Sarah Kane）的戏剧《清洗》（Cleansed）中的一个角色格蕾丝变成了她心爱的哥哥格雷厄姆。格蕾丝的变形可以解读为一个爱情寓言：不要太过于迷恋自己所爱的人，否则会迷失自我。⑥讽刺和戏仿。叙事作品能通过不可能的情景和事件来讽刺、嘲弄或奚落某些心理倾向或事态。比如菲利普·罗斯的小说《乳房》中，教授文学的主人公变成了一个巨大的乳房，这是对其混淆现实与小说的一种讽刺。⑦想象超验王国。读者可以把文本中的不可能因素解读为天堂、地狱等超验世界的一部分。例如，贝克特的《戏剧》中，三个困在瓮中的人物被迫不断重复讲述自己的过去，时间在故事结束之时再次回到起点，并不断循环往复。对此剧中非自然时间的一个可能的解读是故事发生在一个类似炼狱的超验王国，这三人因自己的过错而遭受不断重新经历过去的惩罚。⑧自助式阅读，即文本中相互矛盾的段落可被视为供读者创造自己故事的素材。在此种情况下，叙事就如一个工具箱或拼贴画，人们可以尽情用它里面的元素来建构自己的作品。比如，库佛的短篇小说《保姆》包含了很多互相矛盾的场景。我们可以认为，这个故事用互不相容的故事线让我们意识到很多被压制的可能性，同时可以允许我们自由选择自己喜欢的版本。⑨禅宗式阅读。这种阐释方式不像上述策略那样力求解读文本中非自然场景的意义，而是要求读者接受它们的陌生性，同时也接受心中可能会产生的不安、忧虑和恐慌等感受。或者它也能激发纯粹的愉悦之感，因为读者可以从自然可能性中解脱出来，单纯地享受不可能本身所带来的乐趣。

尚必武在论及此两种阅读方法时曾说："'自然化'阅读的本质是用真实世界的认知框架来消除非自然叙事的'非自然性'，进而提升非自然叙事的可读性，而'非自然化'阅读的本质是保留'非自然叙事'的'非自然性'，从其艺术性的角度来发掘'非自然性'的叙事内涵。"（2015：108）此评价极为中肯。这两种阅读方法各有其特色和可取之处，笔者认为，在解读非自然叙事作品时不妨将这两种阅读方法结合起来，这样就能获得最为丰富的阅读体验。其实，不论是主张非自然化阅读的理查森，还是力推自然化阅读的阿尔贝都意识到了这一点。理查森在其力作《非自然叙事：理论、历史与实践》（*Unnatural Narrative: Theory, History, and Practice*）（2015）中指出："我们在分析非自然作品时应该承认其中的寓言性暗示、主题的联系、幻觉或梦境的联想以及对普通人类活动的戏仿，但是不能为了把整个作品置于单一的阐释框架之下而将非自然因素简单归结为上述一两个方面。"（Richardson，2015：19）如果过于强调作品的某一方面，评论就会变得简单化并因此丧失其丰富性。相对而言，"尊重文学作品的多义性则要优越得多"（Richardson，2015：19）。而阿尔贝提出的禅宗式阅读本质上就是非自然化阅读。他在列举完九种阅读策略之后说："我将尝试在双重视野的基础上进行操作：禅宗式阅读和其他阅读策略。我所涉及的叙事从本质而言会阻碍与第一至第八项导航工具相应的解读，因此在提供解释，弄清它们的意义之前，我会首先欣赏并强调文本所呈现出来的非自然性。"（Alber，2016：55－56）同时他还提醒读者，上述的阅读策略不应该有先后顺序，比如先尝试策略一，如果需要的话再进入下一策略。实际上，在阅读过程中这些认知机制是互相重叠在一起的，我们可以使用几个阅读策略来解读同一非自然现象。决定读者选择的应该是哪种组合能提供最佳解释。

第四节　非自然叙事研究的意义

既然非自然叙事在故事和话语层面上都是反常的，那么为什么还要去研究它？在经典叙事学以及认知叙事学、女性主义叙事学、修辞叙事学等后经典叙事学蓬勃发展的当下为什么还要增加非自然叙事学？换言之，非自然叙事研究的意义与价值何在呢？在阿尔贝等非自然叙事学家们看来，非自然叙事研究至少有如下五个方面的重要意义：

第一，非自然叙事学可以丰富或充实当下的叙事理论，为诸多非自然叙事文本提供阐释方法。阿尔贝等非自然叙事学家们认为，现存叙事学框架都带有模仿偏见，因此忽略了由故事创造出的世界的很多非自然和不可能的要素，而非自然叙事理论会"对我们关于故事世界、体验性、故事与话语之间的关系、再现等的思考方式，以及对那些拒绝基于自然口头交际的语言学理解的描述性叙事产生深远影响"（Alber, et al., 2011: 87）。

第二，非自然叙事凸显了文学的虚构性本质，为审视虚构文学的文学性和独特性，即文学与其他话语的差异性提供了新视角。阿尔贝等人认为："非自然为研究小说的独特性提供了新视角。再现不可能的可能是小说世界与其他话语模式的重要区别。只有在小说世界中，我们才可以体验和思考各种非自然表现，如物理上或逻辑上不可能的叙述者、人物、时间性、场景和事件，我们才可以了解他人的思维与情感。"（Alber, et al., 2011: 62）

第三，非自然叙事对于理解文学史的发展具有重要的启发作用。在阿尔贝等人看来，非自然叙事是股被忽略的、能驱动新文类发展的动力。他们指出："对非自然的规约化是推动新文类塑形和文学史进程的一股被忽略的推动力。"（Alber, et al., 2012: 373）非自然叙事重要的原因之一在于其改变文学创作的现有技法，推陈出新。理查森也认为传统的叙事理论在很大程度上忽略了许多在文学史上非常重要的叙事作品。如果叙事理论要对叙事做出深入全面的阐释，而不是部分的、不完整的解释，那么，将非自然叙事纳入考虑范围就非常重要。

第四，非自然叙事之于意识形态的关联。非自然叙事学家们认为，少数族裔文本和反抗文学可以从非自然叙事学中获得裨益，这对非裔美国文学叙事、女性主义文学叙事、同性恋文学叙事、后殖民文学叙事尤其适合。更重要的是，非自然叙事通过其非常规的叙述形式，让我们变得更加开放和灵活，因为它们催促我们关注那些"他者或陌生的激进形式"（radical forms of otherness or strangeness）（Alber et al., 2011: 230）。

第五，非自然叙事之于人类认知的作用与影响。阿尔贝等人认为："非自然情节和时间极大地扩展了人类意识的认知视域：它们挑战了我们关于世界的有限视角，邀请我们去回答那些我们平常不会回答的问题。"（Alber et al.，2011：61-62）在非自然叙事学家们看来，非自然叙事把我们带到想象的最遥远之境，极大地拓展了人类意识的认知视域，邀请我们去回答那些我们可能会忽略的问题。

总之，作为一种独特的且不可忽视的叙事现象，非自然叙事有其重要的研究价值与意义。正如《诗学》杂志主编们在其创刊号的编者按语中所说："现代诗学必须是一种开放的诗学。文学理论与文学分析的实践不能奉既存的传统为必须遵从的标准或权威，相反，它应该照亮那些可能产生文学的旁逸斜出的小路，为那些可能出现的作品减除障碍。就其显著的意义而言，诗学的目标是为阅读赋予新意，从而，也就为写作赋予了新意。"（转引自托多罗夫，2015：2）

真正意义上的诗学能够使人远离偏见，拥有开放的思维，为读者与作者创造新的契机。显然，正是这种精神使得非自然学家们可以非常认真地研究这种被传统叙事理论所忽视的文学类型，即非自然叙事。众所周知，亚里士多德的类型研究由于为类型划分了等级而成为最容易招致攻击的对象，因而必须先搞清楚这种诗学是否能够最终促进解放。非自然叙事学家们的回答是肯定的，并且是必需的，而且近年来非自然叙事研究所取得的丰硕成果表明，从某种程度上来说，这种解放已经实现了。正如他的世界一样，亚里士多德的类型体系是静态的。而非自然学家们则将文学类型视为一种开放的系统，不断寻求平衡。这种开放的体系使文学创作和研究更加自由，因为所有类型自身都不是封闭的，一些原本不受重视的边缘类型会不断提升对作者和研究者的吸引力，为他们"开疆辟土"提供可能性。一种负责任的诗学，就像《诗学》杂志的主编们所称，应该去充当这种类型的助熔剂，鼓励读者进行更加自由的解读，使作品的受众能够对文学编码更加精通，并且对特殊的编码不存偏私。非自然叙事学就是这样对特殊的编码不存偏私的诗学，并由此照亮了可能产生文学的旁逸斜出的小路，为阅读和写作赋予了新意。

尽管同修辞叙事学、认知叙事学、女性主义叙事学等其他后经典叙事学分支相比，非自然叙事学的产生相对较晚，但是其发展势头异常迅猛。非自然叙事学家们不仅有自己的研究团队与组织（"非自然叙事学小组"），在"国际叙事学研究协会"的年会上设置特别论坛，而且还曾专门召开非自然叙事学的专题研讨会，积极编撰工具书（《非自然叙事学词典》）。此外，阿尔贝、理查森等数位非自然叙事学家多次联手发表或出版非自然叙事学的论著，举办非自然叙事学的讲座，为扩大其影响不断努力。当下，非自然叙事学迎来了其研究的鼎盛时期，取得了一系列重要的研究成果，也为众多的叙事作品如爱伦·坡的作品提供了研究的新视角和新方法。非自然叙事学的领军人物布莱恩·理查森在其专著中曾明确指出，坡是非自然叙事的"杰出实践者"（Richardson，2015：118）。遗憾的是，理查森并未分析爱伦·坡在作品中如何巧妙运用非自然叙事手法，以及这种独特的叙事手法背后又有着怎样的深层意蕴和内涵。在下面的章节中，笔者将试图就此展开讨论，旨在挖掘出爱伦·坡叙事文本中的深刻内涵，更全面、深入地理解爱伦·坡的作品，期望能借此推动爱伦·坡研究以及非自然叙事研究的发展。

第二章　爱伦·坡作品中非自然的时间

时间是人类经验也是叙事的基本概念。保罗·利科（Paul Ricoeur）在他的皇皇巨著《时间与叙事》的开篇这样说道："时间是以叙事的方式组织的，从这个意义上说它成了人类的时间；反过来，叙事的意义在于它描述了时间经验的特点。"（1984：3）多数叙事学家对此表示赞同。在什洛米斯·里蒙－凯南（Shlomith Rimmon-Kenan）看来，时间是"人类经验的最基本范畴之一"（2002：43）；波特·艾博特（Porter Abbott）则认为，"叙事是我们人类理解时间的主要方法"（2008：3）。可见，时间和叙事是不可分割、相互依赖的概念。

但无法否认的是，时间是一个非常复杂的概念。当我们面对时间这个问题时，大多数人会和圣奥古斯丁一样感到困惑："那么到底什么是时间？如果没有人问起，我知道它是什么；可一旦要向询问者解释，我就不知道了。"（转引自 Morris，1984：8）多数对于时间的界定都很模糊：时间是以一定速度流逝的东西，但是这种流逝当然需要由时间来衡量。物理学家们谈到时间时通常会声称：要定义时间，如果不是不可能，也会非常困难。例如，布莱恩·格林（Brian Green）就在《宇宙的构造》一书中写道："时间是人类遇到的最熟悉却又最不了解的概念之一。"（2005：31－32）

虽说我们还无法准确界定时间，可是正如玛丽-劳尔·瑞安（Marie-Laure Ryan）所说，"我们对于什么是时间还是有着相当清晰的本能认识的"（2009：142）。这些认识可以归结为以下五点：①时间是流动的，并且朝着一个固定的方向流动。②时间不仅有方向性（向前），还有线性，即因在果之前。③我们只能活在当下，不能回到过去或进入未来。④我们关于时间的知识也依赖逻辑原则，如无悖论定律，即一件事情在同一个时间点不可能既发生又没发生。⑤我们不能加速、减缓或者干扰时间的流动。（2009：142）

这些都是现实生活中我们对于时间的认知，但是我们的大脑当然能想象出超越真实世界有关时间和时间进程认知的虚构景象。在虚构叙事中，时间具有不可思议的灵活性，"它与任何特定的人类体验分离开来，不代表除了文本以外的任何时间"（Heise，1997：64）。这些叙事文本"存在于自己的时间体系中，不受现实世界的时间定律所限"（Heise，1997：205）。这种"不受现实世界的时间定律所限""物理上或逻辑上不可能的"叙述时间即为非自然时间（Alber，2016：151）。

在《超越故事和话语：后现代和非模仿小说中的叙述时间》（"Beyond Story and Discourse：Narrative Time in Postmodern and Nonmimetic Fiction"，2002）一文中，布莱恩·理查森提出了六种违反模仿规约的时间类型：①时间循环（circular），即时间在故事结束之时再次回到起点，从而无限循环。如纳博科夫的《天赋》（*The Gift*，1937—1938），小说开头主人公费奥多尔出门购物时看见有新住户迁入，心想以后要用此场景作开头写一部小说，直至小说末尾，读者才恍悟自己所读文本正是费奥多尔创作的那部小说，于是小说回归起点，陷入"莫比乌斯带"式的循环往复中。②时间矛盾（contradictory）。后现代极端叙述中的一个显著类型，即自我矛盾的故事，如前文曾提及的库弗的短篇小说《保姆》（*The Babysitter*）里，在同一个晚上发生了多起相互矛盾的事件。③时间对立（antinomic）。如伊尔莎·艾兴格的《镜子的故事》（*Spiegelgeschte*，1952），其双线的故事时间既是向前的，同时又是向后的，结束与开始、死亡与出生的时刻对换，人生不再是从摇篮走向坟墓而是恰恰与之相反。④时间差异（differential）。如弗吉尼亚·伍尔夫的小说《奥兰多》（*Orlando*，1928），其中同名主人公的年龄增长速度不同于其周围的人，因而当奥兰多度过20年光阴之时，周围的环境却已历经三个半世纪。⑤时间合并（conflated），即不同的年代融合到了一起。比如在米兰·昆德拉的《缓慢》（*Slowness*）中，生活在当代的主人公遇到了18世纪小说中的英雄。⑥双重或多重时间脉络（dual or multiple），即各情节主线开始与结束的时间虽然是一样的，但具体呈现的天数却有所不同。比如莎士比亚的《仲夏夜之梦》就充斥着大量有关时间扭曲的暗示，于是，在城里的公爵及其随从度过四天三夜的同时，在被施过魔法的森林中，两对恋人却仅仅度过了两天一夜。

除理查森之外，鲁迪格·海因策也对非自然时间进行了论述，他试图从故事以及话语层面来对其探究。他在《时间的旋转——建构非自然时间诗学》（"The Whirligig of Time：Toward a Poetics of Unnatural Temporality"，2013）一文中提出："一个叙述文本可能只是在故事层面描绘出不可能的时间场景，比如《时间机器》（*The Time Machine*，2003）、《时间旅行者的妻子》（*The Time Traveler's Wife*，2005）当中的时间旅行，或者《时间之箭》（*Time's Arrow*，2003）中的时间倒流。而还有一些作品中时间的非自然性体现在话语层面，即讲述故事的方式上，却在故事层面上完全体现不出时间上的复杂性，比如《记忆碎片》（*Memento*，2000）中的情节倒置，抑或《21克》（21 *Grams*，2003）里片段的、非线性的时间。当然，也有一些叙事作品无论是在故事层面还是话语层面都有着非自然性。"（Heinze，2013：34−35）

扬·阿尔贝则借鉴了理查森的分析，把非自然时间分成了五种类型：①倒退的时间线（Retrogressive Time Lines）；②永恒的时间环（Eternal Temporal Loops）；③不同时间领域的混合（the Fusing of Distinct Temporal Realms）；④违反形式逻辑的时间线（Violating Formal Logic：Ontological Pluralism）；⑤同时存在的故事时间（Coexisting Story Times）。此外，他还从认知的角度解读非自然时间、前置读者应如何应对非自然时间线的问题并强调非自然时间在叙述作品中所起的作用。

总体而言，体现时间非自然性的叙事作品"能让读者感受到时间在本质上犹如让人目眩的哲学深渊"。用瑞安的话来说，他们"并没有完全阻碍小说世界的建构，相反它们让读者想象一个'瑞士奶酪'般的世界。在这个世界里，矛盾占据了非理性之洞，而它们的周围则是实心区域，读者以此来作出逻辑推论"（Ryan，2009：160）。

作为一名注重写作技巧的艺术家，爱伦·坡对于叙事的重要元素时间自然是极为关注的。他在《诗的原理》（*The Poetic Principle*）中指出："我们由于预见死后的或者说彼岸的辉煌而欣喜若狂，所以才能通过对时间所包蕴的种种事物和种种思想之间的多种结合，努力争取一部分的美妙。"（Poe，1984：

77）爱伦·坡在时间一词上加了着重号，说明时间在他美学观中的重要性。

而作为注重创新且极具超前意识的作家，爱伦·坡当然不会满足于传统文学中拘囿于模仿的时间表达，他的作品中多次出现了反模仿的非自然时间。本章将从时间旅行和时间回环两个方面考察爱伦·坡作品中叙事时间的非自然特质。在这些作品里，爱伦·坡通过非自然的时间大胆地书写过去的无限可能性和未来的开放性。这些书写虽然解构了我们对现实世界中的时间及其进程的认知，但却都有着现实的关怀，它们或借古说今，或借未来之事述说当时之理。在众人都沉浸于美国神话之时，爱伦·坡敏锐地察觉到了工业化进程中的社会危机，对事事都在出毛病的世道进行了猛烈的抨击。

第一节 时间旅行

虽然物理学家们声称时间旅行在理论上是可行的（Hawking and Mlodinow，2005：105），但正如阿尔贝所说："只要我们还没有经历这样的旅行（或者是读到相关的可信报道），就可以认为时间旅行是非自然的——因为它和我们现实生活的经验相冲突。"（2016：168）时间旅行在叙事文本中是一个屡见不鲜的话题，从其出现伊始至今已近200年，但其热度依然不减，尤其是在当今流行文化中更是备受青睐。正如利夫·法兰佐所指出的："时间旅行无疑是我们流行文化不可或缺的一部分。无数长篇小说、短篇故事、电影以及电视节目都用它来达到戏剧化的效果。"（转引自 Shang，2016：7）对于时间旅行备受关注的原因，詹姆斯·格雷克在《时间旅行简史》中曾做出过如下论述："为什么我们现在仍然想要时间旅行，在我们已然能够以如此的距离和速度在空间中旅行时？因为历史。因为神秘。因为怀旧。因为希望。为了检视我们的潜能以及探索我们的记忆。为了纠正过往的后悔之事，给这个唯一的人生，单向度的、不可重复的人生再一次机会。"（2017：279）——可谓切中肯綮。

学界对于时间旅行小说的起源并无定论。有研究者认为，H. G. 威尔斯的《时光机器》是"世界上第一部以时间旅行为题材的作品"（武小景，2019：6），实际上这部小说中所描述的时间旅行可以在爱伦·坡的两个短篇小说（《与一具木乃伊的谈话》和《未来之事》）中找到先例。本节将分析这两篇小说中的非自然时间并挖掘其深意。

一、来自过去：借古人之口说今之危机

《与一具木乃伊的谈话》（"Some Words with a Mummy"）最初于 1845 年 4 月发表在《美国评论》（*American Review*）上。其故事情节比较简单：一群所谓的博学之士准备解剖一具埃及木乃伊，有人提议先对其进行电击，大家都对这个新奇主意表示赞同。令所有人惊奇的是木乃伊竟然醒过来了，并和在场的人进行了一番颇为有趣的交谈。

在很长一段时间里，这篇文章都被批评家们所忽视或者贬斥。伯顿·波林（Burton R. Pollin）认为"此故事不需要解读"（1970：60 – 67），乔治·华盛顿·派克（George Washington Peck）则称其为"毫无意义的、取悦小孩的文章"（转引自 Walker，1986：346）。然而自 20 世纪下半叶以来，人们逐渐认识到了此文的重要性。丹尼尔·霍夫曼（Daniel Hoffman）在其影响深远的著作《坡坡坡坡坡坡坡》（*Poe Poe Poe Poe Poe Poe Poe*，1972）中指出"这里时间出现了倒流"（Hoffman，1972：191）。约翰·特里西（John Tresch）论及该文时说："在坡的作品中，想象中的乌托邦和人间天堂旅程不仅体现在空间上，也体现在时间上。在《与一具木乃伊的谈话》一文中，电流充当了时间机器。"（2002：117）虽然两人都提及了文中时间的特异性，但遗憾的是他们并未对其作用和意义进行深入分析。

在《时间旅行：叙事的大众哲学》（*Time Travel：The Popular Philosophy of Narrative*，2013）一书中，大卫·威滕伯格（David Wittenberg）认为："时间旅行小说是'叙事的实验室'，在这些小说里很多有关讲故事的基本理论问题及其延伸开来的关于时间、历史、主体性的哲学问题都有着丰富繁杂的体现。"（Wittenberg，2013：2）通过非自然的时间旅行，爱伦·坡把5000多年前的埃及木乃伊"奥拉米斯泰鸠伯爵"带到了19世纪中叶的美利坚，与一帮美国学者唇枪舌战，两相并置交锋，把当时的美国社会批得体无完肤，深切道出了其繁荣表面下隐含的危机。

且先来看文中那群所谓的学者对木乃伊进行电击实验时的情形。他们"怀着一分认真九分玩笑的心情"对木乃伊的太阳穴进行了电击，接着他们切开木乃伊的右脚大拇趾，直接对分叉神经通电，结果木乃伊"一脚踢中庞隆勒医生，竟踢得那位绅士像离弦之箭飞出窗口，摔在下面的大街上"（坡，1995：899）。当其他人"蜂拥而出准备收拾遇难者血肉模糊的尸骨时，却喜出望外地在楼梯上与他相遇，他正急急忙忙地往楼上爬，全身洋溢着热烈的求知欲望，比先前更加坚定了全

力以赴进行实验的信心"（坡，1995：899）。接着这班人依照
庞隆勒医生的建议，在"被实验者的鼻尖切开了一道深口，
医生本人下手最狠，他使劲儿地拉扯鼻子接上电线"（坡，
1995：899）。这时木乃伊睁开眼睛，开口说话了：

> 我必须说，先生们，我为你们的行为既非常诧异又感
> 到屈辱。……你们见我受到这等无礼对待却袖手旁观，
> 这叫我作何感想？在这样冷的鬼天气，你们却允许汤姆、
> 迪克和哈里打开我的棺材，脱掉我的衣服，这又叫我作何
> 感想？你们唆使并帮助那个可怜的小恶棍庞隆勒医生拉扯
> 我的鼻子，这究竟要我以什么眼光来看待你们？ （坡，
> 1995：899）

这里爱伦·坡运用非自然的时间借木乃伊之口对极不人性
的科学实验进行了批判。在爱伦·坡所处的 19 世纪的美国，
科技正以前所未有的速度迅猛发展，给美国社会带来了巨大的
变化。对于科学的影响，爱伦·坡进行过深刻的反思，他在
《山鲁佐德的第一千零二个故事》（"The Thousand-and-Second
Tale of Scheherazade"）中对类似于当代复印机的一个伟大发明
的评价也恰恰是他对科学的整体评判："这玩意儿具有极大的
威力……但它的力量既可以用来行善，也可以用来作恶。"
（坡，1995：890）一方面他惊叹于科学所缔造的奇迹，为其
给人类生活带来的巨大改善而欢呼；另一方面，他也敏锐地意
识到盲目追求科技进步和恣意享受科技成果给社会和个人所带
来的灾难和危机。对于 19 世纪科技迅速发展所带来的这种两
面性，马克思也深有体会，并做出了如下深刻论述：

一方面产生了以往人类历史上任何一个时代都无法想象的工业和科学的力量。而另一方面却显露出衰颓的征兆，这种衰颓远远超过了罗马帝国末期的各种可怕情景。在我们这个时代，每一种事物好像都包含有自己的反面。我们看到，机器具有减少人类劳动和使劳动更有成效的神奇力量，然而却引起了饥饿和过度的疲劳。新发现的财富源泉，由于某种奇怪的、不可思议的魔力而变成了贫困的根源。技术的胜利，似乎是以道德的败坏为代价换来的。随着人类愈益控制自然，个人却似乎愈益成为别人的奴隶或自身卑鄙行为的奴隶。甚至科学的纯洁光辉仿佛也只能在愚昧无知的黑暗背景上闪耀。我们的一切发现和进步，似乎结果是使物质力量具有理智生命，而使人的生命化为愚钝的物质力量。（马克思，2012：775－776）

对于科技的发展，爱伦·坡一直极为关注。"他对于科学和工业技术的强烈兴趣，并不是业余爱好者那种充满敬畏的好奇，而是达到了同时代科学家的水准。他在西点军校时学习的是机械工程，接受了当时美国最好的科学教育。此外，他对当时的科技创新论文也极为熟悉，这从他的《艺术和科学札记》（'Notes on Arts and Science'）一文中可见一斑。"（Tresch，2002：118）正是因为对科技的发展有着极为深入的了解，他才能写出《与一具木乃伊的谈话》这样的科幻小说。文中木乃伊穿越几千年，并不是因为魔法，而是由于电击技术。但是，对科技越关注，对其发展越了解，爱伦·坡就越感受到盲目追求科技进步和恣意享受科技成果可能带来的风险和危机。在《十四行诗——致科学》（"Sonnet— To Science"）中，坡对科学进行了猛烈的抨击：

> 科学哟！你是时间忠实的女儿！
> 你变更一切，用你眼睛的凝视。
> 为何要这样蹂躏诗人的心坎儿，
> 兀鹰，你的翅膀是阴暗的现实？
> 他何以爱你？何以认为你深奥，
> 你总是不愿任凭他去漂泊游荡，
> 不愿他去镶满钻石的天空觅宝，
> 纵令他展开无畏的翅翼去翱翔？
> 你不是已把狄安娜拖下了马车？
> 不是已把山林仙子逐离了森林，
> 让她去某颗幸运的星躲灾避祸？
> 你不是已从水中攥走水泽女神，
> 把小精灵赶出绿茵，然后又从
> 凤眼果树下驱散我夏日的美梦？

（坡，1995：43 - 44）

他把科学比作兀鹰，代表着阴暗的现实。这兀鹰蹂躏诗人的心坎儿，把狄安娜拖下了马车，把山林仙子逐出了森林，从水中攥走了水泽女神，体现了科学对人类精神世界的侵蚀。而蹂躏（prey）、拖下（drag）、逐出（drive）、攥走（tear）等动词则表明了科学研究对人身体的无情侵犯。小说中那群所谓的博学之士借科学研究的名义解剖和电击木乃伊即如此。这种不顾人性的科学研究，是对人的物化，终将使人性陷入危机。匠心独具的爱伦·坡通过非自然的时间旅行既让我们感受到了科技的神奇，同时又借木乃伊之口对所谓的科学家和不人道的科学实验进行了批判，让我们意识到盲目追求科技进步所带来的危害，可谓鞭辟入里。正如朱振武在《爱伦·坡研究》一书中所说："爱伦·坡在其科幻小说中重新审视了科技进步和人类文明的关系，让我们震惊于科学所创造的奇迹的同时，也不得不对科学所带来的灾难、文明面临的危险等潜在的危机问题给予了深层的关注和思考。"（2011：83）

除了对科学至上可能引发的危机深感忧虑以外，爱伦·坡还借此文对19世纪的美国政治进行了批判，揭露了所谓民主政治给美国社会带来的危机。

坡对政治一直抱着一种厌恶的态度，他曾声称"我们在餐桌上和客厅里绝不能谈政治"（转引自 Whalen，1999：30）。在1944年给托马斯·H. 奇弗斯的信中，他这样写道："我不知道你的政见是什么。我是不愿意和现在的任何政党扯上关系。"（1966：215）对于政客们，爱伦·坡更是没有任何好感，在《与一具木乃伊的谈话》一文中他极尽幽默讽刺之能事，为政客们绘制了一幅滑稽丑陋的肖像画。文章提到充当翻译的格利登先生在和木乃伊交谈时，一时没法让他明白"政治生活"一词的含义，于是只好用炭笔在墙上画出一个衣冠不整、有酒糟鼻子的小个子绅士，"那绅士左腿朝前、右臂甩后站在一个讲坛上，紧握拳头，眼望苍天，嘴巴张成一个九十度角"（坡，1995：901）。短短几十个字就鲜活生动地勾画出了政治家的丑态。

接下来，那群美国学者们为了让木乃伊叹服，"谈起了民主的美妙无比和极其重要"（坡，1995：910），想让他意识到"我们生活在一个有自由参政权而没有国王的地方所享有诸多好处"（坡，1995：910）。听闻此言，木乃伊说很久以前他们那儿曾发生过非常相似的故事。埃及的13个省突然决定同时独立，为人类树立一个光辉的榜样……最后的结局是这13个省和其他15到20个省合而为一，成为世上前所未有的最令人厌憎和无法忍受的专制统治。叙述者问那个篡权的暴君叫什么名字。木乃伊答道他记得是叫"乌合之众"（坡，1995：910）。

这里13个省的独立很明显影射的是美国最初摆脱英国殖民统治宣布独立的13个州，而篡权的暴君叫"乌合之众"无疑是讽刺和批判美国杰克逊时期的民主。安德鲁·杰克逊（Andrew Jackson，1767—1845）是美国第七位总统。他是美国历史上第一位平民出身的总统，也是第一任民选总统。杰克逊在位期间（1828—1836），年轻的美利坚合众国经历了巨大的转变，开始实行由其所大力倡导的平民主义（populism），后人称之为"杰克逊式民主"。这位打败印第安人的战斗英雄深受美国民众的拥戴。他依靠普通民众的选票赢得了总统宝座，也凭借民众而不是贵族精英的支持巩固了自己的政治力量。他在位的8年时间里，美国的选举制度发生了根本性的改变。过去由受过教育的少数特权阶层控制的核心成员选举制度被以大众选举为基础的更加公开的模式所取代。

一份民主党的报纸曾这样称赞道："杰克逊的事业是民主和人民反抗腐败贵族的事业。"（转引自Howe，2007：381）而事实上，法国人托克维尔对杰克逊做出的评价更为客观公允："杰克逊将军是多数的奴仆；当多数的意志、愿望和本性刚刚表现出来一半，他便紧紧跟上……杰克逊将军在如此屈服于多数而使自己获得人们的好感之后，便提高了他的地位。于是，他排除一切障碍，奋力向多数所追求的或多数尚且表示怀疑的目标前进。他得到了他的前任们从来没有过的强大支持，并到处利用任何一位总统没有遇到的便利条件把自己的私敌打翻在地。他对自己所采取的一些以前没有人敢实行的措施负责，他甚至用一种近乎侮辱的轻蔑态度对待全国的议员；他拒绝批准国会的法案，而且往往不去回答这个强大立法机构的质问。他就是这样一个对待主人有时很粗暴的仆人。"（托克维尔，1997：458）

著名美国历史学家查尔斯·比尔德也对杰克逊颇多贬斥："任何总统都没有像杰克逊那样行使过那么大的特权，也没有像他那样毫不尊重那些拂逆行政首脑意志的人的感情。除了使全体较小的文职官员经常处于受罚和被免职的恐惧中以外，他对自己的内阁阁员也很少有什么礼貌，重大的问题都由他本人或同秘密朋党商量后决定。"（2016：601）

最具代表性的就是杰克逊与第二合众国银行之间的战争。这家银行因为业务方面的事宜拒绝给杰克逊派的一些人提供贷款而遭到了总统的疯狂报复。杰克逊作为政府的首脑，命令财政部长不要再把国家财政收入存入该银行或它的任何分行。不仅如此，他还下令把已存入银行的政府现金提出来。此外，他把国家经费分别存放在各州的银行，当然他主要照顾的是那些有着正确的政治联系、通称为"宠儿银行"的机构。

在杰克逊的不断打压下，第二合众国银行终于在 1836 年结束了它那颇多波折的历史，"国家在新的民主思想的鼓舞下进入了一个盲目冒险的'野猫'财政时代"（比尔德，2016：600）。就在第二年，一场可怕的经济萧条在全国爆发，给美国人民尤其是农民和工匠带来了灾难性的后果。雷金纳德·查尔斯·麦格雷恩（Reginald Charles McGrane）把这次经济萧条列为美国历史上最严重的危机之一，称"它影响了所有的阶层和经济生活的方方面面。这个国家的人民用了长达 7 年的时间才从它的魔爪之下挣脱"（McGrane，1965：1）。

此外，以杰克逊为领导的民主党人强调人民的自主权，他们对当时困扰美国社会的目无法纪和暴力横行的问题视而不见。用历史学家理查德·霍夫施塔特（Richard Hofstader）的话来说，这体现出了"一个民族的病态。它增速过快以至于无法管控；它的政府效率低下；它对权威极不耐烦并且一直遭受其内在异质性的折磨"（1970：477）。

在联邦党及杰弗逊派共和党人的领导之下，美国管理体系曾被英国的行政改革者视为诚实和高效的榜样。但是，1829年之后美国联邦政府的管理水平不断下滑（Howe，2009：334），从而引发了一系列问题。美国著名历史学家、评论家亨利·斯蒂尔·康马杰在他的代表作《美国精神》中对此做了精准的阐述：

> 自 19 世纪 40 年代以来，美国所建立的制度从未经受这样严格的审查……和谐健全的美国性格正在逐渐消失，引起普遍的不满，由自信的时代转变为怀疑的时代在很多方面都有所表现。人们奇怪，正当一个民族的物质繁荣和科学昌盛达到巅峰的时候，他们思想的特点却不是坚定和自信，而是混乱和怀疑；更加奇怪的是，物质繁荣却很少使广大人民感兴趣，科学也很少解决根本性问题。美国人对新时代的到来既无经验也无精神准备，他们尽最大的努力去适应新的经济和哲学秩序。这一转折关头给人留下的

最深刻的印象不是光辉的物质成就，而是惶恐和错乱。
（1988：72－73）

　　爱伦·坡对以杰克逊为代表的民主制度一直心存不满，对其所可能引起的社会危机早就做出预警，对自己身处的时代已经失望透顶。故事最后叙述者的一番话无疑也是坡的内心独白："实际上我打心眼儿厌倦了这种生活，也大体上厌倦了19世纪。我确信这世道事事都在出毛病。再说，我急于想知道2045年谁当美国总统。所以，待我一刮完胡子并喝上一杯咖啡，我就将走出家门去找庞隆勒医生，请他把我制成木乃伊香存二百年。"（坡，1995：911）

　　1844年，坡给詹姆斯·罗塞尔·洛威尔的信中写道："我对人类的日趋完美并无任何信心。与六千年前相比，人类并没有更幸福或者更睿智，只是更为忙碌了。"（Poe，1966：256）显然，艺术的否定性和批判性构成了坡创作思想的一个极为重要的维度。坡身处美国上升期，但他不顾举世颂歌滔滔，突入社会生活的阴暗地带，展示的正是一种艺术的精神、批判的精神、文学的精神。

　　爱伦·坡在故事中通过非自然的时间所传达的信息事实上和19世纪美国的物质及精神世界息息相关。正如美国作家威廉·卡洛斯·威廉姆斯（William Carlos Williams）所指出的，爱伦·坡是"被他所处的时空所塑造出的天才"（1956：231），他的创作方法本身也是对其作出的相应回应，这种方法"源自决定它的本土环境……值得费心去研究"（1956：231）。威廉姆斯还声称"美国整个19世纪40年代都可用坡的方法在心理上重建"（1956：231）。诚如弗雷德里克·詹姆逊（Frederic Jameson）所言，历史是创造叙事的动力，文本是具有社会象征意义的符号（1981：38）。《与一具木乃伊的谈话》的叙述并不仅仅是一个笑话或者闹剧，而是一篇梅尼普式的讽刺文，犹如一首社会评论的奏鸣曲，其非自然性和批判性让它更能振聋发聩、引人深思。借助非自然的时间旅行，它对当时人们的行为和信仰进行了极为幽默、时而荒唐、总体来说毫不留情的批判，其目的是让读者明确意识到个人和社会的缺点，唤起他们心中对所谓的民主机构的不满以及对社会危机的警醒。

如果坡没有使用非自然的时间让 19 世纪的美国"学者"与古埃及的木乃伊进行交谈，而是直接对美国当时的社会进行批判，那很有可能让人感到枯燥乏味、毫无新鲜感甚或可恶，其效果就会大打折扣了。在笔者看来，此处的非自然时间旅行有着如下意义：

首先，利用时间旅行的新奇题材吸引读者的注意力，达到预设效果。"效果"是坡创作理念的核心，居于坡美学体系的中心位置。他在《评霍桑的"故事重述"》中声称："高明的艺术家不会让自己的思想去迁就情节，而是在精心构建出某种独一无二的或独特的效果之后，再编造出能最大限度助其达到这一预设效果的情节。"（1984：576）可见精心营造"效果"，产生拨动读者心弦的效应是坡的创作要旨，一切皆要为此服务。文中非自然空间的时间旅行即为实现预先构思效果、拨动读者心弦的绝佳方法。

其次，通过用电击充当时间机器把埃及木乃伊带到了 19 世纪的美国，坡巧妙地串连起了当时的几个热点话题：解剖、电击实验和木乃伊。"解剖展示早就是很受欢迎的娱乐活动……亚当·斯密（Adam Smith）、艾德蒙·伯克（Edmund Burke）、爱德华·吉本（Edward Gibbon）等著名人物都曾经参观过位于温德米尔街的解剖剧院。电击演示也是极为普遍的大众娱乐，因此两者的结合毫无疑问会具有吸引力。"（Nicholas，2015：3－4）至于埃及学则更是热门话题。自从 19 世纪早期"拿破仑的埃及战争使得埃及学成为世界关注的焦点以来，人们一直对这一令人激动的领域有着浓厚的兴趣"（Levine，1978：26）。坡在《太阳报》头版发表他的《气球骗局》时，该版的另一篇文章就是一个和埃及学有关的故事，可见其受欢迎的程度。

最后，但是最为重要的是，非自然的时间旅行将古埃及和 19 世纪的美国两相并置交锋，对比之下，更加突出了美国当时的社会弊端和时代危机。正如鲁迪格·海因策（Rudiger Heinze）在《文学及电影中的时间旅行和反现实性》一文中所说："时间旅行叙事中的旅行方式、旅行的时间和地点以及时间概念都因其对思想意识的投入和反现实的思考而具有重要意义。"（2011：216）坡以敏锐的洞察力极具前瞻性地洞悉了 19 世纪上半叶美国社会中隐藏的危机，并用非自然叙事的手法将其表达出来，不禁让人拍案叫绝。曾经和坡有过一段浪漫史的女诗人莎拉·海伦·惠特曼（Sarah Helen Whitman）对他做出过如下切中肯綮的评价："埃德加·坡从深渊中发出了呐喊。这个年代的动荡不安和信仰阙如在他身上得到了集中体现。19 世纪文学史上没有比他阴郁的心灵更孤单、更无望、更荒凉的东西了。"（1981：65）生活在 19 世纪文化危机中的爱伦·坡，"在所有生命都必将终结的阴影下，顽强地生长，渴望着超越"，他作品中的离经叛道、反叛传统的色彩使他在很长一段时间里为主流文学所不容，为"高雅人士"所不纳，但正是他的独立不羁和自出机杼让他成为那个时代伟大的探索者，为我们打造了"一个新的文学世界，指向未来的20世纪"（Meyers，1992：296）。极具前瞻意识的坡敏锐地意识到，传统以理性和模仿论为主导的文学模式不足以认识纷繁复杂、潜藏危机的现代世界。因此，他把目光从传统的理性转向长期被忽视的非理性方面，并在此基础上开掘其文学创作视阈，采用非自然叙事手法揭示社会中的矛盾和危机，可谓字字鞭辟入里，句句震撼人心。

二、置身未来：借未来之事说当时之患

《未来之事》（"Mellonta Tauta"）首次发表于1849年2月的《戈迪斯淑女》杂志（*Godey's Lady's Book*）。文章标题源自索福克勒斯的悲剧《安提戈涅》，当然坡肯定也在爱德华·布尔沃–李顿1837年发表的小说《欧内斯特·马特拉弗斯》中看到过此词。李顿在该小说中称，"Mellonta Tauta"在希腊语中的含义是"这些是未来之事"（转引自Sova，2007：113）。坡在文前的楔子中称此文是他"大约一年前发现的一份看上去很古怪的手稿翻译的，当时那副手稿被密封在一个瓶子里，瓶子漂浮在那片黑暗的海洋——那海曾被那位努比亚地理学家详细描述"①。手稿以信件的形式详细记录了第一人称叙述者

---

① 此处的努比亚地理学家指摩洛哥地理学家易德里西（Al Idrisi），他写的世界地理志之拉丁文译本于1619年在巴黎出版，书名译为《努比亚地理志》，从此他也被讹传为努比亚人。坡的另一篇文章《大漩涡底余生记》（"A Descent into the Maelstrom"）也提到了此人。而密封在瓶中的手稿则让人想起他1833年的作品《瓶中手稿》（"MS. Found in a Bottle"）。

庞狄塔 2848 年 4 月 1 日至 4 月 8 日在"云雀号"气球上的所见所闻。"信中描述的未来并不像《云雀颂》的作者雪莱在《解放的普罗米修斯》中所想象的那样充满了对人类创造力的乐观憧憬，而是一幅悲凉的图景：虽然人类科技不断进步，但个人却成为可以牺牲的炮灰和无足轻重的棋子"（Tresch，2002：118）。小说最后，庞狄塔乘坐的气球因漏气而坠毁。在即将入海之际，庞狄塔把信塞进瓶中，扔向大海。

　　这里的瓶中手稿充当了时间机器的作用，它穿越时空来到 19 世纪，为人们带来了千年以后未来世界的消息。正如海因策所言："时间旅行叙事总体上来说倾向于有着一个诱人但完全非自然的观点：过去能像将来一样具有可塑性，将来可如过去一般被预知。"（Heinze，2013：42）在坡的笔下，未来如一幅栩栩如生的画卷清晰地展现在读者面前。

　　虽然讲述的是未来之事，爱伦·坡在故事中却借机抒发了对时事的不满和嘲讽，同时也表达了对当时美国社会蕴含危机的忧虑以及对未来的担心和隐忧。故事的开头，主人公庞狄塔对自己乘坐的及周遭的热气球进行了描述。由于交通的拥挤，气球间会相互碰撞，坐在气球上无异于活受罪。更糟糕的是，有一天，气球把轮船上的一个人撞进了海里，这个人就这么消失了，没有一个人去救他。"我们生活在一个如此开明进步的时代，以至于不应该有个体存在这等事。真正的人类所关心的应该是其整体"（坡，1995：967）。个人的存在和意志在这个以大众和集体为中心的未来社会变得毫无价值。在此，爱伦·坡借未来之事，说当时之理，再次表达了对杰克逊民主推崇的大众主义及其忽视个体和个性的不满。托克维尔对这个存在于美国 19 世纪中叶民主文化中的问题做出过如下论述："大家的意见就会对每个个人的精神发生巨大的压力，包围、指挥和控制每个个人的精神。这主要来因于社会的组织本身，而很少来因于政治法令。随着人们更加彼此相似，每个人也就越来越感到自己在大家面前是软弱的。每个人看不出自己有什么出人头地或与众不同的地方，所以在众人同他对立的时候，他立即会感到自己不对。他不仅怀疑自己的力量，而且开始怀疑自己的权利，而当绝大多数人说他错了的时候，他会几乎完全认错。"（1997：809）

这种盲目从众、忽视个人的大众主义给当时的美国带来了极大的危机。按照平等和少数服从多数原则来共同管理国家事务的所谓的民主制度貌似很美好，实则暗藏危机。

托克维尔在《论美国的民主》一书中写道："我最挑剔于美国所建立的民主政府的，并不像大多数的欧洲人所指责的那样在于它的软弱无力，而是恰恰相反，在于它拥有不可抗拒的力量。"（1997：126）托克维尔将这种多数人在政府中掌握的绝对权力和多数人行使的无限权力，以及多数人以压倒性的意见对少数人意见的压制，形成新的专制的现象称为"多数人的暴政"。民主在发展过程中，代表民意的所谓"人民代表"和"议会代表"们往往以少数服从多数的原则进行公共事务的抉择、法律法规的制定等。多数人的统治成了绝对的、必然的、不可否决的，而这种被扭曲了的民主成了新一轮社会矛盾冲突的催化剂。多数人不代表着正确，少数人更不能轻易被断定为"异端"，如果民主成为了多数人意见的集合，那么这必将成为多数人的暴政。苏格拉底就是在多数人的公投下被赐予毒药而死的，也正是由此引发了之后柏拉图等人对民主制度的反思与批判。

在《未来之事》中，爱伦·坡用非自然的叙事手法，借来自未来的庞狄塔之口也对此进行了反思。"每个人都'投票'，这是他们的说法——也就是说，每个人都干预公众事务——直到最后发现所谓公众的事就是谁也不负责任的事，而'共和政体'（那种荒唐事就这么称呼）就是完全没有政体。"（坡，1995：974－975）更加糟糕的是，"全民投票给了欺骗阴谋可乘之机，凭借阴谋诡计，任何一个堕落得不以欺骗为耻的政党都可以在任何时候得到他们想要的任何数量的选票"（坡，1995：975）。在爱伦·坡看来，这样的投票使得"卑劣之徒必占上风"，共和政府也"只可能是一种卑鄙下流的政府"（坡，1995：975）。在这种政府的领导下，整个国家和社会无疑会出现很多问题并陷于深重的危机之中。

爱伦·坡的讽刺、批判并未到此结束。4月2日，庞狄塔"获悉阿飞莉西亚内战方酣"（坡，1995：968），爱伦·坡发表此文之时，美国南方和北方的分歧愈来愈大，关系逐渐恶化，双方已经处于剑拔弩张的状态，内战一触即发。身为作家和编辑的坡对于南北分裂的局势自然十分了解，对于其可能带来的恶果和危机应当也非常清楚。坡在此处对未来世界内战的描述无疑是对美国将来的预测和隐喻，借此揭示了当时美国社会的重大危机及其可能导致的严重后果。

在旅程的最后一天，一只来自加拿多的气球与庞狄塔相遇，并抛给他几份报纸，其中提到了帝国最大的娱乐花园，一批工人正受雇为乐园的一个新喷泉构筑地基。这个帝国花园所在地就是美国，庞狄塔在信中提到工人们挖出了一块四四方方的花岗石，上书如下几行大字："此乔治·华盛顿纪念碑之奠基石竖于1847年10月19日。适逢康华里勋爵于公元1781年在约克镇向乔治·华盛顿将军投降周年纪念典礼。"（坡，1995：979）此帝国乐园引发了庞狄塔的长篇议论：

> 约八百年前，那整个地区密密麻麻挤满了建筑物，有些建筑物高达二十层；（某种莫名其妙的原因）人们认为这地方附近的土地是极其珍贵的。但是，2050年那次灾难性的地震把这座镇子（因为它已经大得不能叫村子了）连根拔起，彻底摧毁，以致我们最为不屈不挠的考古学家也一直没能从遗址中找到足够的资料（比如硬币、徽章、铭文之类的东西），可据以对当地原始居民的言行举止、风俗习惯等等作出哪怕是最模糊的推测。迄今为止我们对他们的几乎全部了解，就是当金羊毛骑士雷科德·瑞克尔首次发现那块大陆时，他们是出没在那里的纽约人野蛮部落的一部分。可他们绝非不开化，而是按照他们自己的方式形成了种种不同的艺术乃至科学。据说他们在许多方面都相当精明，但却奇怪地染上了一种偏执狂，拼命建造一种在古代亚美利坚叫作"教堂"的东西——那种宝塔用于供奉两尊偶像，一尊叫作财富，另一尊叫作时髦。据说最后全岛十分之九都变成了教堂。而且那时的女人看上去也被她们后腰下面的一个自然凸出部位弄得奇形怪状——尽管这种奇形怪状当时被莫名其妙地当作一种美来看待。事实上有一两张这种怪异女人的画像奇迹般地保存了下来。她们看上去非常古怪，非常——像一种介于雄火鸡和单峰骆驼之间的东西。（坡，1995：978）

这里爱伦·坡借来自千年之后未来世界的庞狄塔之口，用讽刺的笔法揭露了当时美国社会的两个弊端：对于财富和时尚的盲目追求。大半生都在贫穷困窘中挣扎的坡早已在世态炎凉中深切体会到了美国社会对金钱的崇拜和对穷人的鄙夷。在写给查尔斯·安东（Charles Anthon）的信中，他慨叹："在美国，贫穷比在地球其他任何地方都要遭人鄙视。"（Poe，1966：270）坡发表此文前不久出现的淘金热为美国人的拜金主义做了很好的注脚。1848 年 1 月，加利福尼亚一位名叫詹姆斯·马歇尔的工人在水车的泄水道里发现了黄金。消息一经传出，马上掀起了一股疯狂的淘金热。"工匠丢下了他们的工具，农民遗弃了自己的庄稼和牲口，任其枯萎和死亡；律师离开了诉讼委托人；教师抛弃了书本；传教士脱下了法衣；水手把船只弃置在港口；妇女告别了厨房——大家如狂潮般冲向那产金的地区。"（比尔德，2016：640）坡的最后一首诗作《黄金国》（"Eldorado"）就是对淘金热的隐喻和批判。诗歌是对亚瑟王和圆桌骑士寻找圣杯传说的戏仿。具有讽刺意味的是，诗中的骑士寻找的并不是圣杯，也不是等待拯救的少女，而是传说中的黄金国：一座黄金制造的城市。可悲的是骑士历尽千辛万苦，耗费无数日月也没有找到黄金国，这说明一味追求财富是毫无意义的，只会浪费宝贵的光阴，虚度美好的年华。

爱伦·坡在《冯·肯佩伦和他的发现》（"Von Kempelen and His Discovery"）一文中也对淘金热进行了讽刺，他称写此文的目的之一是"想从纯理论的角度大体上臆测这一发现将要导致的后果"（1005）。在给编辑埃弗特·奥古斯塔斯·戴金克（Evert Augustus Duyckinck）的一封信中，爱伦·坡这样写道："我真心认为百分之九十的人会相信这一骗局，因此它能对淘金热起到尽管短暂但却强烈的抑制作用。它将会引起一

阵骚动，并带来一定的积极意义。"（Poe，1966：341）

对于时髦的盲目追求也是爱伦·坡多次批判的对象。如在《山鲁佐德的第一千零二个故事》中，他借山鲁佐德之口对此进行了辛辣的讽刺：有一位总在伺机作恶的恶魔把这个怪念头放进了那些优雅女士的脑袋，使她们认为我们所形容的人体美完全在于腰背下面不远之处隆起的那个部位。她们宣称，美丽可爱与那个部位的隆高程度成正比。由于那些女人长期拥有这种观念，加之那个国家的枕垫又非常便宜，所以要区分一个女人和一头单峰骆驼的可能性在那个国度已早就不复存在（坡，1995：892－893）。

幽默夸张的笔调让人不觉莞尔，在笑过之后则会深切体会到盲目追求时髦的荒谬、无益甚至危险。在时髦成为众人追逐的对象，人们为了时尚美丽不惜花费大量的时间和金钱，乃至甘冒生命风险接受整形美容手术的今天更具有警醒意义。正如阿尔贝所言，时间旅行小说有着"提高觉悟的功能（consciousness-raising function）。和时间旅行者一样，读者成为历史和文明本质、人类前景以及我们这一物种终极命运的探寻者"（Alber，2016：170－171）。

《未来之事》和《与一具木乃伊的谈话》有异曲同工之妙，"不管坡让时钟前行一千年，还是倒退几千载，他看待伟大美国经验的视角总是让它显得粗俗、琐碎、经常事与愿违"（Hoffman，1998：192）。非自然时间的应用让文章更具张力、讽刺更加辛辣，读来也更加有趣。正如鲁迪格·海因策在《时间的旋转——建构非自然时间诗学》一文中所说："叙事小说最有力也最吸引人的一点是它能建构、包含或投射几乎无数不同的世界和场景。它是思维实验的独特试验场，会带来巨大的美学和体验'附加福利'。有着非自然时间的虚构叙事通过创造不受物理和逻辑法则限制的场景为我们提供了体会这些乐趣的重要方式。"（Heinze，2013：42）而在让我们体会到乐趣的同时，它也能够发人深省、引人深思。

知名爱伦·坡研究专家杰拉德·肯尼迪（Gerald Kennedy）曾经指出："坡现在是以后也将一直是无法回避的，因为他狂野的文章具有一种神秘的力量，一种激起我们最基本的焦虑和欲望并用形象的语言描述现代意识之执念的能力。"（1987：vii）在很大程度上，坡吸引读者的是他的独特性和神秘性，而这源于他别具一格的思想以及独特的叙事艺术。他自觉疏离被主流审美驯化得想象力匮乏的宏大叙事和理性话语，赋予"新异"以合法性，转而对非理性题材加以探索。对有限生命的恐惧、对离合悲欢的悼怀、对身处文化危机时代的焦虑，注定了他的艺术触觉总是指向问题和阴暗面，以此呈现独特的精神体验，表达深植于灵魂的焦虑。他的作品突破了传统的以道德伦理为文学探索中心的惯例，展示出单凭理性难以阐释的存在意义，"开创了一个潜藏在文明理性表层下的充满非理性、反常意识冲动和梦魇般恐怖的世界"（李慧明，2012：205－206）。在苦心孤诣、精雕细琢的艺术形式中，镶嵌着浓郁的"危机意识"，这正是他的作品的可贵之处。

第二节　时间回环

除了时间旅行，爱伦·坡的作品中还出现了时间回环这种非自然的时间类型。循环往复的时间观本是中西文化中一种最为古老的时间意识。如中国人的阴阳时间观就是一种循环时间观，毕达哥拉斯的灵魂不朽观在希腊思想中也有很大的影响。这种时间观曾经在中国传统文学上是最具活力、最有想象力的时间形式。浦安迪在《中国叙事学》一书中就详尽探讨了"绵延交替"和"循环往复"的情节所反映的阴阳五行观念是如何最终构成了中国叙事文学的生长变化的模式。经历了几个世纪的直线发展的时间观的洗礼，轮回再生的时间意识已经减弱了其在我们的无意识及其叙事文学中的表现形式。但是这种古老的时间轮回观通过尼采和博尔赫斯等人又在现代思想中被赋予了新的活力与魅力，从而使这一叙事资源成为当下乃至将来可以不断返回和重新书写的隐形文本。在《生命中不能承受之轻》中，昆德拉在小说开头就带来了"讨论的主题"："永恒轮回是一种神秘的想法，尼采曾用它让不少哲学家陷入窘境。"在《百年孤独》中读者也很容易看到那个车轮与车轴的著名时间意象——车轮似乎是在循环往复的时间中转动。也许西方历史哲学之父维科著名的"循环论历史观"和文学批评家弗莱的"文学循环发展论"的观点是值得重视的，社会和文学是以循环的而非直线的形式演变的，如果是这样的话，许多小说都打开了回归轮回循环的想象通道，出现了非自然的时间回环。

"时间回环解构了线性时间"（Alber，2016：159），这样的时间线"部分模仿但最终改变了日常生活的线性时序。它总是回到自己的起点，而这也是它（时间上）的终点"（Richardson，2002：48）。也就是说，故事是对自己本身的重复，而"时间在重复中消散了"（Alber，2016：159）。重复是爱伦·坡作品中经常用到的手法，"对于坡而言，周期性的重复能把叙事从线性变成一个圆形，他展示了自己对实际创作之理想符号的不懈追求"（Dayan，1987：93）。体现时间重复的非自然时间回环被坡所用亦是在情理之中。

　　短篇小说《凹凸山的传说》（"A Tale of the Ragged Mountains"）中就出现了这样的非自然时间。该文最初于 1844 年 4 月发表在《戈迪斯淑女杂志》上。故事由一位不知名的第一人称叙述者讲述。事情发生在 1927 年的弗吉尼亚州夏洛茨维尔市①。主人公是一位名叫奥古斯塔斯·贝德尔奥耶的年轻美国人。他长期遭受神经痛的折磨，只有通过吗啡以及私人医生坦普尔顿的催眠治疗才能减轻痛苦。十一月末的一天，贝德尔奥耶先生与往常一样去山间散步。晚上八点左右回来，他向好友们讲述了自己在山上的奇遇。最初，他走入了一个人迹罕至的山谷，看到了一个半裸男人被一只鬣狗追赶。接着，他来到了位于高山脚下的一座充满东方色彩的城堡。在那里，贝德尔奥耶先生参与了当地的一场暴动，并中箭身亡。这一遭遇非常离奇，但他坚称那是他的真实经历。坦普尔顿拿出了一幅画像，画中的奥尔德贝先生是他的一位故友。令人惊讶的是，已故的奥尔德贝与贝德尔奥耶先生长得一模一样，而且贝德尔奥耶先生刚刚描述的种种情形与 1780 年蔡特·辛格叛乱中奥尔德贝的遇害遭遇完全相符②。一星期后，贝德尔奥耶（Bedloe）先生在接受治疗时因事故死去，当地报纸将其姓氏误写为贝德尔奥（Bedlo）。非常巧合的是，贝德尔奥反过来写正好

---

　　①　1826 年坡曾在位于此地的弗吉尼亚大学就读。

　　②　坡的计时有误，实际上此叛乱发生于 1781 年。阿里·伊萨尼对此错误给出了最为合理的解释："可能是坡用了马考利文章中谈到贝拿勒斯暴力冲突时提及的一个日期"（"Some Sources for Poe's 'A Tale of the Ragged Mountains'"）。

是奥尔德贝（Oldeb）。

《凹凸山的传说》是坡的作品中受到关注较少的一篇。爱伦·坡研究的知名学者帕特里克·奎因（Patrick Quinn）曾断言这篇文章"从本质上来说并不能提起人们的兴趣"（1969：189）。尽管相关研究较为缺乏，但还是有一些很具启发性的文章。在这些论文里，研究者们从不同的角度对该文本进行了阐释。玛丽·波拿巴（Marie Bonaparte）用精神分析法对其进行了解读（1949：567 – 568），哈罗德·比佛（Harold Beaver）指出了文本中隐含的同性恋情（1976：3），而鲁本·达里奥则从互文性出发，将该故事与托马斯·德·昆西的《瘾君子自白》做了比较（1976：91 – 112）。这些解读对于深入理解此小说都大有裨益，不过遗憾的是，迄今为止还没有学者提及文中出现的非自然叙事因子。因此，笔者将从非自然叙事学入手，关注文本中的非自然时间及其所体现出来的历史问题和时代危机，以期能拓展和深化对此文的了解。

《凹凸山的传说》有着两个叙述层次①和两条时间线索。第一层叙述中的故事发生于1827年"将近十一月月末，在美国人称为'印第安之夏'（Indian summer）②的那段季节反常期间"（坡，1995：731）。Indian除了指美洲土著民族印第安人以外还有印度的含义，这也为后来贝德尔奥耶从美国夏洛茨维尔附近的凹凸山到印度贝拿勒斯城及其之后发生的事情埋下

---

① 叙事学家们对叙述分层有着不同的命名，其中理查森的最为简单明了，他直接命名分层为"第一层叙述""第二层叙述"等，清晰易懂，因此笔者将沿用他的命名。

② 在北美地区一个很特别的天气现象，指冬天来临之前忽然回暖的天气。

了伏笔。

第二层叙述是贝德尔奥耶讲述让人不可思议的亲身经历。他在山间散步时突遇一个前所未见的大峡谷。描述此大峡谷时，贝德尔奥耶用到了被重复过多次的殖民化表达："绝对的处女地（absolutely virgin）"。他说："我不禁认为我脚下的绿色草地和灰色岩石在我之前从未经受过人的踩踏……我并非不可能是第一个探险者（adventurer）——第一个也是唯一一个进入其幽深之处的探险者。"（坡，1995：732）另外，反复出现的"探险者"一词暗指具有商业和殖民企图的人。

贝德尔奥耶最终坐下来休息时，"发现自己在一座高山脚下，正俯瞰着前方一片宽阔的平原，一条壮观的大河蜿蜒于平原之上。大河的岸边坐落着一座具有东方情调的城市，就像我们在《天方夜谭》中读到的那种，但比书中所描绘的更具特色。我所处的位置远远高于那座城市，所以我能看到城里的每一个角落，它们就像是画在地图上一样"（坡，1995：734）。这段话中，贝德尔奥耶用了一个西方作家在殖民语境中经常会用到的修辞手法。玛丽·露易丝·普拉特（Mary Louise Pratt）称之为"我统领我所能眺望到的一切"场景，并认为它是帝国修辞的标准策略之一（1922：201）。在大卫·斯波尔（David Spurr）看来，这种居高临下的视角和全景监视传达的是"一种控制感"（1933：16）。

但是，正如斯波尔所说，"帝国凝视的自由须得以它所处位置的安全性为基础"（1933：23）。当贝德尔奥耶从他的有利位置下来进入城市之时，事情的进展让任何妄想操控的企图都具有了讽刺意味。他进入的并不是一块处女地，不是一个祥和阴柔之所，更不是殖民统治固若金汤的地方，而是一个人口稠密的城市，在那里，印度人民正在对代表帝国权力的英国官兵发起进攻。从这里开始，叙事的时间逐渐走向非自然。贝德尔奥耶回到了蔡特·辛格叛乱的时间点，此后发生的事情都是对此次叛乱的重复，这里时间自然的线性流动被中断，陷入了循环重复之中，具有了非自然性。正如阿尔贝所说，"时间在重复中被消解"（Alber，2016：159）。

在 G. R. 汤姆逊（G. R. Thompson）看来，"坡用一个不和谐的荒谬方式作为故事的高潮，他通过一个偶然的名字拼写错误让叙述者相信自己目睹了转世轮回、奇怪的时间错乱以及超自然的厄运安排"（1968：455）。这个故事"毫无疑问是坡最不让人满意也最为迷惑人的哥特小说之一"（1968：454）。显然，这是有着传统模仿偏见的学者对爱伦·坡的误解。故事的时间错乱并不是"不让人满意"的败笔，而是令人称奇的妙文，有着深刻的含义。

通过非自然的时间回环，文本所表达出来的潜藏意义是，统治者和被统治者之间的冲突在不同的时间和地点会不断重复出现，并且这些冲突最后都会以统治者的失败告终。而该文本与美国的紧密联系及其发表时的社会语境让读者有理由相信，爱伦·坡通过此文尤其是非自然的时间回环想表达的主要还是对美国当时的社会和时代危机的忧思。

首先，《凹凸山的传说》明确指出故事发生在一个美国城市——夏洛茨维尔，这在爱伦·坡的作品中是很少见的。夏洛茨维尔是杰斐逊的家乡，也是他所创办的弗吉尼亚大学所在地，爱伦·坡曾于 1826 年在此就读一年。第一层叙事的事件发生在夏洛茨维尔，并成为以贝拿勒斯为背景的内层叙事的框架，这可以说暗示着美国社会中已经包含了帝国主义进程中内在冲突和危机的种子。另外，爱伦·坡将此层故事时间设定为印第安之夏（Indian Summer），Indian 的双重含义不仅是为后面的事件埋下伏笔，也暗示了帝国统治的野心所带来的冲突不仅存在于异国他乡，而且早已存在于美国社会之中，异域他者也已是美国的一部分。其实在文章一开篇叙述者讲到贝德尔奥耶服用吗啡上瘾就已经隐喻了这一点。吗啡是鸦片的主要成分之一，服用这种东方物质可以解读为对东方本身的吞噬。正如第一层美国叙述包含了第二层印度叙述一样，贝德尔奥耶的身体里也已经包含了有着颠覆性的异国他者。

其实 19 世纪的美国社会又何尝不是如此呢？它的体内也包含着具有反抗性和颠覆性的他者。其一是黑人奴隶。奴隶制度是 19 世纪美国社会的一个毒瘤，它不断侵蚀着原本生机勃勃、正在茁壮成长的美国肌体，带来了一系列的问题和危机。爱伦·坡 22 岁时，弗吉尼亚州爆发了美国历史上规模最大的奴隶起义，即 1831 年奈特·特纳（Nat Turner）领导的暴动。暴动从 8 月 22 日凌晨开始，持续了两天时间，"大概有五十七个白人被杀死"（Howe，2009：324）。不过特纳告诫他的追随者："记住我们的战争不是为了抢劫也不是为了发泄，而是为了获得自由。"（转引自 Howe，2009：324）因此没有任何一个受害者受到折磨或是凌辱。最终，叛乱被民兵、义务警员和联邦军队联合镇压。究竟有多少美国黑人因此丧命，我们无从得知，但据估计至少有 100 人死于之后白人疯狂的大屠杀。特纳叛乱让南方白人极为恐慌，也使得他们对北方的废奴主义者更为愤恨，南北对立逐渐上升为民族和社会危机，并最终导致了内战的恶果。

当坡的生命走向终点之时，战争的阴云已开始笼罩在美国上空。19 世纪 50 年代见证了美国的南方和北方逐渐走向武力冲突的过程。不断积聚的火药味在旧南方历史最悠久的杂志《南方文学信使》的字里行间得到了充分展示。尽管新纳入美国领土的犹他让奴隶制问题得到了进一步的妥协，但奴隶制度的支持者和反对者之间的分歧更加尖锐。1850 年，国会通过了臭名昭著的《逃奴法案》，该法案允许南方奴隶主到北方自由州追捕逃亡的奴隶，并勒令北方人协助缉拿这些奴隶，如若不从则会受到严厉的惩罚。1851—1852 年，哈里特·比彻·斯托开始在废奴主义刊物《民族时代》上连载《汤姆叔叔的小屋》，后来，此书发表后引发了反奴隶制浪潮，也让南北冲突进一步加剧，因而斯托被林肯称为"那位引发了一场大战的小妇人"。1853 年，美国通过盖兹登购地（Gadsden Purchase）从墨西哥那里获得了加利福尼亚剩余的土地，这引发了新领地是否实行奴隶制的进一步争论。1854 年，新的共和党（林肯加入的党派）成立。同年，国会通过《堪萨斯－内布拉斯加法案》，在北边建立内布拉斯加准州，在南面建立堪萨斯准州。为获得南方的支持，该法案规定新准州里的奴隶制问题将由当地居民决定，国会将不再干预。由于奴隶制的问题归当地人决定，北方人和南方人纷纷涌入堪萨斯，以确保自己一方控制议会。不久便发生了暴力冲突，许多人因此丧命，史称"堪萨斯内战"或"血溅堪萨斯"（Bleeding Kansas）。

1856 年，新兴的共和党举行了首次全国会议，推举约翰·弗蒙特为总统候选人。但最终民主党布坎南以 174 票赢得了选举，于 1857 年正式成为美国第 15 任总统。也是在这一年，最高法院宣布了饱受争议的德雷德·史考特（Dred Scott）一案的最终判决。大法官罗杰·布鲁克·托尼（Roger Brooke

Taney）的决议书称密苏里妥协案是违背宪法的。

1858 年，著名的林肯－道格拉斯辩论拉开了序幕。1860年，林肯当选美国总统。1860 年 12 月 20 日，北卡罗莱那州宣布退出联邦。至 1861 年 2 月，7 个南方州退出了联邦。1861 年 4 月 12 日至 14 日，南方盟军持续轰炸南卡罗莱那州的萨姆特堡（Fort Sumter），内战自此开始。萨姆特堡位于查尔斯顿港的前端，靠近莫尔特里堡（Fort Moultrie）。坡在 1827年至 1829 年间就驻扎在此岛。这位出生在波士顿，成长于旧南方，一生不断在南北城市间来回奔波的美国作家对内战会做出怎样的回应，我们很难给出答案。以南方绅士自居的坡在情感上可能倾向于同情盟军，但他曾在联邦军队服役，也曾经是西点军校的学员。此外，尽管他憎恶北方的权力掮客，却也渴望在波士顿、纽约、费城等城市的文学、文化圈拥有一席之地。诚如 G. R. 汤普森所言："在他的一生里，南方和北方几乎平分秋色。坡自己内心的分裂、挣扎与斗争用一种奇特的方式反映了美国社会的分歧，而这种分歧最终在坡死后不久以内战告终。"（Thompson，2004：xlviii）

确实，坡对旧南方怀有深厚的感情，并曾撰文嘲笑朗费罗的诗集尤其适合"北方亲近黑人的老年妇女"，更猛烈抨击洛威尔是"最狂热的废奴主义分子"，再加上极尽所能美化奴隶制度的《保尔丁—德莱顿评论》，他自然被很多学者视为一个不折不扣的种族主义者。但事实果真如此吗？其实，坡对朗费罗等新英格兰废奴主义者的斥责更多是对激进主义的反对而不是要明确表达对奴隶制度的支持。而那篇被戴扬称作坡写给奴隶制"最真实的情诗"（Dayan，2005：96）的评论则根本不是坡的作品。该文章于 1836 年 4 月匿名发表在当时由坡编辑的《南方文学信使》上。这篇文章当时的标题是《奴隶制》，下面列出了两部作品：詹姆斯·科克·保尔丁的《美国的奴隶制》和匿名文章《为被北方狂热的废奴主义者污蔑的南方正名》。后者现已被证实是威廉·德莱顿的作品，故而此文也被称为《保尔丁-德莱顿评论》。詹姆斯·科克·保尔丁（James Kirk Paulding，1778—1860）是一位纽约作家，曾于1838—1841年任美国海军部部长。他支持南方文学的发展，为《南方文学信使》和坡本人提供过赞助。保尔丁积极维护南方的利益，在《美国的奴隶制》（"Slavery in the United States"，1836）一文中极力为奴隶制辩护。威廉·德莱顿（William Drayton，1776—1846）是南卡罗莱纳州人，参与过1812年美英战争，担任过法官和国会议员（1825—1833）。坡在费城居住期间（1839—1843）与德莱顿交好并得到过他的帮助，故而将《怪异故事集》（1840）一书献给了德莱顿。哈里森在其1903年编撰的《爱伦·坡全集》中纳入了此文，但赫尔在1941年的论文中指出贝弗利·塔克才是真正的作者。1974年罗森塔尔又撰文质疑赫尔，并坚持坡是作者。而里奇利则在1992年发表的文章中称罗森塔尔的文章有很多破绽，同时列出了详细的证据支撑赫尔的观点。此后不久，特伦斯·华伦在其著名的《平均种族主义：坡、奴隶制以及民族文学的开展》中通过仔细研究《南方文学信使》、坡与塔克的通信以及塔克的小说《党派领导人》，最终证实了塔克是这篇评论的作者。作为时代的敏锐观察者和极具前瞻意识的文学家，坡无疑已经意识到奴隶制让美国的南方和北方有了不可调和的矛盾，并会因此带来深重的灾难和危机。其实比起坡个人的种族思想，更为重要的是分析内战前的种族话语在坡的作品中是如何被反映出来或者是剖析解构的。在此研究框架之下，分析坡小说中的非自然叙事就有了另一层重要意义。通过非自然的时间循环，坡对自己所处时代的核心问题委婉但却生动地表达出了自己的忧虑和质疑。

其次就是美国的印第安土著人。为了让白人能占有更多肥沃土地，杰克逊在位期间签署了印第安人迁移法，从此开启了印第安人的血泪之路。爱伦·坡在 1846 年 12 月发表的《旁注》（"Marginalia"）① 中曾建议把美国重新命名为"阿帕拉契亚"，原因之一是这样做能够"表达对土著居民的敬意。迄今为止，我们一直都无情地对他们烧杀抢夺，极尽羞辱之能事"（1984：1415）。

面对白人的无理抢夺，弗罗里达领地的塞米诺尔人为了保卫家园奋起抗争，直到杰克逊 1837 年离职时他们都没有停止战斗，而美国政府为此也付出了沉重的代价——仅仅是用在征服塞米诺尔人上的花费就多达其预期迁移所有印第安部落费用的 10 倍（Howe，2009：418）。1832 年 4 月的黑鹰战争也是相当惨烈，双方都付出了惨重代价。

迁移印第安人从本质上来说是一种帝国主义的行径，体现了美国意图在地理上和经济上扩张的野心以及将自己的意愿强加于人并且霸占其资源的野蛮行为。正如丹尼尔·豪（Daniel Howe）所说："帝国主义并不一定局限于如西欧豪强 19 世纪

① 1844 年 12 月，爱伦·坡在《民主评论》上发表了第一篇《旁注》，此后他相继在《戈迪斯淑女杂志》《格雷厄姆杂志》等期刊上发表了多篇《旁注》，最后一篇于 1849 年发表在《南方文学信使》上。这些《旁注》都是短小精悍的小品文或评论文章。

在海外进行扩张这样的情况，它也可以指对临近地区的扩张，正如美国和沙皇俄国一样。"（2009：421）

安德鲁·霍恩（Andrew Horn）认为通过描述贝拿勒斯发生的故事，爱伦·坡其实为读者提供了一个关于当时美国社会的"政治寓言"（Horn，1983：28）。在霍恩看来，坡对于参与叛乱的印度人是持有敌意的，他展现在读者面前的印度人形象是"可怕的，令人厌恶的"（Horn，1983：28）。此寓言意在警告读者对那些在美国的田地和工厂劳作的众多黑人和黄种人要心存戒备。霍恩简单地将支持和反对印度的两种态度对立起来，并认为爱伦·坡毫无疑问选择了后者。可仔细阅读文本就会发现，坡的立场并非如此简单。一直以南方绅士自诩的坡对不受管束的北方劳动阶层和南方奴隶起义无疑是心存恐惧的。但值得注意的是，文章中对于印度的描述都出自贝德尔奥耶之口，因此不能将之与坡的态度混为一谈。另外，在贝德尔奥耶讲述的故事中，他最终死于叛乱，落得个悲惨的下场。坡似乎在借贝德尔奥耶之死表明殖民者终将不会有好下场。还有更为重要却被众多研究者忽略的一点是，前文提到过的非自然的时间回环，同样的事情被重复，无论是奥尔德贝还是贝德尔奥耶，最终都落得惨死的下场，这种回环和重复可以解读为美国如果继续殖民扩张的话就会重蹈英国的覆辙，遭遇被殖民者的反抗，让自己陷入危机甚至绝境之中。

还有值得提到的一点是，爱伦·坡在写作时可能想到了托马斯·麦考莱（Thomas Babington Macaulay）[①] 为《沃伦·黑斯廷斯回忆录》一书所写的书评。在描述沃伦·黑斯廷斯（Warren Hastings）[②] 最后几年在乡村的宁静生活时，麦考莱谈到他是如何把印度的各种动植物引入英国养育的。其中就有"好吃的荔枝……孟加拉的水果"（1841：252）。通过把黑斯廷斯殖民统治区的水果转变为致命的水蛭（英文荔枝和水蛭的拼写极为相似，前者为 leechee，后者为 leech），坡对帝国扩张野心所带来的不可避免的恶果进行了辛辣的讽刺。有意思的是，麦考莱讲到黑斯廷斯试图从孟加拉引进荔枝时用到了"naturalize"一词，此词既可指引进动植物，也有使外国人入籍、归化的意思，而在非自然叙事学中，它还有"自然化"的含义。黑斯廷斯此次尝试的失败象征着帝国主义同化其殖民地的期望最终落空，"naturalize"最终被否定，成为了其对立面"the unnatural"。这也体现了殖民主义的非自然性，而坡用非自然的叙事手法完美地表达出了他对殖民主义的批判以及对由此引起的社会问题和危机的反思。

　　正如曲春景和耿占春在《叙事与价值》一书中所指出的："时间的循环、历史的重复、灵魂的轮回，并不意味着时间是

---

　　①　托马斯·麦考莱是 19 世纪著名英国历史学家，1834—1838 年曾在印度任英国东印度公司最高理事会高级官员。在印期间，主持制订印度刑法典和教育改革，规定以英语作为印度教育的唯一官方语言，排斥当地民族语言。尽管他意识到黑斯廷斯犯下诸多过错，但仍认为他是大英亚洲帝国的伟大创始人之一。爱伦·坡曾数次撰文对麦考莱其人其文进行评论。在坡看来，麦考莱实为徒有其名。（参见 Poe，1984：321－328）

　　②　沃伦·黑斯廷斯是是英国首任也是最著名的印度总督，任职期间（1772—1785）巩固了英国对印度的统治。

无穷的、历史是无限的或灵魂是自由的，相反，轮回是时间的封闭、历史的无意义往复以及事件与生命的偶发性象征。时间被束缚于圆周是无限的、周期是无止境的巨大转轮上。"（2005：131）在《凹凸山的传说》中，时间的循环与轮回是罪恶、暴力和死亡的轮回。人物被禁锢在这一历史进程中，正如被囚禁在一个笼子里，无可逃避。只要帝国主义扩张和掠夺的行径并未终止，这种恶性循环就会周而复始、无穷无尽。

理查森曾指出："非自然叙事技巧经常被用来描述那些普通叙事的传统手法无法表达的恐怖行为；它们可以很好地刻画一些非常不自然的人类行为。这在那些描绘极端情境的作品里常用到的叙事时间碎片化手法中体现得尤为明显，比如可怕的奴隶制、殖民主义或新殖民主义。"（2015：170）恰如他所言，殖民主义等可怕的极端情境只能用非自然的叙事技巧才能很好描述，因此，爱伦·坡采用了非自然的叙事时间来安排他的叙事进程，以此彰显殖民主义和种族主义的骇人暴行及其所带来的危机。

"众所周知，在世界的范围内把时间视为无限进步的历史观的确立给整个历史打上了深深的印记。"（苗变丽，2013：108）虽然我们普遍相信这样一种发展进步的历史，但除了物质水平的发展，却不知道什么在进化，相反却有许多方面在恶化、退化。这种历史观映照下的时间成了仅有经济价值的东西，而非有精神或文化意义的东西，发展的线性历史观使时间变为均质的、统一的、空洞的东西，由此导致了人类精神生态上的危机。较之于线性发展观，循环时间则会起到良好的补偏救弊工作，将人带回到生存困境的探究之中，促使人对自身有限性有一个清醒的认识，为人类的狂妄自大设定界限。正像贝尔在《资本主义文化矛盾》中所认为的那样，意识到探索世界有其界限的那种文化，会在某个时刻回到彰显神圣的努力中。这也是这部小说的非自然叙事时间所揭示的思想文化的高度。

小　　结

时间是人类经验，也是叙事的基本概念，同时也是一个异常复杂的概念。虽说很难言明时间之本质，但我们对于什么是时间及其所遵循的现实世界定律还是有着相当清晰的本能认识的。然而在虚构叙事中，时间可以不受现实世界的定律所限，体现出强烈的非自然性。

正如玛丽–劳尔·瑞安（Marie-Laure Ryan）所说，体现时间非自然性的叙事作品"能让读者感受到时间在本质上犹如让人目眩的哲学深渊"（Ryan，2009：162），但它们"并没有完全阻碍小说世界的建构，相反，它们让读者想象一个'瑞士奶酪'般的世界。在这个世界里，矛盾占据了非理性之洞，而它们的周围则是实心区域，读者以此来作出逻辑推论"（同前引：162）。

爱伦·坡作品中的非自然时间就让读者想象一个"瑞士奶酪"般的世界，不仅极大地丰富了文本的形式和内容，也深化了作品的思想和意蕴；这些书写虽然解构了我们对现实世界中的时间及其进程的认知，但都有着现实的关怀，它们或借古说今，或借未来之事，述说当时之理，对"事事都在出毛病的世道"进行了辛辣的讽刺和强烈的批判。在《与一具木乃伊的谈话》中，电流充当了时间机器，让古埃及的木乃伊在 19 世纪的美国复活。坡借木乃伊之口对科学和杰克逊民主的弊端及其带来的危机进行了揭露。而在《未来之事》中，爱伦·坡虽然描述了千年以后未来世界，在文中表达的却是对当时社会种种问题的批判和反思。《凹凸山的传说》则通过时间回环让美国殖民者重新经历英国殖民者被反抗者诛杀的全过程，并借此发出警示：美国如果继续殖民扩张的话就会重蹈英国的覆辙，遭遇被殖民者的反抗，让自己陷入危机甚至绝境之中。

时间在爱伦·坡灵动而又犀利的笔锋之下有着无比的魅力。非自然的叙事手法不仅让文章达到了坡的预设效果，也让其批判的锋芒更加突出、主旨的表达更为深刻，读来更加引人深思、发人深省。

第三章 爱伦·坡作品中的非自然空间

　　空间是叙事作品的构成要素，是人物活动其间、故事得以发生展开的重要场域。可是在西方叙事界，空间却长期受到忽视。例如戈特霍尔德·莱辛（Gotthold Ephraim Lessing）把叙事界定为时间的艺术而非空间的艺术，著名叙事学家热拉尔·热奈特（Gerard Genette）也更热心于探究叙事作品里的时间进程而不是空间建构。爱德华·摩根·福斯特用"国王死了，继而王后伤心而死"来举例说明最简情节时，根本就没有提到空间。

　　不过还是有学者详尽地论述了叙事空间的表达及其潜在意义。早在20世纪30年代，巴赫金（Mikhail Bakhtin）就已提出"时空体"的概念并声称"文学作品时常颇具艺术感地表达出时间与空间之间的内在联系"（1981：84）。及至1945年，约瑟夫·弗兰克（Joseph Frank）发表了具有开创意义的文章《现代文学中的空间形式》（"The Spatial Form in Modern Literature"），引发了文学研究的"空间转向"。此后米切尔（W. T. Mitchell）、加布里尔·佐伦（Gabriel Zoran）、西蒙·查特曼（Seymour Chatman）和戴维·赫尔曼（David Herman）等人的论著更是将空间研究推向了新的高度。

　　而非自然叙事学家们则通过探讨非自然的空间加深了我们对叙事空间的理解。在模仿叙事作品中，故事世界中人物存在的空间都是对现实世界的模拟，但诸多非自然叙事文本中却塑造出了现实生活中不可能存在的非自然空间。何为非自然空间呢？非自然叙事学的扛鼎人物扬·阿尔贝在《非自然的空间》一文中将其定义为"物理上或逻辑上不可能的叙述空间"（2013：47）。所谓物理上的不可能指的是违反了自然法则，而逻辑上的不可能则是背离了无悖论定律。马克·Z. 丹尼尔朗斯基（Mark Z. Danielewski）的小说《叶之屋》（*House of Leaves*）是描述非自然空间的典范。故事主人公居住的房子内部大于外部而且屋里突然出现了一条黑暗、阴冷的走廊，这在物理上是不可能的。起初我们获悉这个走廊在北边墙角，后来又被告知它在西边墙角，这在逻辑上是不可能的。

在其著作《非自然叙事：小说和戏剧中的不可能世界》中，阿尔贝专门用一个章节探讨了六种非自然空间：其一，空间外延的有意操控（manipulation of the extension of space）。例如，《叶之屋》中的房子内部大于外部，还会不断改变自己的内部结构，突然冒出了一扇有着玻璃把手的门，还有一条变幻无穷的走廊。其二，空间定位的混乱（disruption of spatial orientation）。例如，在安吉拉·卡特（Angela Carter）的《霍夫曼博士的魔鬼欲望机器》（*The Infernal Desire Machines of Doctor Hoffman*）中，邪恶的霍夫曼博士发明出可以随意改变时空参数的机器，这个机器让小说中的世界变成了如达利超现实主义绘画一样的幻景。空间因此具有了混乱性和流动性。其三，不稳定的空间（destabilization of space）。例如，14 世纪的浪漫诗《高文爵士与绿衣骑士》（*Sir Gawain and the Green Knight*）当中无实体而超现实的华丽城堡，点缀以闪闪发光的塔楼以及白色的尖峰石阵，但随着文本的推进，读者逐渐意识到这是摩根仙女为试探圆桌骑士所设下的魔法。其四，不可能的环境变化以及客体再现（impossible creation or appearance of objects and changes to the setting）。例如，在罗琳（J. K. Rowling）的小说《哈利·波特与死亡圣器》（*Harry Potter and the Deathly Hallows*，2007）当中，巫师可以通过咒语迅速地改变周遭的环境。其五，非自然地理的形成（formation of unnatural i. e.，nonactualizable geographies）。例如，在盖伊·达文波特（Guy Davenport）的短篇故事《海尔·塞拉西葬礼火车》（"The Haile Selassie Funeral Train"，1979）中，一辆来自埃塞俄比亚的火车总是沿着不可能存在的地理路线前行，欧洲由此成为一幅抽象拼贴画式的世界，火车始于诺曼底的多维尔，途经巴塞罗那，经由达尔马西亚海岸、意大利热那亚、西班牙马德里、美国亚特兰大等城市并最终回到多维尔，由此展现出国家林立的欧洲多样的话语体系以及暗藏的民族纷争。阿尔贝所提到的最后一类非自然的空间是所谓的"本体论转叙"（ontological metalepses）。在热奈特看来，转叙即"故事外（extradiegetic）的叙述者或受述者闯入故事（diegetic）世界抑或故事中的人物闯入元故事（metadiegetic）世界的现象"（1980：234 – 235）。此后，莫妮卡·弗鲁德尼克试图将"转叙"分成四类：①作者型转叙；②修辞型转叙；③叙述者或人物闯入高叙述层的上行本体论转叙；④虚构人物前往低叙述层的下行本体论转叙。其中，前两者仅仅是并未实际越界的隐喻性转叙，而只有后两类本体论转叙才是对故事世界边界的实际跨越，因为在真实世界当中，不同本体论领域当中的实体是无法相互沟通的，即如现实当中的人物是无法进入文学虚构世界当中的，反之亦然。如在伍迪·艾伦（Woody Allen）的小说《库格尔马斯轶事》（*The Kugelmass Episode*，1980）当中，来自 20 世纪的大学教授库格尔马斯通过下行转叙从而进入福楼拜笔下包法利夫人所处的世界当中，并与包法利夫人一度约会，其后包法利夫人借助上行转叙，来到纽约并融入现代生活当中，然而文末，女主人公无奈回归自己的世界，库格尔马斯则因为不当的越界欲望而受困于一个旧课本的世界当中。

作为一名自觉疏离主流审美规则、极具超前意识的作家，爱伦·坡当然不会满足于传统文学中拘囿于模仿的空间形式，正如约翰·道格拉斯所指出的："坡的戏剧性的宇宙观，他对神秘气氛与疯狂的爱好，使他的怪谭和奇闻获得装饰与内容；然而，赋予它们形式的却是他与众不同的空间意识。"（1988：155）坡与众不同的空间意识体现在其作品中构建的多种非自然空间——阴森恐怖的诡异之地、超越凡尘的唯美领域以及新颖奇异的科幻世界。毋庸置疑，爱伦·坡建构这些非自然空间是有其深刻用意的。正如阿尔贝所说："非自然空间能实现明确的功能，它们的存在有其特定的理由，而不仅仅只是装饰或是'为了艺术而艺术'的一种形式。"（Alber，2013：48）首先，对于爱伦·坡而言，空间不仅是故事发生的场所，更是助其实现统一效果的要素。这些非自然空间即为实现预先构思效果的绝佳方法。更重要的是，这些非自然空间不仅充满了坡对人类生存空间的探索和关注，而且还紧密回应了 19 世纪西方世界的文化危机，表达了对人类的生存困境和发展危机的深刻焦虑、对美好世界的向往以及对科学和人性关系的反思。本章将试图梳理这些非自然空间并分析它们存在的特定理由和意义。

第一节　诡异之地

"恐怖诡异"毫无疑问是爱伦·坡的很多作品给读者留下的印象。事实上，爱伦·坡将自己在 1840 年集结出版的 25 个故事命名为《怪异故事集》(*Tales of the Grotesque and Arabesque*)，可见怪诞诡异在其作品中的重要性。坡在第二次评论霍桑的《故事重述》时曾提到那些表现"恐怖、激情、恐惧"的"效果小说"，并为它们进行了积极的辩护，声称"对它们的谴责非常地不公道"(Poe，1984：573)。在之后评论霍桑的一篇文章中，坡列举了一些值得称道的美国短篇小说，包括威廉·吉尔默·西姆斯的《谋杀暴露》、华盛顿·欧文的《旅行者的故事》、查尔斯·韦伯的《杰克·郎或击中眼睛》，所有这些都是惊悚的哥特小说。在写给出版商托马斯·怀特(Thomas White)的信中，他更为直接地表达了自己对这类作品的赞许，并指出它们共同的特性是"把滑稽提高到怪诞，把可怕发展到恐怖，把机智夸大成嘲弄，把奇特上升到怪异和神秘"(Poe，1966：597)。这里可以清晰地看到坡对怪诞、神秘、诡异这类超越现实的非自然因素的倚重，体现在创作上便是他在《瓶中手稿》《厄舍府的倒塌》等多部作品中塑造了诡异的非自然空间。通过建构这些诡异的非自然空间，坡揭示了帝国主义扩张和现代化进程中人类所面临的困境和危机。

一、幽灵之船：开疆拓境的代价

爱伦·坡在早期的代表作《瓶中手稿》(*MS. Found in a Bottle*)中就建构了非自然的诡异之地。此文在 1833 年《巴尔的摩星期六游客报》举办的竞赛中获得小说类一等奖，评委们认为该作品有着"狂野、热烈而又充满诗意的想象，华丽的文体，丰富的创造力以及渊博的学识"（转引自 Quinn，1969：119）。约瑟夫·康拉德（Joseph Conrad，1857—1924）也称赞这篇小说"不会比同类作品其他任何一篇差——细节描写是如此真实以至于人们会以为它是水手所讲的故事，而诡谲之物的创造又极富诗意和天才"（转引自 Quinn，1969：119）。此文不仅为坡赢得了 100 美元奖金，解决了他经济上的燃眉之急；更重要的是，他也借此机会结交了当时在文学界享有盛誉的作家约翰·肯尼迪，从而为自己的文学梦想打开了一扇方便之门。

小说讲述了一个让人毛骨悚然的故事。第一人称叙述者登上了一艘从巴达维亚港驶往巽他群岛的航船，孰料中途突遇风暴，只有叙述者和一位瑞典老人侥幸逃生，其他人都被卷进了大海。在海上漂浮了五天五夜后，两人的面前突然出现了一艘巨轮，风浪中两船猛烈相撞，叙述者被一股不可抗拒的力量抛到了大船上的一堆绳索中。大船被水流裹挟着向南方疾驶而去，随后被卷入了一个巨大的漩涡，颤抖着沉了下去。故事就此戛然而止。

《瓶中手稿》以现实主义风格开篇，一开始就为读者提供了叙述者所乘之船的航线并且还对该船及其所载的货物进行了详细描述："我们乘坐的是一条铜板包底、约 400 吨重的漂亮帆船，是用马拉巴的柚木在孟买建造的。船上装载的是拉克代夫群岛出产的皮棉和油料，此外还有些椰壳纤维、椰子糖、奶油、椰子和几箱鸦片。货物堆放得马虎，所以船身老是摇晃。"（坡，1995：232）可是船遭遇热带风暴后的第五天，文章的写实风格不复存在，故事开始朝着"非自然"的方向转变，叙述者也随之进入了一个非自然的不可能世界。用霍夫曼的话来说，"我们突然从实事求是的描述进入了一个《古舟子咏》般的奇幻诡异世界"（Hoffman，1998：141）。太阳"好像是被某种神秘的力量一下扑灭"（坡，1995：234），"浪潮的起伏超越了我的任何想象……我们时而被抛上比飞翔的信天翁还高的浪尖，被吓得透不过气来——时而又被急速地扔进深渊似的波谷，被摔得头晕目眩，波谷里空气凝滞，没有声音惊扰海怪的美梦"（坡，1995：235）。此时，两人的头顶突然出现了一艘巨轮。这艘船不仅巨大无比，建造它的木料也极为奇特："且不论在那些海域航行不可避免的虫蛀，也不谈因年代久远自然而然的朽蚀，这种木材的质地也极其疏松……若是西班牙橡木能用某种奇异的（unnatural）方法来发胀的话，那这种木材倒具有西班牙橡木的全部特性。"（坡，1995：238）而更为诡异的是，这艘巨轮会"如同水手的身体一样成长"[1]（坡，1995：238）。船能够像人的身体一样慢慢长大，这在物理上是不可能的。故事中突然出现的巨轮无疑就是阿尔贝所说的物理上不可能的非自然空间。

　　对于这个诡异的非自然空间，查尔斯·枚（Charles May）做出了有趣的解读。他注意到在遭遇风暴后的五天时间里，叙事者能用来充饥的唯一食物是好不容易才从船头水手舱中弄来的一点椰子糖。枚认为这些椰子糖中可能混入了"堆放得马虎"（坡，1995：232）的鸦片，这样"我们或许立马就能解释为何在吃完这些食物后，叙述者的观察和对自己经历的描述

---

[1]　原文是 the ship will grow in bulk like the living body of the seaman。

有了如此巨大的变化"（May，1991：24）。这样的解读貌似不无道理，但却让本来诡异奇特、可以引发无限想象的文本变得肤浅无味、平淡无奇，成了叙述者吸食鸦片后的呓语，毫无任何意义。此外，这种阐释受到叙事模仿偏见的影响，认为叙事的基本面都能运用建立在现实主义参数基础上的模式来进行诠释，此偏见限制了叙事理论的阐释力，在很大程度上抹杀了非自然叙事的魅力。"非自然叙事前置叙事的虚构性，强调叙事技巧的创新性，欣赏叙事文本的多面性"；同时"避免在本质上一成不变"（Richardson，2006：140）。坡的文本就体现出了这种"虚构性""创新性"和"多面性"，因此我们在解读时也要避免"一成不变"，从而挖掘出其中的多种内涵。如果从非自然叙事的视角对文中非自然的空间进行分析，相信能为我们带来新的、更为深刻的理解。

阿尔贝在论及非自然叙事文本的阐释时，给出了九种阅读策略，此处的非自然空间可以用策略五——寓言式阅读来解读。"读者可以把非自然的空间视作寓言的一部分，它们表达了对人类的境况或整个世界的某种看法。"（Alber，2016：49）

对于这艘船的寓意，学者们做出了不同的解读。在霍夫曼看来，这艘船象征着"母亲的子宫"，"它是我们在被意识的痛苦困扰之前无意识状态的载体；在子宫里我们本能地了解了自己的过去、本源以及我们一直渴求的统一状态"（Hoffman，1972：146）。肯尼迪则认为，"这艘可怕的幽灵船代表了一种虽生犹死的状态，同时也是对厄舍古屋的一种预示。它被虫蛀的木架展现出的是'腐朽的本质'。幽灵水手所讲的不知所云的外语表明他们居于异域，即莎士比亚所描述的'那从来不曾有一个旅人回来过的神秘之国'"（Kennedy，1987：25）。

学者们的解读颇具启发性，但都忽视了它可以长大这一非自然特性，以及它所遭遇的非自然风暴以及船所处的位置。读者们可以把非自然的空间视作一种寓言。除了上述的解读，我们也可以将文中建构的非自然空间置于当时的历史语境中阐释，将其理解为对帝国主义扩张可能带来的危险的一种警示。

坡发表《瓶中手稿》时，美国正处于帝国主义和殖民扩张的起步阶段。自刘易斯和卡拉克探险（1803—1806）以来，美国投入越来越多的财力物力扩展其经济利益、科学知识和国家边界。美国人渴望自己的国家能和当时的欧洲列强一样去探索新的疆域，同时攫取商业利益，因此，他们敦促议会派遣探险队探索南太平洋及南极地区。在民众的请求下，议会于1828 年通过了南海探险远征的决议。坡对此次远征无疑是非常关注的，他在评论雷诺兹以考察和探索太平洋和南海为主题的演讲时说："此次远征是民意的要求，而这种民意几乎以所有形式体现了出来。"（Poe，1984：1242）

在这种语境下解读《瓶中手稿》就能看出其中对于帝国主义的影射以及对帝国主义扩张可能带来危险的担忧。故事的叙述者乘坐的是一艘商船，它从欧洲的环太平洋殖民地驶入了危险的非自然未知之地。

叙述者"探索这一海域秘密的好奇心"（坡，1995：241）以及"快速驶向某个令人激动的知识领域——某种从未被揭示过的秘密"（坡，1995：241）的欲望在此背景下就有了帝国主义扩张的意味。这个故事通过诡异可怕的非自然空间警告美国人帝国主义扩张可能带来的危险后果。其实警示的信号在叙述者遭遇恐怖的非自然世界之前就存在了。叙述者乘坐的商船驶离的港口叫作巴达维亚港。巴达维亚就是今天印度尼西亚的首都雅加达，它对于探险者和帝国主义者来说是不详的预兆，因为该城于1699年在地震和洪水中被毁，而且荷兰东印度公司名为"巴达维亚"的旗舰于1629年在澳大利亚西海岸的阿布洛霍斯群岛搁浅。而当商船遭遇风暴进入非自然空间时，不祥之兆和随之而来的厄运就更为明显了。叙述者描述风浪之大时说到他们的船"被抛上比飞翔的信天翁还高的浪尖"（坡，1995：235）。信天翁在这里有着特殊的意义。首先，它们是世上飞得最高的鸟类之一，能飞上几千米的高空，而此处的海浪居然比飞翔的信天翁还高，这在现实中是不可能的。此外，杀死信天翁被认为会带来厄运。塞缪尔·泰勒·柯勒律治（Samuel Taylor Coleridge，1772—1834）的名作《古舟子咏》（"Rime of Ancient Mariner"）中的水手就是因为杀死了一只信天翁导致除了他以外的所有水手全部死去，而他自己则永远活在痛苦之中，生不如死。柯勒律治是爱伦·坡最为敬佩的作家，他曾说没有人在思想方面比科勒律治更有天赋。他对柯勒律治的代表诗作《古舟子咏》自然也是非常熟稔的。《瓶中手稿》很明显受到了《古舟子咏》的影响，文中出现的信天翁可以理解为对帝国主义者的一种警告：如果一味向自然索取，只顾开疆拓境、破坏自然和谐，最后终将受到惩罚。

故事中非自然的风暴、波涛汹涌的海面和滔天的巨浪最终毁掉了商船运载的异域货物并杀死了船上除叙述者外的所有人。坡在关注南海探险远征的同时也意识到西方人进入"他者"世界时有可能遭遇的危险，尤其是当他们穿越半个地球要把这个地区的资源带回去时更是如此。可是故事里作为帝国主义代表的船员们却丝毫没有意识到危险性。他们对于暴风雨来临前的警告视而不见，没有为（他者不满的）风暴做出任何准备，而是在白人优越感的驱使下心安理得，全然没有任何对土著人起义的恐惧。故事里出现的土著人比较少，但是他们出现的时机却很重要。叙述者乘坐的帝国主义商船在途中遇上了"几条从我们要去的巽他群岛驶来的双桅船"（坡，1995：232）。这个看似不相关的细节其实另有深意：遇到这些船不久，叙述者的船就驶入了黑暗的风暴中心。似乎是这些双桅船（经常为大船捎信的小而快的船）把商船上的人引向了灭亡。

值得注意的是，叙述者在风暴来临前注意到了云彩和海水的异样，并把自己的担忧告诉了船长，可是船长却说他看不出任何危险的征候，对叙述者的话置若罔闻。这里的叙述者和爱伦·坡一样，扮演了卡珊德拉式的角色——发出最初不为人信但最终证实为真的警告。一些学者已经探究了《丽姬娅》等故事中坡对帝国主义和东方主义的态度以及他在《莫格街谋杀案》《黑猫》《亚瑟·戈登·皮姆的故事》和《裘力斯·罗德曼日志》等小说中对黑人奴隶和印第安人可能对美国帝国主义扩张造成的威胁做出的警告[1]。《瓶中手稿》中非自然的风暴同样也可以做类似的解读，我们可以把它理解成土著人对掠夺本国资源、压榨自己劳力的帝国主义者的反抗。

坡在写这篇文章时所借鉴的文本《西姆佐尼亚：发现之旅》为以上解读提供了更多证据。在两个故事中，叙述者都

---

① 参考 J. Gerald Kennedy & Liliane Weissberg（eds），*Romancing the Shadow：Poe and Race*. Oxford：Oxford University Press，2011；Toni Morrison，*Playing in the Dark：Whiteness and Literary Imagination*. Cambridge：Harvard University Press，1992；J. Gerald Kennedy，*The Narrative of Arthur Gordon Pym and the Abyss of Interpretation*. New York：Twayne，1995；于雷：《〈裘力斯·罗德曼日志〉的文本残缺及其伦理批判》，载《外国文学研究》2013 年第 4 期，第 78－86 页。

被暴风雨带到了南极。坡的叙述者在巨轮中找到的旧帆布上信手涂鸦，后来那张翼帆被挂上桅杆，不可思议的是，他的涂鸦展开后竟是"发现"这两个大字。在《西姆佐尼亚：发现之旅》里，叙述者进入了南极的一个洞穴，并在那里发现了一个乌托邦社会。但是不久之后他却被该社会驱逐，因为他是一个自私、贪婪、无情、暴力的西方资本家。出洞之后，他宣称几个南海岛屿为美国所有并带回一些岛上资源售卖以图谋取巨额利润。谁料他在一次交易中被另一个资本家欺骗，最终身无分文。和《西姆佐尼亚：发现之旅》中的叙述者一样，坡的《瓶中手稿》中的叙述者最终也落得了悲惨的下场。当他被抛上巨轮时，他知道自己并不会抵达美好的乌托邦。最后船被卷入漩涡，必死无疑时，他心里充满了绝望，害怕自己的灵魂会沉入"黑洞洞的无底深渊"（坡，1995：241）。

叙述者被抛上的这艘非自然的巨轮可以理解为西方帝国主义的象征。它会像人的身体一样慢慢长大这一非自然特性寓示着帝国主义不断扩张的领地和野心。这艘船的木材"具有西班牙橡木的全部特性"（坡，1995：238），"它巨大的船身一片乌黑……从它敞开的炮门露出一排黄铜大炮，铮亮的炮身反射着无数战灯的光亮"（坡，1995：235）。船上的水手"全都老态龙钟，白发苍苍"（坡，1995：238），"就像是被埋了千年的幽灵在游荡"（坡，1995：240）。叙述者称，看到这些水手的身影，"我心里便有一种前所未有的感受，尽管我平生专爱与古董打交道，一直沉湎于巴尔比克、塔德摩尔和波斯波利斯残垣断柱的阴影之中，直到我自己的心灵也变成了一堆废墟"（坡，1995：240）。

最终叙述者和那些老朽的幽灵水手遭遇同样的命运可以视

为西方帝国主义延续的象征。叙述者将美国所代表的帝国主义的今天和将来与欧洲的殖民过去联系在了一起。美国如果不能从欧洲老牌帝国主义国家身上吸取教训就会重蹈覆辙，陷入危机。叙述者知道在美国之前的很多帝国最终都消亡了。他所提到的巴尔比克沦为了罗马的殖民地，塔德摩尔也被罗马所征服，而波斯波利斯则是被马其顿的亚历山大大帝焚烧、抢劫的波斯古城。和罗马人及亚历山大一样，美国的帝国主义者将会取代东南亚以前的统治者；而他们最终也会像罗马人、亚历山大及鬼船上的西班牙人一样最终被推翻。

　　叙述者在巨轮上时注意到那些老朽年迈的幽灵水手仍在使用过时的仪器、地图和方法，对于自己也是视而不见："这些不可思议的人哟！沉溺于一种我无法窥视的冥想之中，经过我身边却对我视而不见。我这样藏匿完全是愚蠢之举，因为那些人压根儿不会看见。"（坡，1995：237）对于即将到来的灭顶之灾他们也视若无睹，"从他们脸上的表情可以看出，他们对希望的憧憬多于对绝望的漠然"（坡，1995：241）。但是叙述者却看到了帝国殖民野心可能存在的危险，并感到"恐惧和绝望"（坡，1995：241）。他被卷入漩涡前留下的瓶中手稿就是对正走在帝国主义道路上的美国发出的警示。

　　总之，在《瓶中手稿》一文中，坡构建的恐怖非自然空间可以被视作"寓言的一部分"，它蕴含了多种寓意，其中一种就是对帝国主义扩张可能带来的危险的一种警示。通过运用非自然的叙事手法，坡营造出了神秘诡异、恐怖骇人的效果，更加突出了追求殖民统治和帝国扩张可能带来的危机和可怕后果。

二、厄舍古屋：人类困境的缩影

《厄舍府的倒塌》（"The Fall of the House of Usher"）可以说是"爱伦·坡最为有名的短篇小说之一，也是美国文学史上最受关注的作品之一"（Sova，2007：68），分析评论它的文章可以说是纷繁各异、不计其数。学者们从精神分析、传记批评、哥特风格、象征意义、文化研究等多个视角对其进行了阐释，很多都有自己独到的见解，极具启发性；然而迄今为止还未有学者从非自然叙事的角度对其进行解读。在下文中，笔者将分析小说中诡异的非自然空间及其功能和寓意。

小说一开篇就营造出了恐怖诡异的氛围。叙述者应友人罗德里克·厄舍之邀拜访其府邸，一看见那座房舍他的心中便充满了一种不堪忍受的抑郁，感到"一阵冰凉、一阵虚弱、一阵恶心"（坡，1995：367）。主人罗德里克对自己所住的古屋也心存恐惧，"那灰墙、角楼，以及包围着古屋的那湖死水，都给他的精神造成极大的压力"（坡，1995：373）。在罗德里克看来，这栋古屋是具有灵性的。"那种灵性一直存在于那些砖石的排列顺序之中，存在于覆盖砖石的大量细微苔藓的蔓延形状之中——尤其存在于那布局经年累月的始终如一之中，存在于那湖死水的倒影之中。它的后果……则可见于几百年来决定了他家命运的那种寂然无声但却挥之不去的可怕影响。"（坡，1995：378）正是受此古屋的影响，罗德里克每日神经紧绷，极度敏感，害怕一切风吹草动，精神几近崩溃。善于营造效果的坡让没有生命的古屋具有了生命和灵性，日复一日、年复一年地对屋主施加影响和压力，使其终日生活在恐惧之中。扬·阿尔贝描述"叶之屋"的话也可以很贴切地形容厄舍古屋："这间屋子很明显是非自然的，它让传统意义上的表达变得不再可能。"（Alber，2016：189）通过塑造古屋这个物理上不可能存在的诡异非自然空间，爱伦·坡成功地让故事更加恐怖，更加扣人心弦。正如李慧明所说，坡笔下非自然的古宅"潜伏着的鬼魅之气，整体上为其作品笼罩上了一层离奇、唯美色彩，在虚与实之间构筑意蕴丰富的象征意义，激发读者的联想和臆测，将恐惧神秘效果推至极致"（2012：57）。

除了营造恐怖氛围，爱伦·坡还借非自然的古屋表达了深刻的内涵和寓意。住宅作为人类的居所，本意是起防御庇护作用，而当恐怖和凶险来自住宅内部，其防护作用反而构成一种让人无处藏身的悖论式的宿命感与潜在威胁。从此意义上来说，厄舍古屋可以看作当时社会的缩影。具有灵性的非自然厄舍古屋对屋主的影响寓示着社会对其成员的影响。本应为其成员遮风避雨的社会却对其存在构成致命威胁，让其陷入了困境和深重的危机。

除了厄舍古屋，罗德里克创作的画和诗歌里也出现了诡异恐怖的非自然空间。为了减轻愁苦，颇有艺术才能的罗德里克绘制了不少画作。在他的画笔下，那些笼罩着精巧构思的幻想"逐渐变得空濛"（坡，1995：374），使叙述者"一见就发抖，而且因为不知为何发抖而越发不寒而栗"（坡，1995：374）。其中有一幅画让他尤其记忆深刻。"那是一幅尺寸不大的画，画的是一个无限延伸的矩形地窖或是隧洞的内部……画面上某些陪衬表明那洞穴是在地下极深处。巨大空间的任何部分都看不到出口，也看不见火把或其他人造光源，但有一片强光滚过整个空间，把整个画面沐浴在一种可怕的不适当的光辉之中。"（坡，1995：375）正如约翰·汤普森（John Thompson）

在谈及坡的文本时说，它们的光芒不是"正午的光辉"，而是"一种冰冷可怕却又异常鲜明的亮光，投下不祥的阴影，让大树、灌木、巍峨的宫殿、闪烁的湖水和紫色的山峦如同穿过它们的幽灵一样不真实"（1969：20）。

和罗德里克一样，坡本人在艺术方面也颇有造诣。他在1849年6月发表的《旁注》（"Marginalia"）中把艺术定义为"感官透过灵魂的面纱于自然中所见之物的再现"。他同时还指出："仅仅只是对自然的模仿，无论这种模仿有多精确，都无法让人配得上神圣的'艺术家'称号。"可见坡并不赞同模仿论，在他看来真正的艺术不是对真实自然的模仿，而是透过"灵魂面纱"的创造性再现。罗德里克的画就是一幅这样的艺术品。它没有模仿自然中真实存在的东西，却另辟蹊径，透过灵魂的面纱，插上想象的翅膀，营建出了一个没有光源却沐浴着光辉的非自然空间。这种不知从何而来的怪异光辉因其诡异而让人感到无比恐怖。在霍夫曼看来这奇异的光辉来自"死者的能量（energy of the dead）"（Hoffman，1972：309），并指出这幅画里的地窖和后来埋葬玛德琳的地下室几乎完全一样。罗德里克在妹妹玛德琳还没有真正死去之时就将其入殓，置于地窖之中。七八日之后的一个阴森幽暗、风雨交加的晚上，叙述者隐隐听到异响，正惊骇莫名之时，罗德里克敲门而入，打开一扇窗让他向外看。展现在他们眼前的是一幅奇异的景象："没有看见月亮或星星，也没有看见任何闪电。但是，在那些大团大团涌动着的乌云下面，在我们眼前地面上的物体之上，却有一层闪着微弱但却清晰的奇异白光（unnatural light）的雾霭，像一张裹尸布把府邸及其周围笼罩。"（坡，1995：382）这诡异的光芒和罗德里克画中的异光惊人地相似，都不知从何而来而又如鬼火般让人不寒而栗。这集聚了"死者能量"、令人骇异的非自然空间"书写了现代形而上学虚无中的新死亡困境"（Kennedy，1987：198）。

罗德里克创作的诗歌也营造了诡异的非自然空间，这一点从诗歌的题目《闹鬼的宫殿》（"The Haunted Palace"）就可见一斑。这首诗最初于1839年4月发表在《巴尔的摩博物馆》杂志上。该诗的前四节描述了一座富丽堂皇的宫殿，它坐落于思想主宰一切的王国。统治这个王国的思想之君"荣光万丈，如坐云端，威仪而有帝王风范"（坡，1995：376）。可是好景不长，"邪恶披一袭长袍裹挟着悲伤，侵入国王的至尊之地"（坡，1995：377）；昔日的繁华不再，国王也已凄凄赴黄泉。曾经明亮的两扇窗户变成了血红色；隔着窗户，人们能望见"森森鬼影伴着刺耳的旋律梦幻般舞动。可怕的群魔迅速穿过惨白的宫殿大门，势如骇人的滔滔冥河，脚步匆匆，无休无止"（坡，1995：377）。

明亮的窗子变成了血红色，宫殿里面群魔乱舞，用伯特·阿波特（H. Porter Abbott）的话来说，"这在我们居住的真实世界是不可能发生的事情"（2008：168）。这个"闹鬼的宫殿"是现实世界中不可能存在的非自然空间。坡在故事中借罗德里克之口嵌入此诗歌，塑造出一个诡异骇人的非自然空间，可谓全篇的点睛之笔。诗歌本身是有瑕疵的，但它却强化了故事的预设效果。

此诗歌与故事明显有许多相似之处。"闹鬼的宫殿"就是"厄舍古屋"的缩影。"一座富丽堂皇的宫殿——熠熠生辉，昂首苍穹"（坡，1995：375），这无疑是对古屋过去的描述，也是爱伦·坡对过去美好的神往。然而，好景不长，"邪恶披一袭长袍裹挟着悲伤，侵入国王的至尊之地"（坡，1995：377），这正是对古屋现状的形容，也是坡对自己所处社会危机的表达。爱伦·坡巧妙地借用诗歌来映射厄舍古屋的阴森可怕，走进古屋就如同走进了鬼宫，更加强化了故事的恐怖效果，也更强烈地体现了生活在其中的人类的困境。

其实"闹鬼的宫殿"映射的不仅仅是厄舍古屋，它也象征着屋主人罗德里克·厄舍的头脑，宫殿的两扇窗户正如罗德里克的双眼。过去明亮的窗子变成了血红色，曾经宏伟的宫殿里鬼影森森，而思想之君则凄惨地命赴黄泉，这些都表明在困境中的罗德里克正逐渐丧失理智，开始变得疯狂。爱伦·坡自己也坦言："通过《闹鬼的宫殿》这首诗我想要表明的是一个为幻影所困扰的心灵——一个疯狂的大脑。"（转引自 Sova，2007：80）最终诗里的预言被无情地实现了，他彻底地失却了理性，丧心病狂地活埋了自己的妹妹，最后自己也倒地身亡。

爱伦·坡借助艺术手段，用非自然的叙事手法呈现出深入灵魂的恐怖、诡异的死亡、荒诞的宿命，以此探索、建构一个与现实世界迥然不同的神秘非自然世界，营造出波诡云谲、别有诗韵的意境；透过这个世界，他表达了对危机时代人类生存困境的深刻思考。霍夫曼说得好：坡的故事总是从实际中抽离出来，尽可能去除了现实的纹理，而倾向于表达纯粹的原型。因此在《黑猫》《丽姬娅》《厄舍府的倒塌》中，他创造了如幽灵般不真实的人物。但是通过这些杜撰出来的现实中不可能存在的场景，他成功地唤起了真实的爱情、仇恨、罪恶和恐惧（Hoffman，1972：325）。

总之，通过塑造具有灵性的神秘古屋、无光源却闪着奇异光辉的地窖和闹鬼的宫殿等一系列诡异的非自然空间，坡成功地达到了自己想要的效果：深入灵魂的恐惧。而这些令人不寒而栗的非自然空间映射出的是"个体存在的脆弱、危机和困境，暗示了文化危机无所不在的钳制力量"（李慧明，2012：69）。

第二节　科幻世界

爱伦·坡建构的诡异非自然世界折射了人类的危机和困境，而他创造的科幻世界则用想象为人们提供了摆脱困境的途径。扬·阿尔贝在谈及科幻小说中的神奇空间和场景时说："非自然已经成了诸如科幻小说等文类所惯有的因素之一。"（Alber，2013：51）不可能的世界已经成了一种重要的诗学手段，它们代表了"能让人施展创造才能的新领域"（Richardson，2015：38）。爱伦·坡是一位非常注重创新的艺术家。他在《创作哲学》（"The Philosophy of Compostion"）中宣称"我的首要目的是创新"（Poe，1984：13），并耗费不少笔墨详谈自己如何让《乌鸦》产生"与众不同且完全新颖的效果"（Poe，1984：17）。在评论霍桑的《故事重述》时，他再次强调了创新的重要性，声称"独创这一品质，在小说创作中确实抵得上所有其他品质"（Poe，1984：578－579）。通过创造出一个新的文类——科幻小说，爱伦·坡给读者留下了耳目一新的感受，营造出了新奇的效果。而在让读者啧啧称奇之余，《汉斯·普法尔历险记》（"The Unparalleled Adventure of One Hans Pfaall"）和《言语的力量》（"The Power of Words"）等科幻小说还通过塑造新奇的非自然空间为人们提供了摆脱生存困境的希望。在非自然叙事学家们看来，"非自然叙事把我们带到想象的最遥远之境，极大地拓展了人类意识的认知视阈，挑战了我们关于世界的有限视角，邀请我们去回答那些我们平常不会回答的问题"（尚必武，2015：104）。坡的科幻小说就是这样的叙事作品。

一、飞向月球：逃离艰辛俗世

作为科幻小说的滥觞，《汉斯·普法尔历险记》有着颇为奇幻的非自然空间。主人公汉斯·普法尔乘坐自制的气球登月，并探索了那里的神奇世界。喜欢追求新奇效果的爱伦·坡有着一颗善于探索的心灵。在《瓶中手稿》和《大漩涡底余生记》中，他探索了海洋的深处；在《汉斯·普法尔历险记》和《气球骗局》中，他寻究了天空的奇妙。这些有关空间探索的文章构成了他所谓的科幻小说。儒勒·凡尔纳（Jules Gabriel Verne，1828—1905）、雷·布雷德伯里（Ray Douglas Bradbury，1920—2012）等作家继承了坡的科幻衣钵，将之发扬光大，使科幻小说成为广受读者欢迎的小说类型。

爱伦·坡的这些探索小说都有一个共同特点：它们的主人公都逃离了日常生活并开始了一段不寻常的旅程。《气球骗局》最初作为一篇新闻报道刊登在 1844 年 4 月 13 日的《太阳报》上，讲述了载人气球在 75 小时之内飞越大西洋的故事。文章一经发表就立刻引起了轰动，人们争相抢购刊有此文的报纸，一时洛阳纸贵，一报难求。此文为坡赚得了 50 美元，但更让他感到开心的恐怕是它愚弄了很多此前并不欣赏自己的读者。虽然《汉斯·普法尔历险记》发表后并没有如此的轰动效应，但正如约翰·特里西（John Tresch）所言："爱伦·坡创造了科幻小说这一文类的断言是建立在《汉斯·普法尔历险记》而非《气球骗局》基础之上的。"（Tresch，2002：115）坡本人也清楚地意识到了此文的开创性意义。在他的作品由鲁弗斯·W. 格里斯沃尔德（Rufus Wilmot Griswold）结集出版前，坡为这篇文章加上了一段很长的后记。在这篇后记中，他指出此故事与当时颇受欢迎的《月球故事》（"Moon Story"）有很大的不同，并暗示即便有相似之处也是洛克（《月球故事》的作者）抄袭自己的文章，因为《汉斯·普法尔历险记》的发表时间比《月球故事》要早三个星期。最后坡很自信地强调"《汉斯·普法尔历险记》的构思是具有独创性的"（坡，1995：1101）。

事实确实如此，《汉斯·普法尔历险记》讲述的故事的确颇为新奇："发生在那儿的现象是那么截然地出人意外——那么完全地新鲜离奇——那么彻底地悖于世人的先入之见。"（坡，1995：1051）

善于营造效果的坡从一开始就紧紧抓住了读者的好奇心。什么东西这么新鲜离奇？答案很快揭晓：鹿特丹市宽敞的交易所广场上空出现了"一个奇形怪状可又显然很结实的物体……它的形状是那么古怪，它的结构是那么异常，以至于大张着嘴站在下面的健全的鹿特丹市民无论如何都没法理解"（坡，1995：1052）。随后此物体缓缓下降，人们看见它上面还有一个很古怪的小人。"这个小矮人的身体异常宽阔，很不成比例……闪亮而锐利的眼睛向外鼓起，但在他头上的任何地方都找不到像耳朵一样的东西"（坡，1995：1053）。小矮人扔下一封信便启程回航了。这奇特的场景让人备感新奇但同时也心生疑惑。这个奇怪的物体到底是什么呢？小矮人又是谁呢？

接着，信中的讲述逐渐解开了读者的疑问。这封信为汉斯·普法尔所写。他为了躲避债务和世俗的烦恼自制气球登上了月球。这个奇怪的物体就是载着汉斯·普法尔登月的气球，而小矮人则是月球人。虽然坡借普法尔之口煞有其事地解释了气球能飞上月球的"科学原理"，但毋庸置疑汉斯·普法尔的气球和《格列佛游记》中的飞岛一样，"违背了自然法则，是物理上不可能存在的非自然空间"（Alber，2013：47）。在这个非自然的气球里发生了一系列新鲜奇特的事件。在描写这些事件之时，坡极尽曲折之能事，牢牢抓住了读者的注意力。普法尔先是差点因为气球升空引起的剧烈震荡而性命不保，接着又几乎被云层闪电击中。到了第十七天，他根据自己与地球相对的角度越来越大推测气球已经爆炸，而他正在飞速下降，马上就要粉身碎骨。正在绝望之际，普法尔却惊喜地发现月球居然就在脚下，在片刻间体验了从地狱到天堂的复杂心理。这种情节设计着实扣人心弦，在给读者带来刺激享受和新奇体验的同时，也收到了出人意料的美学效果。

坡对新奇效果的营造并未止步于此。当普法尔历尽艰辛终于登上月球之时，他借普法尔之口描述了月球的地形地貌及其所住居民。其实普法尔在登月途中就想象过月球的景象：丛林莽莽，山崖峭立，飞泉流瀑，鲜花遍地，真宛若世外桃源一般。及至他真正抵达月球之时才发现这颗星球和自己的想象很不一样：它有着奇妙的冷暖变化，一连半个月烈日高照，另外半个月却天寒地冻，它的水分像被真空蒸馏一样从日晒点移到远离日晒点之处。月球居民们有着奇异的生理结构：他们相貌丑陋，没有耳朵，因为那种附属器官在一个变得如此独特的大气层里毫无作用，他们因此对语言之运用和特性一无所知，但他们有用来代替语言的一种奇特的沟通方式。

当然，如今人类已经数次登上月球，我们已经知道那里并没有居民，也不是普法尔所描述的那种景象，坡在小说中塑造的是事实上不存在的非自然空间，可是我们在阅读时却不由地为这种想象出来的新奇空间所吸引，这就是非自然叙事的魅力。可惜的是，普法尔对月球的地形地貌及其居民只进行了简略的描绘，并没有细说其种种神秘，让人读来有意犹未尽之感。其实这恰恰是坡的高明之处，他打破了读者的期待心理，也给他们留下了丰富的想象空间：这个神奇的世界到底是什么样子呢？月球居民们有着怎样的风俗习惯、生活方式和政治制度呢？读者可以让自己的想象自由驰骋，每次都可能会有全新的体验。

可以说通过塑造登月气球和神奇的月球世界这两个非自然空间，爱伦·坡在《汉斯·普法尔历险记》这篇科幻小说中完美地诠释了他所提倡的"创新"理念，表现出了别具一格的独创性，开创了科幻小说的新模式，也成功地营造了他所追求的新奇效果。当然，给读者全新的体验并不是《汉斯·普法尔历险记》的全部意义，笔者已经在前文指出，这篇科幻小说还通过塑造新奇的非自然空间为人们提供了摆脱生存困境的希望。正如朱振武所指出的："爱伦·坡在其科幻小说中对19世纪美国人努力改善自身困境的现实做出了诸多思考。"（2011：82）"对现存社会的探索不断地引领他们（指美国19世纪、尤其是60年代前重要的小说家）探讨理想的社会生活这一主题。"（Kal，1963：6）

在《汉斯·普法尔历险记》中，普法尔之所以乘坐气球登月是因为时代的变革所带来的动荡使他的生存陷入了困境和危机之中。普法尔本来在鹿特丹过着平静、舒适的生活。他曾经和其祖辈一样"从事修风箱这门既体面又赚钱的职业"（坡，1995：1055），然而随着工业化的发展，小手工业者逐渐沦落到无活可干的境地。正如普法尔所说："那些原来堪称世界上最佳主顾的人们现在没有片刻的时间想到我们。他们不得不尽其所能去获悉变革的消息，竭尽全力跟上智力的发展和时代的精神……不久之后整个鹿特丹就再没有一副风箱需要缝补一针，或是需要榔头相助。"（坡，1995：1056）失去了主顾的普法尔很快陷入了经济危机、负债累累。妻儿跟着他忍饥挨饿、债主不断上门催债，这一切让他无法承受，以至于想要结束自己的生命。正在此时，他偶然看见了一本关于天文学理论的小册子，并受此启发，制造了一个特大气球，然后乘坐它到达了月球，开始了新的人生旅程。

正如约翰·特里西所说："普法尔的历险之所以'无与伦比'（unparalled），是因为他逃离了地球的坐标体系。"（Tresch，2002：116）通过非自然的叙事手法，爱伦·坡为人类在月球上建立了美好的家园，让身处危机中的人们看见了未来和新生的希望。

二、言语造星球：艺术的力量

在《汉斯·普法尔历险记》中，坡让主人公飞向月球逃离俗世艰辛和生存困境，而在《言语的力量》（"The Power of Words"）中，他则让主人公用言语创造了一个全新的星球，彰显了言语所代表的艺术的力量。

《言语的力量》是坡的三部对话体小说中创作最晚的一篇，最初发表在1845年6月的《民主评论》上。这篇对话体科幻小说发表至今 100 多年很少有批评家关注，用艾伦·塔特（Allen Tate）的话来说，"已经几乎被完全遗忘了"（1999：405）。这篇文章全文都是两个天使之间的对话，初读时让人觉得玄而又玄，甚至有些不知所云。再次细读则会发现这个短文其实大有深意。约翰·迈克尔（John Michael）称："尽管《言语的力量》经常被认为是坡的作品中不太重要的一篇，但它实际上却是坡深刻思考的结晶。"（1989：2）知名坡研究专家斯图亚特·列文（Stuart Levin）和苏珊·列文（Susan Levin）认为它是"了解坡的哲学和浪漫主义思想最重要的一篇文章"（1990：107）。著名爱伦·坡传记作家阿瑟·霍布森·奎因（Arthur Hobson Quinn）则认为"《言语的力量》比他的讽刺小说要有价值得多"（1969：469）。虽然笔者认为坡的讽刺小说也极有价值，并不比《言语的力量》逊色，但毫无疑问《言语的力量》就像一座还未被完全发掘的宝藏等待着我们去开发。

　　笔者能查到的关于此文为数不多的评论多集中在对其宗教意义的解析。马利坦曾做出如下评论："那么这篇文章真的是要表达诗歌和言语之神奇吗？我认为不是。此文以及《我发现了》都应该用泛神论哲学和宇宙观去解读：每一个动作和行为都是神力的一部分。"（转引自 Tate，417）朱振武教授主编的《爱伦·坡小说全解》一书中则从《圣经》原型的角度解读了该文章，指出"《圣经》和基督教传说是爱伦·坡幻想小说的重要源泉。在短篇小说《言语的力量》中，《圣经》中的神话故事随处可见"，阿加索斯所谓的"震动最终将导致宇宙的创立，其实渊源于圣经中的《创世纪》"（2008：351）。诚然，《言语的力量》有着明显的宗教意味，从此角度解读无疑是合理的；但若从非自然叙事角度阐释，相信能给我们带来新的启发。仔细品读该文，不难发现其中的非自然空间，而这个非自然空间有着"明确的功能"及深刻的内涵。

《言语的力量》是一个关于天使奥伊洛斯和阿加索斯之间谈话的虚构故事。奥伊洛斯来自"不久前刚毁灭的美丽的地球"（坡，1995：916），是"一个刚获得不朽的灵魂"（坡，1995：912）。作为新晋天使，奥伊洛斯虚心向阿加索斯求教，询问关于创造力的本质以及上帝在其中所起作用的问题。阿加索斯答道："上帝现在并不创造……上帝仅仅是在开初创造过。现在整个宇宙这么不断涌现的表面上的创造物只能被视为上帝创造力的间接结果，而不能看作是直接的产物。"（坡，1995：913）接着阿加索斯告诉奥伊洛斯言语有着巨大的创造力。为了证明这一点，他把奥伊洛斯带到了一颗奇异的星球，奥伊洛斯叹道："这是我们在飞行中所遇见的最最青翠但又最最可怕的星球，它那些艳丽的花儿看上去就像个美丽的梦——可它那些凶猛的火山就像是一颗骚动的心中的情。"（坡，1995：916）阿加索斯回应道："这荒凉的星——自从我交叉十指，噙着眼泪，在我心上人的脚边，用激情洋溢的寥寥数语宣告它的诞生——已经过去了3个世纪。它艳丽的花儿是所有未了之梦中最可爱的梦，它狂怒的火山是最骚动不安、最不敬神明的心中的情。"（坡，1995：916）原来，这是一颗他"用激情洋溢的寥寥数语"创造出来的星球。

言语创出星球，这在现实生活中是不可能的。这颗被阿加索斯用言语创造出来的星球无疑是阿尔贝所说的"物理上不可能的"非自然空间。我们该如何解读此处对言语力量的渲染呢？阿加索斯真的用自己的话语创造了这颗荒凉的星吗？

迈克尔·威廉姆斯在《词语的世界：埃德加·爱伦·坡小说中的语言与替换》一书中对此做了详尽分析。在威廉姆斯看来，这颗星并非真实存在，而是一个隐喻，读者"不应该太拘泥于'言语的力量'的字面意义"（Williams，1988：14）。他指出阿加索斯说这番话时充满了激情，"花朵"和"火山"都是喻体，"是他抒发梦想和热情的修辞之花"（Williams，1988：14）。它们成为实体正如文本中的文字拥有实体性一样，而这一点，威廉姆斯这样写道：

> 这种实体性是它们独立于作者存在的一个标志。而且它们保持着绝对的比喻性。作者阿加索斯遭了自己的文本，而此文本在时间的长河里自由飘荡，他只能坚守自己的"梦想……激情"和言语。他下垂的翅膀既代表着他的回忆，也是作者焦虑的征兆——因此，他尝试着重建自己和所造之物之间的联系。（Williams，1988：14）

而让这种焦虑更为严重的是之前提及的事实：上帝在开初创造之后便隐退了。故而，"宇宙是一个作者永远缺席的文本"（Williams，1988：14）。尽管对死亡的恐惧被写作所取代，然而却永远无法完全实现终极超越。人类的努力创造只能被降格为永远的不完美。对此，芭芭拉·坎特卢珀在《〈我发现了〉的序曲：〈死荫〉和〈言语的力量〉里坡的"绝对适应交互性"》一文中反驳道："除非坡整个创作计划是有意识地'永远的不完美'行为，除非他声称《我发现了》是自己最好的作品是在自我欺骗，否则威廉姆斯对这些对话体小说的解读就似乎忽视了坡对于文字的力量以及自己文学创作的信

念。"（Cantalupo，1998：20）

笔者赞同坎特卢珀的观点，但她在论文中着重阐述的是坡在文中提出的绝对交互性这一概念，并未聚焦坡对言语和文字力量的推崇，也没有关注及阿加索斯用言语造出来的星球这一非自然空间。坡用此非自然空间凸显了语言的创造力。正如杰拉德·肯尼迪所说："语言能创造出一个充满美好和胜利之梦幻的空间。"（Kennedy，1987：114）在热爱文字的坡看来，语言有着巨大的能量。他在《旁注》（"Marginalia"）中说："我们经常听到有人说，这样或那样的想法无法用语言表达出来！我并不相信有任何真正称得上思想的东西是语言无法触及的……我对言语力量的信心是如此的坚定以至于有时我相信它甚至可以描摹那转瞬即逝的美好梦想并使之具体化。"[1]（Poe，1984：1384）

和爱伦·坡一样，海德格尔（Martin Heidegger）也充分意识到了语言的重要性，他认为语言是人的生存家园，"诗的本质就是用语言去神思存在"（海德格尔，2004：202）。他在《通往语言的途中》阐释荷尔德林的诗句"词语，犹如花朵"时指出，语言"使大地和天空，深处的涌动和高远的力量相互遭遇"，"词语破碎处，无物可存在"（海德格尔，2004：269）。这与坡所秉持的"言语可以描摹那转瞬即逝的美好梦想并使之具体化"的思想在本质上非常契合。坡深知语言的力量，那些不能亲历的梦幻，命运的挣扎，都可以借助语言的

---

① 原文是 Now, so entire is my faith in the power of words, that, at times, I have believed it possible to embody even the evanescence of fancies such as I have attempted to describe.

力量，在书写中记录、留存。

　　当然，语言的力量不仅仅在于其表现能力，更在于其创造力。著名语言学家威廉·冯·洪堡（Wilhelm von Humboldt）指出："它（语言）本身并不是一种产品，而是一种行为。因此它真正的定义只能是演变性的。它是让发出的声音能够表达思想的脑力劳动。言语，不管是书面的还是口头的，能将思想化为震动；诗人由此改变或者重新创造这个世界。"（Humboldt，2000：49）《言语的力量》一文中，正是用言语将思想化为震动，创造了一个非自然的新世界。正如约翰·迈克尔（John Michael）所说："言语的力量，语言的创造力，把渴望的隐喻转变成了崇高的风景。这里的鲜花和火山不再是华丽的修辞，而是被语言实现了的愿望。"（Michael，1989：8）艳丽的花儿代表语言所创造出的美好事物。语言创造出的美好事物之一无疑是文学。语言是文学的基础，是其赖以生存的血脉。对于爱伦·坡来说，语言的力量和美感是文学创作的源泉，是他呈现美的存在之家，也是他对抗恐惧和危机的方式。在小说中，"我们可以看到坡对上帝及其造物本质的思考，并由此瞥见写作和语言如何构成了他超越概念的重要组成部分。换言之，此故事不仅仅是为了减少恐惧感或带来希望；它通过将尘世与上天的创造紧密结合追溯了终极超越的本质"（Bruce，2019：412）。杰拉德·肯尼迪认为这篇小说为坡阴郁的文本增添了一抹亮色和一线希望。在肯尼迪看来，坡的小说不仅仅体现出对"死亡问题"的执着关注，更重要的是他在作品中表现出的现代欲望，即通过写作对抗人终将死亡这一可怕事实。他写道：

死亡赋予写作了解自己权威特质的一种方式；它是一块白板，写作在上面铭刻其对无情时光的反抗。死亡意味着不复存在，而这恰恰催生了人们对于象征性表达的需求；死亡的不可阻挡反而成为写作的重要力量。因此，写作可以说从死亡中获得了生命，从和死亡的竞争中获得了能量——它退出杂乱无形的生活经历，进入恒定、安宁的词语世界，而词语始终在言说。（Kennedy，1987：22－23）

爱伦·坡深知语言的力量，也深知自己的生命终将结束，而不能亲历的梦幻，无法触及的"天国之美"，却可以借助语言的力量，在文学作品中记录、留存。爱伦·坡在《诗歌原理》一文中盛赞他最为推崇的文学种类——诗歌，称它"能通过升华灵魂让人激动万分"（Poe，1984：71），心灵只有被诗情启迪时才会最大限度地接近那个它努力要实现的伟大目标——创造超凡之美。一些极有天赋的人为领悟那种超凡之美而做的努力，已经为这个世界带来了世人们能够理解为诗并感觉为诗的一切。

爱伦·坡就是这样极有天赋的人，他在《言语的力量》中用诗一般的语言创造了一个不可能的科幻世界，"让人激动万分"（Poe，1984：71）。用丽莎·詹赛恩（Lisa Zunshine）的话来说："不可能的事物有着迄今为止一直被忽视的潜能，因为它们打开了新的概念空间，使得探索此种空间的叙事作品变得可能甚至必要。"（2008：158）《言语的力量》即为一个很好的例证，它通过言语创造出来的星球这一非自然空间彰显了艺术的力量及其助人走出危机、拥抱美好的救赎作用。

正如卢博米尔·道泽尔（Lubomir Dolezel）所指出的，通过"塑造不可能的世界"，非自然叙事"对想象力提出了极大的挑战。它就像方形的圆圈一样让人着迷"（1998：165）。正是这种挑战让非自然叙事具备了极大的魅力。露丝·罗恩（Ruth Roen）对不可能世界的建构更是极力赞赏，在她看来，"不可能已经成为了一种重要的诗学手段，它并没有让虚构世界的连贯性崩塌"，反而代表了"一种展示创造力的新领域"（1994：57）。阿尔贝等人也表达了相似的观点："非自然叙事前置对真实世界描述的抵制，强调小说技巧的创造性。"（Alber et al.，2013：9）显然，他们认为非自然叙事体现出了很强的创造性，而爱伦·坡用非自然叙事的手法表现语言的创造性和力量无疑是绝佳的选择。

第三节　超凡之境

除了建构科幻世界，爱伦·坡还通过营造唯美的超凡之境来远离丑恶世界、书写美学救赎。"美"是爱伦·坡反复提及的关键词。他在《创作哲学》中说："这种最强烈、最高尚，同时又最纯洁的快乐存在于对美的凝神观照之中。实际上当人们说到美时，其准确的含义并非人们所以为的一种质，而是一种效果——简言之，他们所说的只是那种强烈而纯洁的心灵升华。"（Poe，1984：16）对于坡而言，真正能够让人的灵魂得到升华的美并不是现实可然世界的美，因此作家尤其是诗人要想让读者的心灵得到最大程度的升华，就不能只是在作品中模仿和再现真实世界。正如他在《诗歌原理》中所说："如果一个人仅用诗来再现他和世人一样感知到的那些景象、声音、气味、色彩和情趣，不管他的感情有多炽热，不管他的描写有多生动，我都得说他还不能证明他配得上诗人这个神圣的称号。远方还有一处他尚未触及的东西……它是飞蛾对星星的向往。它不仅是我们对人间之美的一种感悟，而且是对天国之美的一种疯狂追求。"（Poe，1984：77）可见坡追求的美不是眼前的、尘世的、现实世界的，而是超凡的、脱俗的、非现世的。他在《阿尔阿拉夫》（"Al Aaraaf"）和《阿恩海姆乐园》（"The Domain of Arnheim"）中就塑造了这样超越凡尘的非自然唯美空间。

一、人间仙境：远离丑恶世界

《阿恩海姆乐园》最初于 1847 年 3 月发表在《哥伦比亚淑女绅士杂志》。该故事的最初雏形是刊载于 1842 年 10 月《斯诺登淑女指南》上的《风景花园》。坡保留了《风景花园》的大部分内容，并对其进行了扩充，最终形成了《阿恩海姆乐园》。罗伯特·舒曼（Robert Shulman）认为该文是对爱伦·坡暗黑小说的"让人满意的补充"（转引自 Dayan，1987：80）。爱伦·坡自己对此文也很是看重。他在写给红颜知己海伦·惠特曼的信中说："《阿恩海姆乐园》基本上表达出了我的灵魂。"（Poe，1978：1266）还在给她的赠书中写道："它比我写过的任何文章都更能体现出我的个性、我内在的品味以及思维习惯。"（Poe，1978：1266）

小说讲述的是如何建立人间天堂的故事。故事的主人公埃里森偶然获得了一大笔遗产，给予他遗产的是一百年前去世的一位远房亲戚。埃里森用这笔钱设计并建造了一座名为阿恩海姆的人间乐园。为了突出阿恩海姆乐园超凡脱俗的非自然之美，爱伦·坡极尽铺陈之能事，花大量篇幅讲到了埃里森对于风景园林艺术的观点。他认为："严格来说只有两种类型的风景园林艺术：自然型和人工型。前者力图以适应周围景色的方式反映原始的美……自然型园林艺术的效果是没有瑕疵，也没有不协调，整个作品处于和谐有序中，但创造不出任何特别的异景奇观。"（坡，1995：956）这种园林艺术起于临摹，也止于临摹。一切均以自然为标本，不求超越。人的创造力在这种园林风格中得不到任何展现。爱伦·坡对这种一板一眼照抄大自然的方式评价并不高。他在1849年6月发表的《旁注》中指出："仅仅只是对自然的模仿，无论这种模仿有多精确，都无法让人配得上神圣的'艺术家'称号。"（Poe，1984：1458）可见，他更加推崇的是人工创造之美。

爱伦·坡在文中借埃里森之口指出："人工型园林艺术有多种变化，以满足不同的鉴赏趣味……无论有人说些什么来反对人工型园林艺术的滥用，一种纯艺术的混合仍为园林景观平添了一种巨大的魅力……艺术最细微的展示也是一种精心周密和人类情趣的证明。"（坡，1995：956）在这种景观艺术中，人不再单纯模仿自然，而是充分发挥了自己的创造性，从而才能产生特别的异景奇观。其实，这里的风景园林艺术也可以理解为对文学创作的一种类比，他的这篇超越摹仿禁锢，创造出非自然空间的文章无疑就是埃里森也是爱伦·坡自己所推崇的美学形式。

此外，文章对于乐园位置的选择也介绍得极为详尽。埃里森最初被太平洋岛屿旖旎的自然风光所吸引，准备到那里建造乐园。可是深思熟虑之后他放弃了这个念头，因为那里太过于荒凉偏僻，与世隔绝，他希望的是宁静自在而不是孤独的压抑。为了寻找心目中的理想之地，埃里森和朋友（本文的叙述者）一起旅行了好几个年头。上千个令叙述者心醉神迷的地方均被他断然否定。直到寻找的第四年底，才总算找到一个埃里森自己也承认满意的地方。可是，叙述者并没有指出这个地方究竟在哪里，而是轻描淡写地说道："我当然没有必要说出这地方在何处。"事实上并不是没有必要，而是没有办法说出此地在何处，因为它是爱伦·坡用其丰富艺术想象力创造出来的、现实世界中不可能存在的非自然空间。琼·戴扬（Joan Dayan）在论及《阿恩海姆乐园》时说："阿恩海姆的确切位置和地理特征都很模糊。它的力量在于此地点的想象特质，而它的不确定性又提升了这一特质。"（1987：87）正如乐园主人所言："——让我们想象有这样一处风景，它和谐的美、壮观和新奇都使人想到那些超乎人类但又相似于人类的高等生命之匠心，之文化，或他们的监督——"（坡，1995：958）可以说阿恩海姆新奇的非自然特质让它充满了神秘和美感。

在揭开人间仙境阿恩海姆乐园的神秘面纱之前，爱伦·坡又进行了最后一次铺陈：通往阿恩海姆之路。阿恩海姆乐园建在一处高地之上，到达乐园需要经由水路，搭乘两艘不同的小船。对于第一艘船，文中做出了如下描述："小船随时都像被囚禁在一个魔圈之中，四周是难以穿越的叶簇高墙，头顶是绿缎织成的屋顶，而脚下没有地板——小船以惊人的精确性与水面下的一条幽灵船形成对应，那条船底朝天的幽灵船时刻都与那条真实的小船相依相随，仿佛是为了支撑它。"（坡，1995：960-961）这艘没有底还能航行许久的小船以及水下的幽灵船都是现实世界中不可能存在的，它们也为后面出现的非自然空间阿恩海姆乐园起到了很好的铺垫作用。

在第一条船上航行数小时后，航行者须离开此船，坐上一只象牙色的独木舟。"小舟里里外外都用鲜红色绘着阿拉伯式图案。尖尖的船头和船尾在水面高高翘起，整个小舟就像一弯不规则的新月。它静静地浮在水面上，有一种天鹅般的矜持和优雅。它黑白相间的舱底放着一柄轻巧的椴木单桨；但舱内既不见划手也没有侍者。他被独自留在了那只显然在湖心一动不动的独木舟上。可当他正在考虑该去向何方，忽然觉得那叶仙舟微微一动。随后它轻盈地但以逐渐加快的速度漂行，它掀起的细浪涌过象牙色的船边，其声犹如一支神曲。"（坡，1995：962）静静浮在水面上的独木舟在没有任何动力的情况下突然动了起来，并逐渐加速行驶，这在现实世界是不可能的，不愧是一叶"仙舟"。这叶仙舟不仅把它的乘客带到了人间仙境，也让他对即将看到的"非自然"乐园做好了心理预期。

"仙舟"穿过狭长的岩石隘口和迂回曲折的溪流，开始加速滑入一片宽阔的平原，平原四周环绕着紫色的高山。此时，整个阿恩海姆乐园骤然呈现在眼前：

> 那儿飘荡着一种令人心旷神怡的音乐，那儿弥漫着一种令人难以忘怀的奇香；那儿看上去是一个梦一般的多彩世界——又高又细的东方树木——又低又矮的常青灌木丛——一群群金色和火红色的飞鸟——一个个水边长着百合花的湖泊——一片片开着紫罗兰、郁金香、罂粟花、晚香玉和风信子的草地——一条条纵横交错的银色小溪——而从这一切之间，一座座半哥特式半撒拉逊式的建筑凌空而起，仿佛奇迹般地飘浮在半天云中；数以百计的眺窗、尖顶和尖塔在鲜红的阳光下熠熠生辉；好像是由风精、仙女、天魔、地神共同创造的海市蜃楼。（坡，1995：964）

129

对于此仙境般的乐园，丹尼尔·霍夫曼评论道："这无疑是和《海中之城》以及《梦境》一样反自然（antinatural）的景色，不过是更为怡人（benign）的版本。"（Hoffman，1972：188）可谓一语中的。整个乐园凌空而起，漂浮在半云天中，这在现实世界中是不可能的。这座凌空而起，漂浮于空中的非自然建筑远离了人间的一切丑恶、烦忧和羁绊，表达了爱伦·坡对美好世界的向往和追求。而风精、仙女、天魔、地神等形象更增添了乐园的超现实和非自然色彩，让人沉浸于文章所营造出来的人间仙境之中。

约翰·迈克尔在论及《阿恩海姆乐园》时指出文中有三段旅程，前两部分描述了把叙述者带到乐园的两艘小船及沿途景观，第三部分则是对乐园本身的描绘。这三部分都"超越了普通、自然的范畴，变得无比的奇特，庄严而又崇高"（Michael，1989：2），具有超凡脱俗的理想之美。

对于这种超越凡俗之美，爱伦·坡在其有生之年创作的最后一篇重要文学评论《诗歌原理》中做了详细阐述。《诗歌原理》在坡去世一年后发表，但它的创造时间很有可能和《阿恩海姆乐园》是同步的（Crosby，2017：82）。坡在该文中称："园林花圃之营造亦是表现诗趣的一方广阔天地。"（Poe，1984：77）对美的"渴望"是创造这种诗意园林的动因，而这种渴望"属于人类的不朽"（Poe，1984：77），"是对天国之美的一种疯狂追求"（Poe，1984：77）。埃里森的乐园就让我们能够瞥见这种令人心醉神迷的天国之美。

对乐园的描写是本文的点睛之笔，前面的描写起到了一种"延宕"的作用，把读者的胃口吊得很高，同时最后的结局又以超越其阅读期待为旨归。以对乐园的描写作为文章的结尾，整篇文章达到高潮却又戛然而止，使读者心中的期待得以实现，同时又留给读者无限遐想的空间。爱伦·坡成功地运用高超的写作技巧，把读者带入他用文字构建的非自然空间中，让其产生了最为强烈的效果。

小说在想象力方面带给读者的享受是无穷的。正如文中所描述的那样，它"给观赏者的印象是华丽、温馨、斑斓、宁静、均匀、柔和、美妙、优雅，以及一种登峰造极的奇迹；这种奇迹展示出了一个超凡脱俗、勤劳肯干、情趣风雅、思想高尚、追求完美的新精灵一族的梦"（坡，1995：962）。而小说中构建的"超凡脱俗"则让人忘却了俗世的烦恼，远离了人间的丑恶，挣脱了危机的困扰。

二、天国之美：书写美学救赎

《阿尔阿拉夫》最早出现在坡的第一部诗集《帖木儿和其他诗歌》中。这首诗发表后并未引起多大反响。与坡同时代的作家约翰·尼尔（John Neal）称这首诗多为"胡言乱语，非常优美的胡言乱语"，但同时也表示"如果坡能充分发挥自己能力的话，他可以写出美丽的甚至是辉煌的诗篇。这首诗里有很多东西能证实这一点"（转引自 Quinn，1998：152）。坡本人对这首诗却颇为喜爱，1845 年，他被邀请在自己的出生地波士顿朗诵诗歌时就选择的是这一首。在致出版商艾萨克·利的一封信中坡曾对此诗做了如下说明："诗名《阿尔阿拉夫》出自阿拉伯传说中的一个地名……我把这个'阿尔阿拉夫'置于被特荷·布拉厄所发现的那颗突然出现又突然消失的著名的星上——这颗星代表上帝的一颗信使之星。"（坡，1995：1480）

131

诗歌伊始坡就为读者勾勒出了一个超越凡尘的非自然世界，一个现实中不可能存在的唯美空间，"那里没有俗物，只有那道眼光，那道（从花间反射的）美人的眼光，没有凡尘间的浮沫沉渣，有的全都是美人与鲜花。为我们的爱增辉，为寓所添华——装饰远方那个世界，远方——那颗漫游的星"（坡，1995：44–45）。

这个没有凡尘间浮沫沉渣的非自然世界就是"阿尔阿拉夫"。短短几句诗行让一个不属于人间的美丽世界跃然纸上。这里没有凡尘俗世的肮脏丑恶，没有世事喧嚣的无尽烦恼，有的是能让人"灵魂升华"的"神圣之美（supernal beauty）"（Poe，1984：92）。而这种神圣之美是"地球上现有物质的组合所无法提供的"，想要窥见这种美，达到使人"灵魂激动，或者说是灵魂愉悦的升华"（坡，2007：455）之效果，就得靠诗人用无以伦比的想象力塑造出"阿尔阿拉夫"这样人间不可能存在的非自然唯美空间了。正如阿尔贝所说："这里探讨的是词源学意义上的乌托邦，它是在现实世界任何地方都不可能存在的乌有之地。"（Alber，2013：48）诚然，这样的乌托邦在现实中是不可能实现的，可它在"虚构作品的本体范畴内却早已存在了"（Sova，2007：51）。换言之，"尽管在现实世界我们不能体验非自然的空间，也无法生存其中，可它却能够在文学作品中被想象和描述出来"（Alber，2016：29）。弗雷德里克·詹姆逊在论及想象的力量时说："在幻想中人们能建起一座座城池，构筑出各种机构，起草出无数文件……这样的幻想本身就值得我们特别注意。"（Jameson，2005：10）而坡的想象不仅能建构城市，还创造了整颗星球。他的艺术之笔创建的这颗"信使之星"是一个"一切都在美中"的地方，掌管这颗星球的是仙女妮莎丝，"她是灵性和理想之美的象征"（Sova，2007：17）。坡对妮莎丝统领的世界做了如下描述：

> 她的世界在金色的天空懒洋洋飘飞，
> 靠近四个太阳——一个临时栖息之处——
> 天国大漠旷野里的一块绿洲。
> 远方——远方——在光的波浪之中，
> 光波把九天华彩卷向获释的灵魂。（坡，1995：45）

这个世界能在美丽的金色天空飘飞，有着四个太阳和九天华彩，而被禁锢的灵魂在这里也将会得到释放，升入更高的精神境界，真是一个令人神往的地方，读来让人不觉忘掉世俗烦扰，仿若已置身于这个非自然的唯美世界之中。至此坡已成功实现了他所追求的唯美效果，但他并未就此止步，而是趁热打铁用更多的优美诗行来进一步强化此效果：

> 初开的花声调甜蜜
> 与快活的花唧咕——树与树也在私语；
> 还有那种花……
> 勇敢无畏地绽开它芳香的花心，
> 从国王的花园，袅袅飞向天庭：
> 美丽的花哟，仙女哟！仔细倾听，
> 用你们的芬芳把女神的歌载上天庭。　（坡，1995：47）

　　在坡的笔下花草树木都有了生命，有了自己的个性。更绝的是，他还使用了通感，花儿美丽的色彩和迷人的芬芳变成了动听的音乐，成了女神歌声的载体，余音绕梁直达天庭，真可谓"此曲只应天上有，人间哪得几回闻"！贝蒂娜·克纳帕（Bettina L. Knapp）认为《阿尔阿拉夫》"呈现了坡诗歌创作思想的发展过程以及想象在扩展意识方面所起的重要作用"（Knapp，1984：61）。在这首诗里，年轻的坡用他丰富的想象力和生花的妙笔创造了一个以美丽、真理、公正为特点的超越凡俗之地，在那里盛行的是天国的规则，那些愿意放弃世俗的物质和肉欲享受的人将成为少数能窥见绝对之美的幸运儿。同理，只有那些致力于超越物质世界并乐于从乏味的人世杂务和物质欲望中抽身而出的诗人才能写出完美的诗篇。《阿尔阿拉夫》其实是一个有关诗歌创作的寓言，它传达了坡追寻理想的美学理念。难怪霍夫曼感叹"《阿尔阿拉夫》是坡的长篇中最好的作品"（1972：37），"为什么这位现代反世界（anti-world）的创造者（弗莱德米尔·纳博科夫）对坡如此着迷在《阿尔阿拉夫》里可以看得一清二楚"（Hoffman，1972：31）。

　　在坡的心目中，现实世界是一个丑陋可恶的、充满危机的泥潭。他自幼失去双亲，有幸被富商收养度过了丰衣足食的童年，顺利进入大学却又在学校欠下诸多外债，并最终与养父闹僵，独自一人离家出走，艰难寻求文学之路。对于坡而言，现实充满了"浮沫沉渣"，而文学是他逃避这个丑恶世界的避风港湾。在《阿尔阿拉夫》里，坡并没有如在《帖木儿》和《波利提安》中一样，通过描写古老历史传说来逃避真实世界，而是找到了另一种更好、更彻底的方法：他用想象创造了一个远离尘世丑恶，只有鲜花、佳人和"天国之美"的非自然之地，让读者在他的诗行中窥见了令人心醉神迷的天国之美，达到了他所预设的唯美效果。正如歌德所言："人类要逃离世界，最好莫如透过艺术。"（转引自李慧明，2012：192）坡正是试图借由艺术，用非自然的叙述手法让灵魂从凡尘间的浮沫沉渣中挣脱、超拔出来，向上凝望，以实现"强烈而纯洁的心灵升华"（Poe，1984：71）。逃脱"凡尘间的浮沫沉渣"（坡，1995：44），为灵魂寻找栖身之所，这正是坡穷其一生上下求索的终极之美。这种对彼岸难以企及之美的瞩望，构成了坡应对日益物化危机的"审美救赎之路"。

小　　结

反模仿的空间，是非自然叙事的一个非常重要的表征。从以上的文本分析来看，爱伦·坡小说中反模仿的空间叙事的表征是非常明显的，"他的风景和热带、寒带与温带的任何景色都截然不同。他的大厦和城堡比舞台上的纸板道具更不真实。他的树如幽灵，他的岩石无影无形，他的瀑布甚至都不潮湿"（Thompson，1969：22）。

而这些非自然的空间有着重要的意义和功能。一方面，对于追求效果的艺术家爱伦·坡而言，塑造非自然的空间是达到其预设效果的绝佳途径。这些非自然的空间让坡精心构思的效果更为突出，文本也更具吸引力和张力。另一方面，它们都传达了深刻的思想意蕴，体现了爱伦·坡对人类生存空间的探索和关注，而且还紧密回应了 19 世纪西方世界的文化危机，表达了对人类的生存困境和发展危机的深刻焦虑、对美好世界的向往以及对人类该如何应对生存危机的思考。

正如阿尔贝等人所说："当叙事文本描述的情景超越、拓展、挑战或违背我们对世界的认知时特别让人兴味盎然。"（Alber，et al.，2013：2）如果爱伦·坡拘泥于自然叙事的窠臼，只是模仿现实世界的空间，他想要营造的超越凡俗的唯美、诡异骇人的恐怖和出人意料的新奇效果就会大打折扣，而文章中所表达的对人类的生存困境和发展危机的深刻焦虑、对美好世界的向往以及对科学和艺术救赎的建构也会弱化不少。

第四章　爱伦·坡作品中
非自然的人物

　　人物在叙事理论中是一个重要概念，美国著名叙事学家杰拉德·普林斯（Gerald Prince）在《叙事学词典》中将其定义为"被赋予人的特性并从事人的行动的存在体；具有人的属性的参与者"（2016：28）。与普林斯一样，多数叙事学家都存在模仿偏见，把人物视作人或者类似人的实体，而忽视了人类和虚构形象之间的根本区别。在众多的非自然叙事文本中，人物不再是对现实生活中人类的模仿，而是体现出真实人类所不可能具有的特征。例如，在克拉伦斯·梅杰的《反射和骨骼结构》中，人物可以多次死亡；在弗吉尼亚·伍尔夫的《奥兰多》中，主人公活了400多年，还突然从男性变为女性；在萨尔曼·拉什迪的《午夜之子》中，主人公萨里姆可以听到其他人思想的声音。

　　扬·阿尔贝把非自然人物划分为种五种类型。①人和动物的混合体（Blends of Humans and Animals）。例如，安吉拉·卡特的小说《马戏团之夜》中的主人公是长着一对巨大翅膀的"鸟女"。②活着的死人（Dead Characters）。例如，哈罗德·品特的《家庭声音》中的父亲已经埋入了坟墓，却能说话，还能给儿子写信。③机器与人的混合体（Robot-like Humans and Human-like Robots）。例如，菲利普·迪克的小说《人形机器人会梦见电子羊吗?》中的机器人不仅外形和人类一模一样，而且还有自己的意志。④变形人物（Metamorphoses and Transforming Figures）。例如，莎拉·凯恩的戏剧《清洗》中的人物格蕾丝突然变成了她死去的哥哥格雷厄姆的模样。⑤同一人物的多种共存版本（Multiple Coexisting Versions of the Same Character）。例如马丁·昆普的《干掉她》共有17场戏，都是关于安妮（Anne）这个没有出场的人物（亦是Anya、Annie、Anny、Annnshkal）。观者对于她的认识，全部源自别人的评价。她在17场戏中，是内战的受害者，典型的消费者、恐怖分子、美国中年妇人，刚过世的艺术家、电影人物、外星人的受害者……这些不同版本的身份至少有数个是互不相容的（Alber，2016：107–143）。

对于这些非自然的人物，传统的叙事理论缺乏适合的解读方法。如前所述，现存的众多叙事理论多有现实世界偏见，他们把文学中的虚构人物作为真实生活中的人来对待。米克·巴尔（Mieke Bal）认为此中缘由是"人物与真人类似"，因此，我们经常"忘记真实的人类与虚构的角色之间的根本差异"（2009：113）。俄国形式主义和结构主义者初看起来似乎摆脱了这种纯粹模仿的方式，因为他们把人物看作一个叙事功能。可是，正如卢克·赫尔曼（Luc Herman）和巴尔特·韦尔瓦埃克（Bart Vervaeck）所说："结构主义者几乎不知道如何去处理那些非人类的角色，这也证明了他们还是保留着拟人观。"（2005：70）而另一方面，以罗兰·巴特（Roland Barthes）为代表的后结构主义者则坚持让人物从属于整个话语的人造性。巴特认为，让人物"离开书页，以期让他变成有着可能动机以及自己心理的人"，这是错误的。在巴特看来，"话语让人物变成了自己的同谋"（1974：178）。因此，他刻意把人物当作人为的创造或者建构来对待。

玛丽·斯普林格、马丁·普莱斯、丹尼尔·史沃兹、詹姆斯·费伦、布莱恩·理查森等学者都认识到了文学人物的双重特性：他们既是语言的建构物，又是想象出来的人类。在他们看来，理解人物的这两个视角不是相互排斥的。比如费伦就区分了人物的三种维度：模仿层面（作为人的人物）、主题层面（作为观点说明者的人物）和合成层面（作为人工建构的人物）（2005：20）。

笔者也认为，在解读非自然的人物时应该既把他们视作人造的实体，也不能否认他们是想象出来的人类。和前两章论及的非自然时间与空间一样，非自然人物不仅仅只是装饰或是"为了艺术而艺术"的一种形式，而是为了实现明确的功能，他们的存在有其特定的理由。正如阿尔贝所说："作为小说中的元素，这些不可能的生灵在他们出现的文本中起着重要的作用。"（2016：107）在爱伦·坡的很多作品中，人物也体现出了很强的非自然性。本章旨在分析爱伦·坡笔下众多的非自然人物的特点及其在文本中的重要功能。

第一节　超越生命极限之人

生存在这个现实世界的人类受着自然法则的约束，有着很多无法做到的事情，用阿尔贝的话来说，这是"人力上的不可能"（2016：3）。然而在文学世界，人物却可以不受这些法则约束，超越生命极限，体现出惊人的非自然性。坡的作品中就出现了很多超越生命极限的人物，他们在让文章别致新奇、更具可读性的同时，更影射了现实生活的种种弊端和现代人类的生存困境。本节将分析《失去呼吸》和《被用光的人》中的非自然人物，阐明坡新异叙事手法背后所要表达的深意。

一、失去呼吸：现代人的生存困境

《失去呼吸》（"Loss of Breath"）讲述的故事最初于 1832 年 11 月发表在《费城星期六信使报》上，当时的题名是《一个明显的损失》。该故事于 1835 年在《南方文学信使报》再版时，坡将其标题改成了《失去呼吸》。文章的副标题为"一个既是也不是布莱克伍德式的故事"（A Tale Neither in Nor Out of "Blackwood"）①，而布莱克伍德式故事的代表就是在当时颇受欢迎的《布莱克伍德爱丁堡杂志》（*Blackwood's Edinburgh Magazine*）上发表的那些文章。迈克尔·艾伦（Michael Allan）指出，这种类型的故事"通常以一个独自处于某种奇怪、恐怖或者病态情境中的主人公为中心"（1969：31）。

故事的叙述者及主人公拉克布瑞斯先生（Lackobreath，意为"缺少呼吸"）就是一个处于这样情境中的、超越人类生命极限的非自然人物。在和新婚妻子激烈争吵之时，他突然极度惊恐地发现，自己已经失去了呼吸。这并不是一种比喻的说法，而是实实在在发生的事情。正如他自己所说："'气喘吁吁''上气不接下气'这些说法平时我们常常挂在嘴边，但是我从未想到这种可怕的事情居然实实在在、毋庸置疑地发生在我头上。"（坡，1995：191）失去呼吸却还活着，这无疑是在

①　曹明伦先生将其译为：一个布莱克伍德式的故事。但是笔者认为译成"一个既是也不是布莱克伍德式的故事"更忠实于原文，同时也突出了文章的讽刺意味。

现实世界不可能存在的非自然人物。

　　玛丽·波拿巴认为主人公失去呼吸寓示了他失去了性能力，并将其归因为坡自己的性无能。波拿巴的分析具有开创性和启发性，"她的洞察力为后来的读者及评论家解读这个故事打开了一扇门"（Peeples，2004：38）。可如果仅仅只把该文理解为坡对自己性无能的隐喻，就错过了文章其他重要意义。通过塑造一位超越人类生命极限的非自然主人公，文本表达出了丰富的内涵，揭示了以主人公为代表的现代人的生存困境。首先，失去呼吸是主人公对自己无足轻重状态感到极度焦虑的一种症状。呼吸是发出声音的基础，失去呼吸也就意味着失语。主人公的焦虑其实也影射了坡的焦虑。对于坡来说，自己的话语不能被别人听见是比死更可怕的事情。正如他在文中所说："那是恶果交织着愤怒的可怕时刻——活着却有一种死去的感觉，死了却又有一种活着的意味；这颗星球上的一个畸形儿。"（坡，1995：191）寥寥数语深切道出了自己的困境。

　　坡在写这篇文章时已经与养父爱伦彻底断绝了关系，并因故意不遵守命令而被西点军校开除。他心里十分清楚，写出好的作品、发出自己"诗意的声音"（Poetic voice）不管从心理上还是经济上来说都是自己生存的唯一希望。写作是他唯一的谋生方式，也是他想要追求的事业。在浪漫主义者看来，呼吸是和灵感紧密联系在一起的[1]，失去呼吸就是失去灵感的隐

---

[1]　Richard Broxton Onian, *The Origins of European Thought about the Body*, *the Mind*, *the Soul*, *the World*, *Time*, *and Fate*. Cambridge：Cambridge University Press, 1951：46–60；C. A. Van Peursen, *Body*, *Soul*, *Spirit*：*A Survey of the Body-Mind Problem*. London：Oxford University Press, 1966：88–89；etc.

喻，失去灵感就意味着生存陷入了困境和危机。

发现自己失去呼吸后，主人公拉克布瑞斯先生的第一反应是"无论如何也得把这事瞒着我妻子，直到进一步的体验向我显示这场我从未经历过的灾难的程度"（坡，1995：191）。后来，他发现自己原来断定已彻底毁掉的发音功能事实上只是局部有障碍，如果他把声音降成一种奇特的低度喉音，仍然可以继续向妻子传达自己的感情信息。以为失去灵感后自己就无法写作，发出声音；实际上他仍然可以写，只不过是无法写出真正原创、优秀的作品，无法发出能吸引人注意的"诗意的声音"，只能发出"奇特的低度喉音"（坡，1995：192）。为了不让妻子发现这一事实，主人公对她所提出的每一个问题或每一条建议都用《变形记》中的某段台词回应，因为他记住了整幕悲剧而且该剧要求其主人公全场自始至终都用一种一成不变的低度喉音说话。用《变形记》的台词回答所有问题暗示了主人公在失去灵感后对其他作品的抄袭。

后来，失去呼吸的拉克布瑞斯先生拿定主意离家出走，"因为在异国他乡无人认识我的情况下，我也许有可能成功地隐瞒我的不幸，这种不幸甚至比行乞更有可能疏远人们的感情，引来那些善良快活的人们对这个可怜虫的天经地义的愤慨"（坡，1995：193）。可是此举并未改善拉克布瑞斯先生的处境，反而让他陷入了更危险的境地。主人公在离家出走途中所经历的各种事情则体现了坡对当时美国社会问题的批判以及对生活其中的人们所处困境的担忧。

首先，主人公拉克布瑞斯先生是一个生活在大都市中的滑稽人物。如果他是在一个乡村农场或者小镇失去呼吸，那情况会截然不同。爱伦·坡被认为是"美国历史上最早的明显具有都市风格的作家"（Tally，2015：15）。拉克布瑞斯先生的种种经历体现出了坡对美国从农业社会变得越来越都市化的焦虑及其所引起问题的担忧。

　　都市化带来的一个很明显的问题是城市人口急剧增加。在坡生活的 19 世纪上半叶，美国城市人口有了爆炸式增长。丹尼尔·沃克·豪尔（Daniel Walker Howe）在其获得普利策历史奖的著作《上帝制造了什么：美国的转变，1815—1848》（*What Hath God Wrought: The Transformation of America, 1815 – 1848*）中写道："1820 年到 1850 年间，都市人口增加了五倍，其占全国人口总数的比例从 7% 增长至 18%，开启了美国历史上城市化发展最为迅速的时期。1820 年，全国只有 5 个人口超过 2.5 万的城市，超过 10 万的仅有纽约 1 个城市。30 年后，共有 26 个人口超过了 2.5 万的城市，超过 10 万的达到了 6 个。"（2007：526）

　　不断增长的人口让城市变得越来越拥挤，尤其是公共交通工具等公共空间更是拥挤不堪。坡在文章中对此进行了特别生动的描述：

　　　　车厢里挤得满满的，但在晨昏朦胧之中，我那些旅伴的面容均无法辨认。我还来不及进行有效的抵抗，便被痛苦地夹在了两位体积庞大的绅士中间；第三位尺码更大的先生对他即将采取的无礼行为说了声道歉，便挺直身体一头横到我身上并在眨眼之间就进入了睡眠状态，其鼾声盖过了我为减轻痛苦而脱口而出的喉音，与之相比，法拉里斯铜牛的吼叫也会自愧不如的。幸运的是，我呼吸功能的现状完全避免了一场窒息事件的发生。（坡，1995：194）

幽默而又夸张的笔触让人忍俊不禁，同时也使人深切感受到城市的拥挤，尤其是最后一句颇有黑色幽默的韵味，主人公的非自然特性让文章的反讽意味更加强烈。非自然与反讽的审美勾连制造出了奇特而又鲜明的艺术效果。

除了拥挤，喧嚣的城市也是一个藏污纳垢、充满暴力和罪恶的地方。由于主人公失去了呼吸且因为拥挤"四肢关节已全部脱位，头也被扭到了一边"（坡，1995：195），所以那位横躺在他身上的先生以为他已经死了。这位先生不仅没有对可能是因为自己酿成的悲剧表示内疚，甚至没有一丁点惊愕和同情，反而极其荒谬地宣布："一名死人趁天不亮之机装扮成一名活着的可信赖的旅伴对他们进行了欺骗。"（坡，1995：195）同行的乘客没有表示任何异议，在大家的一致赞同下，主人公被扔出了马车。城市里人心的残忍、冷漠和污浊表露无遗，而坡让主人公自己来讲述此事更显荒诞和"非自然"。

主人公被扔出马车后，摔在了"乌鸦酒店"的招牌下。唯利是图的酒店老板竟然将他卖给了一位外科医生。从外科医生那里逃脱后，主人公又因为身材与相貌酷似一位邮路大盗而被送上了绞刑架。此处主人公被误认为邮路大盗从侧面反映了随着城市化的发展，城市人口迅速膨胀，犯罪行为也随之不断滋长，在城市里暴力和罪行早已屡见不鲜。

关于大城市中的罪恶和暴行，坡在其他作品中也多次提及。例如，《人群中的人》（"The Man of the Crowd"）里，主人公跟随神秘老人穿越伦敦的大街小巷时感叹道："这里的一切都打上了悲惨、贫困、绝望和犯罪的烙印。"（坡，1995：448－449）此外，《玛丽·罗热疑案》（"The Mystery of Marie Roget"）中女店员玛丽·罗热就是在大城市巴黎被残忍地杀

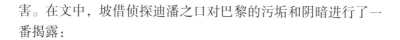

害。在文中，坡借侦探迪潘之口对巴黎的污垢和阴暗进行了一番揭露：

> 凡了解巴黎周围情况的人都知道，要寻一个清静地方有多么不容易。我们假设一个人，他打心眼里热爱大自然，但公务却使他不得不长期地承受这座大都市的尘嚣与火热——假设这么一个人甚至在不是星期日的一天，偷闲到环抱着我们的自然美景中去了却他探幽寻静的一番心愿。他每走一步都会发现自然之魅力增添一分，但同时他也会发现这种魅力很快就被流氓地痞的喧闹横行或恶棍无赖的聚众狂欢——驱散。他在密林中寻找清静的希望会化为泡影。那儿到处是藏污纳垢的阴暗角落，到处是被人亵渎的神庙圣殿。那名寻幽者会怀着厌恶的心情逃回污秽的巴黎，似乎巴黎因其污秽之和谐而不显得那么讨厌。（坡，1995：605）

藏污纳垢、暴力横行的大城市远不止巴黎一个，正如迪潘所说："类似这桩凶杀案的暴行在各大城市都屡见不鲜。"（坡，1995：572）美国的大城市也是如此，暴乱频发，各种不法罪行对居民的人身安全造成了很大威胁，谋杀、抢劫和斗殴都十分常见（Howe，2007：528）。无怪乎与坡同时代的一个纽约人在自己的日记中写道："这座城市充斥着大帮恶棍。"（Howe，2007：528）

除了对城市问题的反思，坡也通过主人公的遭遇对所谓的科学实验进行了幽默而辛辣的讽刺。前文提及乌鸦酒店的老板把主人公卖给了他认识的一位外科医生。主人公对他接下来的境遇做了如下生动描述：

> 那位购买人把我弄回公寓之后便马上开始解剖。但在割下我的两只耳朵之后，他发现了活着的迹象。于是他摇铃叫人去请那附近的一位药剂师，准备与他共同切磋这一紧急情况。唯恐他认为我还活着的怀疑被最终证明为正确，于是剖开了我的胸腔，取出几个内脏作为他私人的解剖标本。那名药剂师的意见是我的确已经死亡。我试图反驳这一见解，于是使出我全身力气又蹬又踢又踹又扭，因为那名外科大夫对我的切割已经多少恢复了我的活动能力。然而，我全部的努力却被归因为一种新型的伽凡尼电池组的作用，那个见多识广的药剂师正用那种电池组对我进行几项稀奇古怪的实验，我能在他们的实验中担负起自己的一份责任，这使我禁不住感到非常有趣。（坡，1995：195 - 196）

表面上主人公称自己对能在他们的科学实验中担负起一份责任感到非常有趣，实际上他的身体因此遭到了无情的摧残。科技的迅猛发展并未让人类的生命受到眷顾，而是陷入连自己也无法掌握的困境中。由于没有被当作一个有尊严、有感情的人来对待，主人公如同物体一般，成为科学实验的牺牲品。从某种程度上来说，人的异化成为身体死亡到来之前其自身消亡的另一种形式。科技革命影响下的美国社会已然成为一个被异化了的物质世界，它正反过来异化人类，威胁他们的生存——既伤害他们的身体，又折磨他们的灵魂，让他们遭受巨大的痛苦。

综上所述，在《失去呼吸》中，坡借非自然的人物之口，用荒诞的情节、戏谑的语言营造了强烈的反讽效果。反讽作为评判事物、观审存在的特定方式，具有"言此而意彼"的重要修辞格意义，无论是着眼于文本的整体谋篇布局，抑或致力于微观的修辞技巧层面，都可使作品的表层叙述与深层叙述之间产生一种张力，呈现出模糊、含混、复义、混杂反讽、嘲笑等文本特征。克尔郭凯尔（Soren Kiekegaard，1813—1855）指出："有越强大的对立在运行着，也就越需要反讽以便操纵控制那些自行其是、竭力冲脱的魂灵。有越多的反讽，诗人也就越自由地，越具有创造力地漂浮在他们的作品之上。"（2005：281）

而非自然与反讽的审美勾连更是精彩无比，既制造了奇特的艺术效果，又表达出深刻的内涵。正如理查森所指出的："自阿里斯托芬以来，非自然叙事实践就很好地和反讽结合在了一起，不仅是对传统叙述规则的戏仿，也是对现存社会关系的讽刺。"（Richardson，2015：169－170）这是一种包含调侃成分的审美化呈现，玩世不恭的书写方式散发出一种怪异美。坡将对形式的重视建立在一种貌似怪诞实则不乏机智而巧妙的建构中，在建构与解构之间，把讽刺、怪诞、恶作剧游戏寄寓于作品中，呈现出一种新异之美。

坡从艺术的独立自主性出发，不拘囿于传统，大胆从怪诞、荒谬、丑恶等非常态现象中挖掘深意。通过非自然的叙述行为和怪诞、反讽风格的共构，在幽默、荒诞中熔铸一种强烈的批判精神，既表达对僵死、教条的美学规范的深刻嘲讽，也表达对现实问题和危机的反思。表层意义和深层意义互为矛盾的二重结构，使主体的真实意图得以在一种富有智慧、洞察力与意趣的情境中迂回地显现出来。正是借助于此，深邃的旨义得以内蕴于荒唐怪异的非自然人物和情节，从而构成了坡作品中独具一格的艺术魅力。

二、陷入绝境：低俗商业化文学的下场

《失去呼吸》发表数年后，坡创造了另一篇风格非常相似的作品《绝境》（"A Predicament"），其主人公也是一个超越了人类生命极限的非自然人物。该故事的内容最初于 1838 年 11 月发表在《美国博物馆》杂志上。当时的标题是《时间之镰》（"The Scythe of Time"）。1845 年 7 月 12 日在《百老汇杂志》再次刊登时，改名为《绝境》。

丹尼尔·霍夫曼在其影响深远的专著《坡坡坡坡坡坡坡》中写道："当我重读《绝境》的时候，不禁想为什么一篇如此诙谐的讽刺文、如此怪诞的漫画篇能在我的脑海萦绕多年，挥之不去？为什么它有把自己变成严肃作品的能力？那个原创性的东西是什么？那种从真实到奇幻，又从奇幻到真实的转变能力又是什么？"（Hoffman，1998：10）霍夫曼没有回答自己提出的问题，在笔者看来，很重要的一个原因就是因为坡塑造了泽诺比娅小姐这样一个非自然的人物。

要分析泽诺比娅小姐这个非自然人物，就不得不提到与《绝境》同时发表的另一篇小说《如何写布莱克伍德式文章》（"How to Write a Blackwood Article"，以下简称《文章》）。两者的主人公都是泽诺比娅小姐，可以说是姊妹篇。《文章》在前，《绝境》在后，两者互为补充、交相辉映、意蕴无穷。

《文章》一开篇，主人公就迫不及待地强调自己的名字是普叙赫·泽诺比娅，据她所说，普叙赫（Psyche）在希腊语中

意为"灵魂"，而泽诺比娅（Zenobia）曾是一个女王的名字，以此来掩盖她真正的名字萨基·斯洛比斯（Suky Snobbs，Snobbs 是"势利"的意思）。

泽诺比娅小姐是一位热爱创作的文学青年，为了学习更好的写作风格，特地去请教因其杂志而闻名遐迩的布莱克伍德先生。由于她谦恭的态度与强烈的求知欲，布莱克伍德认真地向她传授了自己在创作布莱克伍德式文章方面的各种技巧：要写出扣人心弦的文章，作者"必须得有很黑的墨水，还要有一支非常大非常秃的笔"（坡，1995：327）；而要写出真正的布莱克伍德式文章，泽诺比娅小姐要做的第一件事就是"设法使自己陷入一种前人不曾陷入过的困境"（坡，1995：328 - 329），即最好亲身经历像掉进火炉、头上挨一棍子、被一辆公共马车辗过等不幸事件。布莱克伍德先生煞费其事所给出的"真知灼见"和泽诺比娅小姐将其建议奉若神明的谦恭态度，与文中实则对小说创作帮助无多的建议形成了鲜明对比。

认真聆听完布莱克伍德先生的建议，泽诺比娅小姐马上动身和她的鬈毛狗还有黑仆人庞培"在爱丁堡街头徘徊，寻找能置人于死地的危险——足以使我感情激烈的危险，适合我要写的文章特点的危险"（坡，1995：325）。漫游良久之后，她们走进了一座哥特式教堂，并克服困难抵达了塔顶的钟楼。泽若比娅小姐踩着庞培的肩膀，把头从巨钟钟面上的方洞里伸出去俯瞰全城。当她陶醉于欣赏城市的美景之时，也一步步陷入了自己苦苦寻觅的绝境之中。大钟的指针不停地走着，突然，泽诺比娅小姐感到一个冰凉的东西压在了她的后颈上。她在惊恐中发现，原来那巨大的、刀一般的分针已经架在了自己脖子上。她向黑仆和爱狗求助都遭拒绝，自己试图摆脱困境的努力也以失败告终。机器是冰冷的，时间是冷酷的，在随后的时间里，泽诺比娅小姐的脑袋被一点一点地割去。文章的后半部分是她描写自己脑袋被割掉的过程以及脑袋落地后的感受。脑袋被割掉落地还能细致描述自己的感受，这样的人在现实中肯定是不存在的，是超越了人类生存极限的非自然人物。

正是有了泽诺比娅小姐这样的非自然人物，才有了爱伦·坡别具一格的怪诞幽默风格。首先，一个人会那么仔细地描写自己脑袋被割掉的过程，这本身就是十分荒诞、在现实中不可能发生的事情。此外，泽诺比娅小姐在发现自己的脖子已经被大钟的分针卡住，自己的脑袋将要被割掉时，并没有表现出对死亡应有的恐惧，反而感到"那机械装置的嘀嗒声使我觉得有趣"（坡，1995：342）。在她看来，"时钟那永恒的嘀嗒、嘀嗒、嘀嗒、嘀嗒在我耳里就是最动听的音乐，它甚至使我偶然想到奥拉波德博士的感恩布道演说"（坡，1995：342）。即使分针已经切入她的脖子两英寸深，并使她感到万分痛苦时，她还会想到塞万提斯的诗句："快来吧，哦，死神！……"（坡，1995：342）读来让人倍觉荒诞。而泽诺比娅小姐对自己人头落地后的描写，更是把这种怪诞推到了顶点："看见曾使我如此窘迫的脑袋最终与身体分离，我并不感到难过。脑袋先是顺着塔楼外壁滚动，接着在雨槽中停顿了几秒，最后一蹦掉到街当中。我得坦率地承认，我当时的感情具有一种最独特、最玄妙、最复杂而且最莫名其妙的性质。"（坡，1995：343）她甚至在这个时候还想吸烟，但是却发现自己的脑袋已不在原来的地方了，于是她马上把鼻烟盒递给了那颗脑袋，而那颗脑袋深深地吸了一口，并"冲我一笑表示感谢"（坡，1995：344）。这些描写十分怪诞，本来很恐怖的事情反而让人们忍俊不禁，感到荒诞之极、可笑之极。

　　在那些有着传统模仿偏见的人看来，这样超越现实的怪异和荒诞是毫无价值和意义的。这在很大程度上来说是爱伦·坡的幽默在那个时代不能被人们理解的原因，他们无法接受爱伦·坡独特的幽默，因而也就无法发现隐藏在其中的睿智。坡通过这些描写让人们感受荒诞，在荒诞中发笑，而这荒诞中所富含的讽刺意义，又让人们在发笑中反思。

　　借着荒诞可笑的非自然人物泽诺比娅小姐，坡对当时英国的《布莱克伍德爱丁堡杂志》进行了辛辣的讽刺。该杂志由威廉姆·布莱克伍德于 1817 年创办，一直到 1980 年才停刊。包括坡在内的诸多哥特作家都和它有着千丝万缕的联系，并且受到了它的影响。迈克尔·艾伦曾指出："尽管这份杂志里的权威评论吸引了不少精英读者，但为了迎合那些不那么渊博的读者，它也刊载公然煽情的文章，这些故事以某个独自处于陌生、可怕或病态环境中的主人公为中心建构。为了凸显效果，作者会不断地夸大这样的情境。"（Allan，1969：30）

　　其实，坡自己的数篇故事也都有极强的"煽情"元素（如《瓶中手稿》《陷阱与钟摆》《大漩涡底余生记》等），然而他在《如何写布莱克伍德式文章》和《绝境》中却对"煽情故事"进行了无情的嘲讽。对于这种貌似矛盾的态度，斯图亚特·列文（Stuart Levine）和苏珊·列文（Susan Levine）做了如下解释：

　　　　尽管坡了解也欣赏《布莱克伍德杂志》，但他知道这份杂志所开创的煽情模式被很多平庸的作家所滥用。"布莱克伍德"先生给泽诺比娅小姐的建议充满错误、张冠李戴，但并非一无是处——毕竟坡自己也在他一些最好的作品中采纳了此建议。只不过，和泽诺比娅小姐不同，坡有把这个模式变成高雅艺术的技巧。(1990：366)

确如列文夫妇所说，坡有把这个模式变成高雅艺术的技巧；此外，坡是一个自我意识和个性都非常强的作家和评论家，他有着高度的艺术自觉性和独特的美学追求，非常重视作品的风格与独创性。虽然他为生活所迫卖文为生，不得不顺应市场潮流，但他从未放弃自己的创作准则和美学标准。"身为成功的通俗杂志编辑，坡自己向这些期刊投稿的时候，却总是站在相对的立场"（道格拉斯，1988：157），坚守自己的文学主张。然而在消费主义逐渐兴起、文学变为产业的美国，更多的是像泽诺比娅小姐一样既无才能又无操守的作家，他们在商业化的大潮中炮制了无数篇毫无美学价值却很有市场的文章，这让坡恼怒而又痛心。

在《绝境》中，通过塑造泽诺比娅小姐这样一个有意把自己陷入"可怕或病态环境"中的非自然人物，坡对"煽情主义"模式和写作风格进行了戏仿，在幽默荒诞中透射出辛辣的讽刺。非自然叙事学的代表人物理查森敏锐察觉到了戏仿和非自然的紧密关联，他扼要地指出："和戏仿一样，非自然的一个重要方面是它有意对传统模仿惯例的违背。"（Richardson，2015：5）坡在这篇文章中，就将非自然和戏仿很好地融合在了一起。他打破传统模仿惯例，借助非自然的人物和戏仿手法，在幽默风趣的语言和荒诞不经的情节中彰显了对此类毫无任何文学价值的商业化作品的反对和批判，也让人们意识到了商业化给文学艺术带来的危机。正如詹姆士·沃纳（James

Werner）所说："商业化所导致的文学作品的扭曲在这篇文章里得到了集中体现。"（2004：35）

值得注意的是，故事最后泽诺比娅小姐是被时钟巨大的指针切掉了脑袋，这可以说寓示了时间最终会毁掉那些毫无美学价值的商业化作品，也可能是坡当初将此故事取名《时间之镰》的用意。当然，坡之后将其改名为《绝境》无疑是正确的选择，此标题更具讽刺意味，同时也有双关之意：既可指泽诺比娅小姐陷入的绝境，也暗含她所写的那类文章终将陷入的境地，可以说是坡对低俗的"煽情主义"文学的狠狠一击。

三、被用光的人：现代化进程对人的异化

坡的作品中另一个超越生命极限的人是《被用光的人》（"The Man That Was Used Up"）里的主人公史密斯准将。《被用光的人》最初于 1839 年 8 月发表在《伯顿绅士杂志》上。故事由一位不知名的第一人称叙述者"我"讲述。第一次见到史密斯准将时，"我"就被其俊朗的仪表和优雅的风度所吸引，想多了解一些关于准将的事情。可是，所问的每个人在说到关键之处时都会被打断或欲言又止。"我"觉得史密斯身上肯定有什么秘密，便决定去拜访他。在仆人的引导下，"我"径直进入准将的卧室。让"我"大为吃惊的是，史密斯准将竟然像一个大包裹一样躺在地板上。最后，"我"终于明白了准将身上的秘密：他身上的很多器官都是人造机器，"是一个被用光的人"。

小说自发表以来吸引了无数评论者的注意，他们从多个角度对其进行了解读，尤其是主人公史密斯准将更是评论的焦点。有的学者致力于寻找史密斯准将的原型（Hoffman，1998：

153

193－195）；还有的学者则注意到该小说是"坡职业生涯中第一个明确关注当时美国文化的故事"（Kennedy，2006：77），于是将其置于当时的社会历史语境中进行解读。如杰拉德·肯尼迪指出文章写于第二次塞米诺尔战争①期间（Second Seminole War，1835—1842），而且主人公史密斯准将正是在与印第安人的战役中身负重伤，因此他认为："理清《被用光的人》所受的文化影响，有助于解释坡第一篇明确以美国为背景的故事中的意识形态内涵，同时也能让我们了解促使他揭穿这位勇士及其所代表的谬见的一系列事件。"（Kennedy，2006：87）罗伯特·贝卡（Robert Beuka）则分析了这篇故事和杰克逊印第安政策中所体现出来的民族身份问题之间的关联，并指出："在这个讲述印第安战争英雄的奇怪故事里，坡对当时美国政治做出了含沙射影但又极为尖锐的评论。"（2002：27－28）

这些学者的研究都有其独到的见解，很有启发意义，但据笔者所知，迄今还未有人从非自然的角度对其进行解读。史密斯准将的非自然特性是故事的重点和核心，如果没有这种非自然特性，故事的效果、意义和深度都会大打折扣，因此，对其进行深入分析有助于我们更深入、全面地了解这篇"坡本人最喜欢的讽刺小说之一"（Sova，2007：148）。

如前文所述，在故事开始部分，史密斯准将在叙述者眼里是一个高大伟岸、风度翩翩的美男子，毫无任何的非自然性；

---

① 第二次塞米诺尔战争也被称为佛罗里达战争，是美国同美洲原住民塞米诺尔人发生的三次塞米诺尔战争之一。战争于1835年到1842年发生在佛罗里达，是美国所打的最昂贵的印第安战争。

而在故事的结尾他才惊异地发现史密斯是一个由人造机器组装起来的非自然人物，且看坡对此的生动描述：

> 这时我觉得地板上那个发出声音的奇妙包裹正在做某种令人费解的动作，类似人拉上一只长裤的动作。但显而易见，那儿只有一条腿。"可是，奇怪你竟然不认识我，不是吗？庞培，给我那条腿！"庞培递上一条早已穿好鞋袜的非常漂亮的软木腿，那包裹转眼之间就用螺丝刀上好，然后在我眼前站了起来。（坡，1995：364）

之后，史密斯准将又在黑奴庞培的帮助下装上了胳膊、肩、胸、头发和牙齿，"现在我开始清楚地看见站在我面前的那个包裹原来正是我的新朋友名誉准将约翰·史密斯将军。我必须承认，庞培的一番操作使那人的外貌产生了一个非常惊人的变化"（坡，1995：365）。

可以说史密斯准将是一个由各种机械零件拼装出来的赛博格，即使是在科技如此发达的今天，这也是不可能实现的。对于史密斯这样一个荒诞的非自然人物，以传统模仿理论为指导的评论家们无法真正理解和欣赏，如霍夫曼就认为"毫无疑问，在这里埃德加的插科打诨有点失控了"（Hoffman，1998：194）；而著名的坡传记作家阿瑟·霍布斯·奎因则写道："很明显，《被用光的人》是一个坡非常看重的怪异故事……这篇文章讽刺了一个由软木腿、假牙和其他义肢组装起来的将军，它可能有一些深刻内涵，但是笔者无法理解。"（Quinn，1969：283）确实，坡塑造的非自然人物史密斯准将颇具前瞻性，远远超出了他所处的年代，故而无法被秉持传统批评准则的读者所理解。

阿尔贝曾指出："后现代叙事经常用机器人似的人物强调他们作品中人物的根本非自然性。"（2016：123）虽然坡的这篇文章创作于19世纪上半叶，但已经体现出了很强的后现代风格。正如罗纳德·福斯特（Ronald Foust）所说："是时候改变我们长期以来对坡的误解，不仅仅把他看作是现代主义的浪漫派先驱，而是开始认识到他是一位和我们的时代紧密相关的作家，一位可以说预见到了我们现在最富争议的术语'后现代主义'主要精神内涵的作家。"（2003：14）

在这篇极具前瞻意识的科幻小说里，坡通过塑造史密斯将军这个非自然的人物预见了资本主义工业化造成的人性异化和疏离——这也是后现代主义思想所批判的核心之一。

生活在19世纪上半叶，坡见证了美国经济的迅猛发展和现代化工业文明的日新月异，"人口和生产力的增长让美国国民生产总值长期增长率达到了每年3.9%，而英国只有2.2%"（Howe，2007：538）。科技给人们的生活带来了巨大变化，也是很多人津津乐道的话题。小说中很多人都提到"这真是个不可思议的发明时代"（359），而史密斯准将尤其喜欢评论机械发明的日新月异。实际上不管叙述者把话头引到哪儿，他最终都会将其引回这个话题：

> "没有比这更奇妙的了，"他总会说，"我们是一代奇妙的人，生活在一个奇妙的时代。降落伞和铁路——捕人机和弹簧枪！我们的蒸汽船航行在所有的海洋，纳索飞艇就要开始在伦敦和廷巴克图之间定期飞行（旅费只需二十英镑）。谁能预测电磁学原理的必然结果将会对社会生

活、艺术、商业和文学所产生的巨大影响？这还并非全部，我向你保证！发明创造之路永远没有尽头。最奇妙的——最精巧的——让我补充说，最实用的——真正最实用的机械发明，每天都在像蘑菇一样不断涌现，请允许我这样形容，或说得更形象一点，就像——啊——蝗虫——像蝗虫，在我们周围并包——包——包——包围着我们！"（坡，1995：358）

　　然而，在工业迅猛发展和经济快速增长的背后，一系列的社会问题也随之涌现。极富洞察力和预见性的爱伦·坡敏锐地觉察到被繁荣所掩盖的疮痍。对坡来说，美国就如同他笔下的史密斯准将一样，表面上伟岸英俊、风光无限，实际上却是一个支离破碎的"模样非常古怪的大包裹似的东西"（坡，1995：364）。所以，在举国滔滔、歌颂盛世之时，坡却慨叹"这世道事事都在出毛病"（坡，1995：911）。工业文明的高度发展在满足人类物质需求的同时，带给人们更多的却是焦虑、不安和人性的异化。

　　正如著名中国科幻作家陈楸帆在谈及科技可能带来的异化以及科技与人性的复杂关系时所指出的：

　　　　科学是人类所创造出来的巨大"乌托邦"幻想中的一个，这并不是说我们要完全走向反对科学的一面，科学乌托邦复杂的一点是它本身伪装成绝对理性、中立客观的中性物，但事实上却并没有这样的存在，科幻就是在科学从"魅化"走向"祛魅"过程中的副产物，借助文字媒介，科幻最大的作用就是"提出问题"。（2017：26）

157

坡的这篇科幻文章就提出了一个重要的问题，用坡研究专家托马斯·奥利夫·马博特（Thomas Ollive Mabbot）的话来说，"这个故事里有一个发人深省的重要元素。作者提出了一个宏大的问题：'什么是人？'"（1978：376）。可以说马博特触及了这个故事的核心问题。"我们需要厘清什么是人？人类的边界在哪里？究竟一个人身上器官被替换到什么比例，他会变成另一个人，或者说，非人？这种种的问题都考验着我们社会在科技浪潮冲刷下的伦理道德底线，而科幻便是最佳的引起广泛思考的工具。"（陈楸帆：2017：25）

《被用光的人》正是这样一篇能"引起广泛思考"的科幻小说。早在19世纪上半叶爱伦·坡就已经感觉到了现代科技理性的霸权对人性的摧残。他在描绘"修补术"让史密斯准将这个"残缺""非自然"的现代人变得完美绝伦的同时，也无情地揭示了现代科技对人性的摧残。对于"盲目追求科技进步和恣意享受科技成果的人类的未来命运，他始终怀有隐隐的担忧"（朱振武，2011：84）。在科学至上、机器主宰一切的工业化时代，科技革命和新发明虽然给人类带来了众多福祉，却也剥夺了自然赋予人的个性与独立性。如何理智地对待科技进步，从而清醒地认识人类自身的处境，这也是坡想通过《被用光的人》来表达的中心思想之一。坡在深刻体会到现代科技、理性霸权对人性的摧残之际，"深深怀着人被机械化的社会日益处理为机器人的隐忧"（黄克剑，1998：193），在饱受精神危机和文化危机困扰的语境之下，坡敏锐地察觉到"富有个性的个人的形象在逐渐暗淡，貌似乐观的进步信念赢得凯旋的代价是人的尊严之丧失"（任翔，2006：88）。

爱伦·坡以"被用光的人"为题，怀着人被机械化的社会日益异化为机器人的深深的隐忧，对可能引发的危机发出了极具前瞻性的警示。"由于文明的发展和国家变成强制国家，人只能发展他身上的某一种力，从而破坏了他的天性的和谐状态，成为与整体没有多大关系的、残缺不全的、孤零零的碎片"（席勒，2003：43）。爱伦·坡对科学技术发展的失落与怀疑，正来源于他心灵深处对整个人类命运的关怀。他深恐缺少精神追求和约束的世俗社会里，科技将使"人不仅成为一无所有的存在，而且成为支离破碎的存在"（巴雷特，2012：65），于是用他那些振聋发聩的科幻作品为人们敲响了警钟。

通过塑造史密斯准将这一独特的"非自然"形象，坡试图劝诫世人应理智地对待科技进步，清醒地认识人类自身在现代化、工业化进程中以及资本主义商品经济大潮中所遭受的精神困境和文化危机，这既表现了坡对人类命运的深切人文关怀，也彰显了其作为艺术家所肩负的时代使命感和责任感。如果坡并未用非自然叙事手法把史密斯将军塑造成"赛博格"式人物的话，小说的新奇效果和讽刺机锋以及对人类生存境遇的反思都会大打折扣了。

第二节　魔鬼神怪

魔鬼神怪这种现实世界不可能存在的非自然生灵在坡的小说中也多次出现。这些魔鬼神怪或恐怖惊悚或怪诞反讽，他们虽非现实世界之生灵，却寓示了现实世界之问题。运思新异的坡，用非自然的叙事方式，深入探索人类心灵宇宙的奥秘，凝神关照现代人无处逃遁的生存困境与人性危机，独具匠心而发人深省。从某种意义上说，"坡的作品在沉郁、迷茫、狂躁的审丑背后，蕴含着深刻的人性审美关照和价值关照，展示出对人性危机的高度预见与前瞻"（李慧明，2012：161）。本节将剖析《红死魔的假面舞会》《甬甬》《离奇天使》等作品中非自然的魔鬼神怪，挖掘其背后蕴含的审美和价值关照以及对人性危机的前瞻。

一、荒诞恐怖中对权利的批判

提及爱伦·坡作品中的魔鬼神怪，最知名的当属《红死魔的假面舞会》（"The Masque of the Red Death"）里的红死魔。红死魔的故事最早于1842年5月发表在《格雷厄姆》杂志上，当时的标题是《红死魔的面具》（"The Mask of the Red Death"）。1845年6月，其修改版发表在《百老汇杂志》上，标题改为了《红死魔的假面舞会》。小说讲述了一个异常怪诞恐怖的故事：普洛斯佩罗亲王在红死病魔肆虐自己王国的时候，带领一群他精心挑选的下属躲进了一座坚固的高楼。高楼外红死魔猖獗，高楼内却是歌舞升平。一天，亲王举办的假面舞会上来了一个不速之客，这个不速之客不是别人，正是红死魔。亲王和其他寻欢作乐的人相继被红死魔制服，倒在血泊中，红死魔从此一统天下。

该故事一直是坡最为知名也最备受称道的恐怖小说之一。早在1926年就有批评家称它"最完美地描述了坡一个又一个奇思异想"（Krutch，77）。自发表100多年来，文学评论家们对该故事的兴趣长盛不衰，做出了各种解读。正如约瑟夫·帕特里克·罗波洛（Joseph Patrick Roppolo）所说："对于想要寻求这篇故事解读指导的人来说，有很多的评论者可以为其提供帮助，其中包括老派批评家、新批评派、传记作家、热衷者、

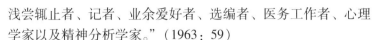

浅尝辄止者、记者、业余爱好者、选编者、医务工作者、心理学家以及精神分析学家。"（1963：59）

很多学者从坡的生平入手进行解读，比如亚瑟·奎因认为："1831 年霍乱肆虐巴尔的摩时，坡躲过一劫。《红死魔的假面舞会》中有关瘟疫的细节很有可能源自坡在巴尔的摩的所见所闻。"（Quinn，1998：187）另一位传记作家肯尼斯·西尔弗曼（Kenneth Silverman）则指出该故事创作并发表于1842 年，而此前不久坡的妻子弗吉尼亚在唱歌时突然血管崩裂而口吐鲜血，几乎命丧黄泉。此事对坡震动极大，弗吉尼亚口中喷涌的鲜血，深深刻在了坡的脑海，也进入了坡的故事。正如西尔弗曼所说："狂欢者们为了躲避弗吉尼亚似的可怕瘟疫，从乡村躲到了一个弗吉尼亚似的房间，在那里一口弗吉尼亚似的钟不祥地鸣响。"（Silverman，1992：180 – 181）威廉·比特纳（William Bittner）也赞同西尔弗曼的观点，他推测这篇"可怕的自传式"故事一定是坡在"弗吉尼亚发病后那几个星期里极度焦虑的状况下写就的。他每一天都像身处亲王的房间一样担心弗吉尼亚会被另一种红死病夺去生命"（1962：177）。

还有很多评论家致力于寻找该故事可能借鉴的文本来源，如薄伽丘的《十日谈》、莎士比亚的《麦克白》、笛福的《瘟疫年纪事》、拜伦的《恰尔德·哈罗德游记》、玛丽·雪莱的《最后一个人》，以及坡自己的作品《静——寓言一则》和《瘟疫王》，等等。

也有的学者从美国历史的角度对小说进行了解读。例如罗伯特·里根（Robert Regan）就认为："坡的'面具'有可能是一个政治寓言——当然这有一点牵强——它诙谐地把华盛顿领导的军队比作了红死魔。"（1970：297）而保罗·哈斯佩尔（Paul Haspel）则认为，比起回顾已经过去多年且结果已众所周知的美国独立战争，如果结合当时南方白人当中极为普遍的对于奴隶起义和种族灾难的恐惧来进行阐释更加具有说服力（2012：56）。

此外，颜色的象征意义也是学者们经常论及的话题，正如G. R. 汤普森所说："评论家们最喜欢的消磨时间的方式之一就是尝试确定七个房间颜色的象征意义。"（2004：301）埃里克·普莱西斯（Eric H. Plessis）认为不同的颜色代表了不同的人生阶段，前二十年是人生的第一阶段，蓝色和紫色是接近神圣真理的象征——紫色是《阿恩海姆乐园》中乐园的颜色；接下来的三十年是成年阶段，绿色、橙色和白色三个房间象征了盛年的春、秋、冬三个时期；最后二十年则是象征了死亡来临的紫罗兰色和黑色房间（1999：40－42）。阿瑟·奎因则聚焦于颜色在创造恐怖氛围中所起的关键作用，在他看来，《红死魔的假面舞会》"代表了坡怪异故事的最高水准。在这个故事里坡让自己的幻想通过颜色的象征创造出了一种恐怖气氛"（Quinn，1969：331）。颜色无疑是渲染出该故事恐怖气氛的一个重要因素，但让恐怖氛围走向高潮的当属非自然的人物红死魔。

红死魔一出场就让人异常惊恐，他"身材又高又瘦，从头到脚都藏在一块裹尸布里。他那如僵尸面孔的假面具做得足以乱真，以致凑上前细看也一定很难辨出真假。他的裹尸布上溅满了鲜血——他的额顶及五官也洒满了腥红色的恐怖"（坡，1995：548）。

见到此人，亲王气得暴跳如雷，他声嘶力竭地问身边的随从，"谁敢用这种无礼的嘲弄来侮辱我们？快抓住他，揭开他的面具——让我们看看日出时吊死在城墙上的到底是个什么家伙！"（坡，1995：548－549）。很明显，亲王以为不速之客是装扮成红死魔的老百姓，所以才会如此生气。此时他嚣张跋扈的态度和之前面对红死病魔肆虐时躲进高楼的懦夫行为构成了鲜明对比。

而亲王手下的那帮门客却被吓坏了，竟无人动手，于是亲王高举一把出鞘短剑准备刺杀陌生人。这时，只听得一声惨叫，霎时间亲王的尸体就扑倒在地毯上。众人见状，鼓起勇气冲过去，想要抓住此人。"可当他们抓住那个一动不动地直立在黑色巨钟阴影中的瘦长身影时，他们张口结舌地发现他们死死抓住的那块裹尸布和僵尸般的面具中没有任何有形的实体。"（坡，1995：549）这时大家才意识到此人就是红死魔。很快，这些寻欢作乐之人一个接着一个倒在了血泊之中，只剩红死魔一统天下。

至此，小说的恐怖气氛达到了高潮，正如杰拉德·肯尼迪所说："这无疑是坡小说中最吸引人的时刻之一。"（Kennedy，1987：203）这个将故事推向高潮的红死魔，无疑是解读小说的关键。有的学者认为红死魔在故事中并非真实存在的实体，而是普洛斯佩罗亲王臆想出来的产物。在 G. R. 汤普森看来，整个故事是"一个极度不安的心灵的内心独白"，是由亲王疯狂的想象编织起来的。约瑟夫·帕特里克·罗普尔（Joseph Patrick Ropple）也指出红死魔是亲王"自己内心愈演愈烈的恐惧感，这种恐惧感源于他对死亡的错误观念"（1967：142）。

这种解读貌似有一定的道理，但实际存在着问题。其一，当时所有参加假面舞会的人都看到了红死魔，而且"都深深感到那个陌生人的装束和举止既无情趣可言也不合礼仪"（坡，1995：548），可见，红死魔并非亲王的臆想，而是实际存在的。其二，此种解读拘囿于传统模仿偏见，忽视了让故事更具张力的非自然元素。正是因为红死魔这样一个非自然的人物，才使得文章"每一页背后似乎都有恶魔般的阴影浮现"，易于引起人们"奇特的嫌恶与反应"（Clarke，1991：202 - 203），而小说中对人性深处隐藏的恐惧和污秽的深入挖掘，从很大程度上也是得益于非自然的叙事手法才得以实现。

毫无疑问，红死魔这个非自然的人物在故事中起着关键作用。首先，他是情节的推进器，没有他故事无法进行下去。其次，他是效果的催化剂，让恐怖效果达到了高潮。最后，对红死魔的恐惧，对其无可抗拒之力量的认识——这种复杂心态，用非自然的叙述手法能做出更好的刻画和表达。

如前文所说，红死魔是理解小说的关键。那么，究竟该如何解读红死魔这个非自然的人物呢？有的学者认为红死魔是死亡的化身，他和死亡本身一样"没有实体，无法被抓住、无法被了解、无法被毁灭也无法被避免"（Kennedy，1987：203）。与此类似，有的学者指出红死魔是毁灭的象征。例如帕特里克·切尼（Patrick Cheney）在谈及《红死魔的假面舞会》对《暴风雨》和《圣经》的借鉴时说："《暴风雨》和《圣经》中的神秘模式都表达了人战胜了罪恶、死亡和时间，而坡的神秘模式则表明这些毁灭性的东西最终战胜了人类。"（1983：32）

在笔者看来，红死魔并不是战胜了全人类，而是战胜了特定的一群人——亲王和他周围的贵族们。他们冷漠残忍地置整个王国黎民百姓的苦难于不顾，躲进了自以为坚固的城堡继续寻欢作乐。这些人最终的悲惨结局是他们做出的糟糕伦理选择的后果。此外，正如保罗·哈斯佩尔（Paul Haspel）所指出的，坡还强调红死魔"就像一个小偷趁黑夜溜了进来"（坡，1995：550），此处借用了圣经的语言——"因为你们自己明明晓得，主的日子来到，好像夜间的贼一样"（帖撒罗尼迦前书5：3）——由此也暗示了"红死魔并不是混沌宇宙中随意无序的邪恶之源，毫无缘由和道理地传播死亡；相反，他是上帝意志的表达，是对枉顾自己子民疾苦的统治者的惩罚，也是对那些和亲王一起躲进享乐宫殿、避开平民及其苦难的贵族们的惩罚"（Haspel，2012：61）。在笔者看来，与其说红死魔是上帝意志的表达，毋宁说他代表的是人民的意志。

面对红死魔的威胁，亲王退而避之。但面对戴着红死魔假面具的陌生人时，亲王傲慢地把他当作了一位普通百姓，因其僭装为红死魔的挑衅行为，拔出短剑欲置其于死地。由此可见，亲王是背弃民众的暴君，通过牺牲民众的生命来保全自己，巩固独裁统治。当民众的生命权受到严重侵犯时，极度的压制致使统治被颠覆。民众的生存伦理诉求正是通过陌生人这一形象来体现。陌生人没有因为嚣张傲慢的亲王产生过激反应，在不慌不忙中夺走了亲王的生命。被非自然化了的陌生人实则是民众对权力颠覆的化身，是一场民众对抗贵族专制统治的完胜。对此，杰弗瑞·佛克斯（Jeffery Folks）曾做过深刻论述："人类普遍存在一种排外和对死亡的恐惧情绪，应对措施便是攫取权力，对权力的抢夺常常导致控制与死亡的永恒循环。那些通过获得权力而获生的人，其实就是那些常常以牺牲更多人的生命来确保自己生存的专制者。"（2005：14）亲王在面对威胁自己的一种外部力量时，无视绝大多数人的生命价值，借莺歌燕舞回避现实，反映了当权者责任意识与同情心的匮乏。而权力的过度失衡导致民众的反抗，他终究没有逃脱红死魔的惩罚。红死魔悄然来到宫廷的假面舞会上，给狂欢者带来黑暗与生命的终结。

值得一提的是，故事最初发表时题名《红死魔的面具》（"The Mask of the Red Death"，国内的翻译也大多是依据这个版本），可是后来再版时，坡将标题改为了"The Masque of the Red Death"。虽然 mask 和 masque 读音一样，但意义并不相同。坡做此更改显然有其用意。亲王在人民受苦之时不闻不问，躲在高楼里开化装舞会享乐，标题将面具改为假面舞会更加突出了当权者的可憎。而亲王及其随从就是在假面舞会上被红死魔处死的，这也强调了昏庸无道的统治者的最终下场。此外，坡的另一篇短篇小说《跳蛙》中，无德暴君也是在假面舞会上被代表普通民众的跳蛙给活活烧死的，可见统治者为了满足自己的私欲，肆意而为，在造成民众灾难的同时，必会带来自身毁灭。

总而言之，坡创造出红死魔这一非自然的人物，增强了作品的可读性和象征性，使其主题思想更富含意蕴。需要指出的是，小说只是着力描绘了红死病魔的恐怖力量以及人们染上此瘟疫后的骇人情状，并未清晰阐明故事想要表达的主旨及其背后的深意，这其实正是坡的高明之处。正如阿瑟・奎因所指出的："本着天才所特有的克制精神，坡对于故事要传达的重要道德寓意并未给出任何暗示。"（Quinn，1969：331）所谓"此时无声胜有声"，过于直接的道德教诲可能会让读者心生厌烦，而抛开说教的鲜活摹画则让读者沉浸于故事的恐怖氛围之中，并在读完之后思考其中隐藏的深意。在笔者看来，他通过非自然的叙事手法，以一种大胆而怪诞的浪漫风格和艺术癫狂的诗意想象力，展示出社会的黑暗现实、统治者内心的卑污不堪及其最终将被民众推翻的命运。正如埃里克·普莱西斯所说："坡在《红死魔的假面舞会》中使用了极不和谐、迥然不同的差异性元素，这表明他努力想要突破那个时代盛行的美学标准……其基调的异常以及随之而来的视觉冲击与文中其他的不和谐因素交相辉映。"（Plessis，2001：4）这种突破传统美学标准的非自然元素在给读者带来富有冲击力的新奇阅读体验的同时又能传达深刻的意义内涵，让文本具有了丰富的人文意蕴和审美价值。

二、嬉笑怒骂里对时弊的针砭

和红死魔带给人的恐怖和惊骇不同，坡的幽默讽刺小说《甭甭》和《离奇天使》中的魔鬼神怪则是一副怪诞滑稽的模样。虽然是现实中不可能存在的生灵，但他们影射了现实世界的种种问题，正如阿尔贝所说："非自然人物很明显还是会论及我们和我们所生活的世界。"（Alber，2016：144）通过塑造这些怪诞滑稽的魔鬼神怪，坡在嬉笑怒骂中对堕落的人性和社会的黑暗现实进行了批判和反思。

《甭甭》所讲述的故事最初发表在 1832 年 12 月 1 日的《费城星期六信使报》上，当时的标题是《失败的交易》（Bargain Lost）。该故事于 1835 年 8 月在《南方文学信使报》上再版时，题目改为了《甭甭》，场景也从意大利的威尼斯转到了法国，而主人公则从一个名叫派德罗·加西亚的玄学家变成了主厨兼哲学家皮埃尔·甭甭。

故事发生在位于鲁昂菲布维尔胡同的一家小餐馆里，甫甫先生是这家餐馆的老板。一个暴风雪肆虐的冬夜，甫甫正在专心修改自己将要出版的一部著作，突然来了一位不速之客——也是一个现实中不可能存在的非自然人物——魔鬼。他极其瘦削却比常人高得多。他的整副面容显露出一种引人入胜的阴郁——甚至一种尸体般的苍白。魔鬼的衣着极为寒酸，他"穿着一套贴身但却是上个世纪式样的已经褪色的黑衣……周身都没有穿衬衫的迹象，但一条脏兮兮的白领带极其精确地系在他的咽喉处，领带两端照礼仪并排垂下，使人想到一位牧师。实际上，他相貌举止的许多方面都能使人确认那种属性。像现代牧师所时兴的那样，他的左耳夹着一个颇像古人用的尖笔一样的东西"（坡，1995：211）。他上衣胸前的口袋装着《天主教礼仪》。他的嘴角下垂，露出一副最最谦恭的表情。还有他交叉的双手，低沉的叹息，"总之是一副不会不引起人们好感的神圣模样"（坡，1995：211）。

让人惊讶的是，他口袋里的那本书上用白色字母拼成的《天主教礼仪》这个书名在短短几秒钟内既改变了颜色又改变了字义，在原来书名的位置，《犯罪名目》几个红色的大字昭然醒目。更让人不可思议的是魔鬼没有眼睛，在那本来应该长眼睛的位置，只有一块平平展展的皮肉；可是魔鬼却对甫甫说："我的眼光比你的敏锐，我的眼睛就是灵魂。"（坡，1995：214）

对于魔鬼的到来，甫甫并未感到惊恐，反而与之进行了一段有趣的对话。他们先讨论了哲学，继而魔鬼问甫甫："请告诉我，甫甫先生，何为灵魂？"甫甫打着饱嗝，尝试回答："灵——嗝——魂嘛……毋庸置疑是——"魔鬼马上打断他：

"不对，先生!"甯甯又数次尝试回答："不容置疑是——"
"不可置疑是——""显而易见是——""不可争辩是——"
"嗝——""那毫无疑问是一个——"每次魔鬼都立刻说道：
"不对，先生!"甯甯最后问道："那么——嗝——请告诉我，
先生——那——那到底是什么?"魔鬼若有所思地回答道：
"那既不是这儿也不是那儿，甯甯先生。"（坡，1995：217）

　　随后，魔鬼告诉甯甯他们靠吃灵魂充饥，但是给养常常极
度短缺，而且灵魂一死，如果不马上腌制，就会变质，可腌制
的灵魂并不好吃。甯甯于是问魔鬼："那你们怎么处理?"
（坡，1995：178）魔鬼答道："我们中的大多数忍饥挨饿，有
一些则靠腌制品充饥，至于我吗，我购买活在肉体中的灵魂，
我发现这样能充分保鲜，这种买卖对肉体毫无影响，我已经做
过无数次那样的买卖，卖方从未感到过任何不便。他们都绝不
知道在他们的后半生有一个灵魂是怎么回事；可是，先生，这
些人都曾为社会增添光彩。"（坡，1995：219）

　　听闻此言，甯甯先生也想把自己的灵魂卖给魔鬼。显而易
见，此情节乃是对《浮士德》的戏仿，不过与《浮士德》中
的故事不同的是，魔鬼拒绝了这个交易，因为他"现在给养
足够"，"手头又没有现金"，也不想趁人之危，利用甯甯"眼
下斯文扫地、令人作呕的处境"（坡，1995：221）。这里，爱
伦·坡借非自然的魔鬼之口对甯甯之类物质至上、精神萎靡、
弃决灵魂的现代人进行了辛辣的讽刺。

　　坡所生活的 19 世纪初期的美国正处于资本主义的上升时
期，"到处弥漫着追求资产阶级安乐生活的热情。商人阶级的
整个家庭生活发生了变化：房屋增添了层数；房间的数目增加
了；门厅用作夜宿之处的办法被放弃了；仆役更加明显地同家

庭成员分开；卧床代替了草荐；餐具和家具多起来了；那种安于原始简朴生活的知足心情让位于对财物的追求"（比尔德，2016：33）。坡对充斥于19世纪美国社会的物质主义深恶痛绝，他在一篇评论文章中痛心疾首地呐喊："心灵还要向最为卑劣的物质主义屈服多久？"（Poe，1984：164）足见其对世人追求物质享受、放弃灵魂神圣之美的鄙夷和强烈斥责。

综上所述，通过塑造非自然的魔鬼形象，坡让"斯文扫地、令人作呕"的现代人原形毕露、无处遁形。郭沫若曾赞颂蒲松龄的作品是"写鬼写妖高人一等，刺贪刺虐入骨三分"，此番评语用来评价爱伦·坡的作品也是极为恰当的。

除了《甭甭》中的魔鬼，《奇怪天使》（"The Angel of the Odd"）里的天使这一非自然人物也是坡用来针砭时弊的利器。

"奇怪"（odd）对于爱伦·坡来说是一个重要的词汇，奇怪的场合会引发新奇的想法和新鲜的表达。他在评论《良好教养经典》时这样写道："一看到《良好教养经典》这个标题，挑剔的读者就会想把这本书扔到一边。这将是他第一反应。可是如果他能看完序言，就会被某种文学性（literature-ism）的东西所吸引（我们应该被允许在奇怪的场合创造奇怪的词语）。这种文学性遍及全文，并让其充满活力"（Poe，1984：455）。

《奇怪天使》就是这样一个"充满活力"的"奇怪"小说。它讲述了一个荒唐怪诞的故事。第一人称叙述者是个贪杯的酒鬼，不相信报纸上那些"奇灾异祸"。但奇怪天使的出现使他的生活急转直下，离奇的事情频频出现。先是午睡过头误了约会；夜里醉睡时，老鼠打翻蜡烛引发火灾，他虽未丧命却在逃生时摔断了胳膊，头发也被烧光了，只得戴上了假发；向

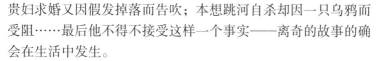

贵妇求婚又因假发掉落而告吹；本想跳河自杀却因一只乌鸦而受阻……最后他不得不接受这样一个事实——离奇的故事的确会在生活中发生。

对于这个故事，读者和评论家们往往一笑了之，认为它无足轻重。用编辑托马斯·马博特的话来说，《奇怪天使》就是"一部善意的滑稽剧"。但是茨维坦·托多洛夫（Tzvetan Todorov）却注意到了该故事奇异怪诞的非自然特性，认为它体现了爱伦·坡怪诞小说的精髓，并称其为"元怪诞小说"（2015：35）。

《奇怪天使》之所以被托多洛夫称为"元怪诞小说"，最重要的原因当属其中的非自然人物——奇怪天使。奇怪天使的长相就很怪诞。"他的身子是一个一百二十六加仑的葡萄酒桶或一百二十加仑的朗姆酒桶，或者说是诸如此类的东西。大桶下端嵌着两个十加仑的小桶，看起来是起两条腿的作用。胳膊是从那躯体上部吊下的两个还算够长的瓶子，瓶颈便是两只手掌。那个怪物的脑袋是一个黑森雇佣兵们用的那种水壶，形状就像个大鼻烟壶，壶盖中间有一个洞。"（坡，1995：841）

爱伦·坡让奇怪天使用酒瓶作身体从某种程度上来说是对"自己内心恶魔的承认"（Sova，2007：22）。众所周知，爱伦·坡有酗酒的恶习，这让他丢掉了编辑工作，并最终导致了他的死亡。而不太为人所知的是坡和美国禁酒运动的关系。坡在1830年左右结交了一位来自巴尔的摩的作家约翰·洛弗兰德。尽管洛弗兰德发表过禁酒演讲，可在私下却喝酒、吸毒，极为放纵。坡还认识一位名叫蒂莫西·亚瑟的作家，他写了几部在当时非常受欢迎的禁酒故事，包括《和华盛顿人一起的六个晚上》以及《酒吧十夜》。19世纪40年代早期，所谓的

"华盛顿人"逐渐增多，这是一群改过自新的酒鬼，他们会讲一些和酗酒相关的恐怖故事，目的是让听众感到害怕然后签下戒酒誓言。比如惠特曼受"华盛顿人"所托写的小说《富兰克林·埃文斯》就耸人听闻地描述了酒精带来的可怕后果，包括破裂的家庭、杀婴、极度贫困以及伴随噩梦而来的震颤谵妄。坡曾和"华盛顿人"有过直接的联系。1843 年，为了能从一个主张禁酒的朋友那里谋得一份工作，坡许诺自己会加入"华盛顿人"组织。坡到底有没有加入该组织我们不得而知，但他确实在生命的最后一年加入了一个类似组织：禁酒之子。1849 年 8 月 31 日，《禁酒旗帜》宣布坡加入该组织，并声称："我们相信他将为禁酒撰文。如此尖刻和有力的作者一定能为我们的事业带来极大益处。"（转引自 Thomas & Jackson，1987：830）

《禁酒旗帜》忽略了这样一个事实：坡其实已经写过关于禁酒的小说，或者更确切地说是被大卫·瑞诺兹（David Reynolds）称为"黑暗禁酒"（dark temperance）的小说，这是一种"抛开说教、强调酗酒可怕后果的流行模式"（Reynolds，2009：30）。坡的《黑猫》和《一桶蒙特亚白葡萄酒》都采用了这种模式。《黑猫》的主人公本来有着温顺的性情和美满的家庭，可是酗酒让他变得性情暴躁、喜怒无常，不仅吊死了曾经心爱的黑猫，最后甚至杀死了自己的妻子。《一桶蒙特亚白葡萄酒》全文都围绕酒展开，福尔图纳托正是因为好酒才一步步被对他心存怨恨的蒙特雷索引向死亡。

《奇怪天使》通过塑造用酒瓶当身体的天使这一非自然形象，也表达了对过度饮酒危害的反思。文章一开始，叙述者就喝了很多拉菲特酒，以至于当奇怪天使突然出现对他说话时，

他还以为是自己耳鸣——就像一个人酩酊大醉时往往会体验
到的那样。奇怪天使对叙述者说："你千万不能喝这么烈性的
酒——你必须往你的酒里掺水。"（坡，1995：843）同时把他
一只瓶子手里流出的无色液体掺兑进了叙述者的酒杯。叙述者
在他的"关心体贴"下喝了很多掺兑了这种液体的葡萄酒。
到文章最后，叙述者在房间发现了"一个装斯希丹樱桃酒的
空壳"（坡，1995：849），奇怪天使往他酒杯里倒的很有可能
就是这种樱桃酒，而不是他所认为的樱桃汁（因为他在瓶颈
上看到印有"樱桃汁"的标签）。过度的饮酒让他昏睡了两个
小时，并因此错过了与保险公司董事会面的时间，导致没有及
时为住宅保险单延保。后来叙述者点燃蜡烛，打算在睡觉前读
会儿书。可是他还没读上二十秒就因为酒劲沉入了梦乡，留下
那支蜡烛继续燃着。可没想到一只老鼠打翻了蜡烛，引发火
灾，烧毁了他的房子。叙述者最终跳窗逃了出来，可是他的头
发被烧光了，手臂也断了一只，同时因为并未续保，他还损失
了大额的保险金，而引发这一切的原因就是酗酒。

　　除了批判和反思酗酒可能带来的危机，坡通过塑造非自然
的奇怪天使还表达了对宗教的讽刺。首先，奇怪天使怪异的外
表与人们心目中天使的完美形象形成了鲜明的对比。前文提到
过，奇怪天使的身体是大酒桶，腿是小酒桶，胳膊是酒瓶，而
脑袋则是水壶。这样的奇怪天使并没有如《圣经》所记载的
那样闪耀着光辉，反而颠覆了传统宗教观念中天使的形象，有
着酒瓶组成的身体，成为了卡通漫画式的形象，也成为了坡所
讽刺的对象。

　　奇怪天使来到叙述者的家中是对基督教传统中天使降临人
间故事的戏仿。叙述者见到奇怪天使时已经喝了不少酒，再加

上奇怪天使说话刻薄，一见面就称叙述者"蠢得像只鹅""醉得像头猪""是个既没教养又自负的家伙"（坡，1995：842），这让他十分恼火，于是抓起手边的一个盐瓶，朝着天使的脑袋扔去。天使躲开了袭击，继而用酒瓶手在叙述者的头顶"一连重重敲了两三下"，疼得他眼里"涌上了几滴泪花"（坡，1995：843）。这一系列的闹剧在让人哑然失笑的同时，也颠覆了天使降临人间这一场景的宗教内涵。

此外，奇怪天使的暴力行为也是对福音书中和平处世态度的嘲讽。天使在把叙述者打哭之后，突然又开始对他关心体贴起来，这让人想到了一个传统的基督教观点："痛苦愈甚，欢乐愈多。"但是叙述者并没有比故事开始时更加开心，反而愈发痛苦了。尽管叙述者的眼泪让人发笑，但一个本应善良的天使却对他恶语相向、拳脚相加无疑颇具讽刺意味，颠覆了天使们所遵从的非暴力宗教传统。这个故事驳斥了天使促进和平的臆断，极具讽刺性地突出了基督教背离和平处事传统、为了宗教和政治目的诉诸暴力的不光彩行径。在坡生活的年代，昭昭天命（Manifest Destiny），为一个常用措词，是19世纪美国民主党所持的一种信念，他们认为美国被赋予了向西扩张至横跨北美洲大陆的天命。昭昭天命的拥护者们认为美国在领土和影响力上的扩张不仅明显（Manifest），且是不可违逆之天数（Destiny）。美国打着天命的宗教旗号，发动了对墨西哥的战争，兼并了大量土地。暴力让美国拓展了疆域，而宗教则为此提供了借口。坡文中的暴力天使体现了暴力和宗教两者的结合，也表达了坡对此的讽刺和批判。

在被天使暴打之后，叙述者开始哭泣，此时奇怪天使说："天哪，你这个人要么是喝得太醉要么是非常伤心（sorry）。"

（坡，1995：843）Sorry 一词除了"悲伤的"含义外，还有"惭愧、懊悔"的意思（Oxford Advanced Learner's English-Chinese Dictionary，1997：1450）。由此可见，奇怪天使暗示的是醉酒和宗教中忏悔的相似性。《新约》中多次提到忏悔是通往上帝国度的第一步，在奇怪天使看来，醉酒也能达到相同的目的。这也解释了为什么奇怪天使一边告诫叙述者"你千万不能喝这么烈性的酒——你必须往你的酒里掺水"，一边却让他喝了更多酒。此处水和酒的配对是对耶稣变水为酒这一故事的戏仿。这个故事不仅对禁酒运动造成了困扰，同时也暗示了天使加入叙述者杯中透明液体的真实内容。天使给叙述者喝的当然不是水而是樱桃酒（kirschenwasser）。迈克尔·麦格希（Michael McGehee）指出："Kirschenwasser 是一个德语词汇，它包含了和德语 kirche 拼写非常相似的词根，kirche 的意思是教堂。这两个词拼写的相似性模糊了酒和教堂使用的'圣水'之间的边界。"（2008：69）因此，故事暗示了圣水并没有使人净化，而是让人沉醉于信仰之中。此外，作为上帝使者的天使谎称樱桃酒是水，这无疑也是对宗教的讽刺和抨击。

后来，叙述者遭遇了一系列不幸，而导致这些不幸的罪魁祸首就是天使让他喝下去的一杯又一杯酒。最后，叙述者实在无法忍受这一切，于是脱光了自己的衣服准备跳河自杀。这时，一只乌鸦突然叼走了他的衣服。他暂缓自杀计划去追乌鸦，却不小心摔下了悬崖，幸好这时有一只热气球飞过，他眼疾手快抓住了导绳，才避免了摔得粉身碎骨的命运。他大声向气球上的人呼救，可是那人没有丝毫反应。正在他筋疲力尽，准备松掉绳索之时，突然听到奇怪天使的声音："你是谁?"叙述者再次求救，可奇怪天使不仅没救他，还朝他脑袋上扔下重重的一瓶樱桃汁，然后质问道："你是想再来一瓶，还是已经清醒，已经彻悟？"（坡，1995：847 - 848）叙述者赶紧表明自己已经清醒，"已经大彻大悟"了（坡，1995：848）。天使又追问道："那么你终于信了？"（坡，1995：848）不管叙述者是否真的相信已经毫无意义，因为他脑子里唯一能想到的就是自己有可能从气球上掉下去摔得粉身碎骨。不出所料，因为害怕，他给出了天使想要听到的答案。这里爱伦·坡用荒唐可笑的场景对基督教提出的告解和牧师们寻求的信徒皈依进行了讽刺。而奇怪天使的暴力以及用叙述者的性命胁迫他说出自己想要听到的话语这一行为很明显体现出来的是拷问折磨和告解坦白之间的联系。坡的另一篇小说《陷阱与钟摆》也揭露了宗教法庭为了达到自己的目的而使用的残忍手段。

叙述者在奇怪天使的威逼下接受了他的观点，按理说天使应该停止审问，可奇怪的是他并没有，反而继续追问道："你也相信我，奇怪天使？"（坡，1995：848）这个问题已经不仅仅是要教导叙述者怪异的事情时有发生，更是告诉他主导这一切的是无所不在的神，一个"全景监视者"。用米歇尔·福柯的话来说，这是为了在叙述者身上"造成一种有意识的和持续的可见状态，从而确保权力自动地发挥作用"（1999：226）。他生活在持续的监控之下，必须按照监管者许可的方式行事。这也意味着叙述者只是随口承认天使的权威是不够的。对于他的诚心，天使还是心存怀疑，于是又提出一个要求来进行验证。在把叙述者拉上气球篮之前，天使命令他把右手放进左边的裤子口袋。可是因为叙述者的左臂在火灾中骨折，他只能用右手抓着绳子；而且他的裤子被乌鸦叼走了，根本没办法把手插进口袋，所以天使的要求是根本不可能完成的任务。这个要求让人想到《路加福音》中耶稣所说的话："凡想保全自己生命的人，必会丧失生命；凡失去生命的，必将保全生命。"叙述者和信徒们一样面临着两难的抉择：要么冒着摔得粉身碎骨的危险松开绳子表明自己的信仰，要么冒着被天使惩罚的危险抓紧绳子。最终，叙述者还是没有松开绳子。这也颇具讽刺意味，因为不久前叙述者还准备跳河自尽，现在却又想继续活下去；前一秒还承认天使的权威，后一秒又改变了主意。从宗教讽刺的角度来看，叙述者态度的转变暗示了宗教信仰的转瞬即逝性。另外，叙述者不愿意松开绳子也表明，尽管他开始想要自杀，也不愿意在天使的强迫下去死。叙述者对天使荒谬要求的拒绝凸显出恐吓的作用是有限的，由此体现了坡对建立在恐惧基础上的宗教皈依的讽刺和批判。

第三节　死而复活之人

人死不能复生，这是现实世界的自然法则。可是在坡的艺术世界里，人物却可以死而复活，呈现出非自然性。本节将聚焦《丽姬娅》和《莫诺斯与尤拉的对话》中死而复活的非自然人物，透析其在文本中的功能以及坡塑造他们的深刻用意。

一、以意志对抗危机

在爱伦·坡生活的年代，科技迅猛发展，理性主义不断上扬。传统的理性主义将直觉同理性、逻辑相对立，坚信人的理性能够统摄一切，人成为理性宰制下的压抑的自我，在社会中孤独地面对外部世界，表现出深重的精神危机。在此语境之下，爱伦·坡深感理性对艺术自主性、个体性、独立性的僭越，因此，他力图穿越理性的藩篱，自觉疏离被主流审美驯化得想象力匮乏的宏大叙事和理性话语，而转向对个体隐秘幽微存在的探索。他将人看作非理性的实体，突入人类精神的深层，关注人的精神内部的失衡和各种潜意识的爆发，从人性的角度向长期理性化的审美传统发起冲击。他高举"为艺术而艺术"的大旗，从孤独忧郁、扭曲异化的个人出发，以本能、直觉、意志等主体内在的非理性因素来阐释世道人心，以新异的非自然叙事手法展示反常规、反经验的审美思考，揭示人类幽隐的生存现状和深沉的精神危机。

美国哲学家埃利希·弗洛姆（Erich Fromm）在其名著《健全的社会》中曾经指出："人创造了一个前所未有的物质世界，但他释放出来的力量愈是有力和巨大，他就愈是感到人的软弱无能。我们在现代社会中看到的异化几乎是无孔不入，异化渗透到人与自己的劳动、消费品、国家、同胞以及自身的关系之中。"（1988：111）换言之，现代社会的人疏远了他人，疏远了自然，疏远了自己的内心，终日无法摆脱孤独感、不安感和焦虑感，由此陷入深重的危机。

尼采痛斥构成现代性核心的"现代灵魂"的沉沦与堕落，认为这导致了世人精神状态的萎靡，造成了对生命力的压制。为此，他要重新肯定生命的价值，呼唤一种追求解放的酒神精神，寻觅一种振拔生命力的强力意志，以塑造一种与现代的"弱者"形态相反的人，即具有超强意志力与创造力的"超人"。他在《查拉图斯特拉如是说》中这样礼赞超人："我将以生存的意义教给人们：那便是超人，从人类的暗云里射出来的闪电。"（尼采，1995：14）坡的代表作《丽姬娅》中的女主人公就是这样的超人，通过塑造这一非自然人物，坡力图为

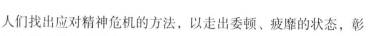

人们找出应对精神危机的方法，以走出委顿、疲靡的状态，彰显出强大的生命意志。

《丽姬娅》最初于 1838 年 9 月发表在《巴尔的摩美国博物馆》杂志上。它是坡最为有名的小说之一，也是他最为得意的作品。他在 1846 年 8 月 9 日写给诗人菲利普·库克（Philip Cooke）的信中说："我并不认为自己的哪篇小说比其它的好。我写过很多种不同的小说，种类不同价值也各不相同，但是每一篇在各自的类型中都是同样好的。最为出色的一种小说当属那些最具想象力的作品——正是由于这个原因，《丽姬娅》堪称我写过的最佳故事。"（转引自 Quinn，1969：515）

评论家们也对该小说给予了很高的评价。乔治·爱德华·伍德伯里（George Edward Woodberry）称："《丽姬娅》是坡最富创意的作品，它标志着坡浪漫天才的顶峰。"（转引自 Sova，2007：96）乔治·萧伯纳（Geroge Bernard Shaw）曾说："丽姬娅女士的故事不仅仅是文学上的一个奇迹，而且前无古人后无来者。确实没有什么好说的，我们其他人只需脱下帽子，让坡先生先走。"（转引自 Sova，2007：96）

小说的主人公丽姬娅是第一人称叙述者的妻子。她有着卓越的智慧和惊人的才学，可惜天妒英才，丽姬娅年纪轻轻便身染重疾，不久撒手人寰。丽姬娅死后不久，叙述者迁居英国，并娶罗温娜为妻。可是没过多久，罗温娜也病倒了，很快亦香消玉殒。在为罗温娜守灵之时，叙述者惊见其尸体逐渐恢复生机，活了过来。更让他讶异的是，复活过来的不是罗温娜而是丽姬娅——原来意志坚强的丽姬娅用自己强大的意志力借罗温娜的躯体获得了重生！

通过塑造死而复活的丽姬娅这一人物，坡越过了现实和幻想的界限，进入了非自然领域。布莱恩·理查森评价托尼·莫里森的"宠儿"这一人物的话用在丽姬娅身上也是非常恰当的："因为作者不愿选择用传统的、模仿现实的方式来呈现这个人物，所以文本融合了通常不相容的成分，保持了其复杂性……总之，她对阐释者来说是一场充满了问题和挑战的盛宴。"（Richardson，2015：155）在笔者看来，非自然的人物丽姬娅凸显了意志在人类与生存困境抗争的过程中体现出来的强大力量。

首先，坡给女主人公取名"丽姬娅"是很有深意的。这个名字源自希腊语，意思是清晰、尖利、有穿透性、音调很高的声音，在古代戏剧中是一种常和女预言家联系在一起的音质。这种清晰、尖利、具有女预言家特质、能够振聋发聩的声音代表了丽姬娅坚强的意志、对世人精神空虚状态的警醒，以及战胜这种空虚和无力的超人精神。

另外，坡在文中杜撰了哲学家约瑟夫·葛兰维尔①的一段话，可以说《丽姬娅》的情节就是围绕着这段引言展开的。该引言最初以故事开头题注的形式出现，以开门见山、直抒胸臆的方式点明了意志的强大力量："其中自有意志，意志永生不灭。孰知意志之玄妙及其威力哉？上帝乃一伟大意志，以其专一之特性遍泽万物。凡人若无意志薄弱之缺陷，决不臣服天使，亦不屈从死神。"（坡，1995：262）这段话后面又多次以

---

① 约瑟夫·葛兰维尔（Joseph Glanvill）是17世纪英国著名哲学家，17世纪晚期查尔斯二世（Charles II）时代的一位牧师，他喜欢调查异常现象，尤其是英伦三岛的鬼怪事件。

不同的形式重现，每次重复都使得效果不断加强。文中第二次出现这些话是在叙述者回忆丽姬娅"那双又大又亮"的眼睛的时候：

> 　　此后，我一见到尘世万物，有种心情就油然而生，每逢看到她那对水灵灵的大眼睛，总是这股心情。但到底是什么心情，我照旧没法解释，也没法分析，连一直揣度都不行。还是重复一遍吧，我有时候端详一株迅速生长的葡萄，凝视一只飞蛾，一只蝴蝶，一条虫蛹，一条流水，这股心情便识破了。看见海洋，看见流星陨落，曾经体会过。看见年近古稀的老人的眼色，曾经体会过。用望远镜仔细照照天上的一两颗星星，尤其是天琴座中那颗大星附近的六等星，双重星，变幻不定的星星，曾经领悟过。听到弦乐器的某些声音，曾经满怀这种心情；看到书上几节文章，也难免时时充满这种心清。在其他无数事例中，我尤其深深记得约瑟夫·葛兰维尔的一部书中有段文章，看了总不免涌起这股心情——大概只是因为文章写得怪吧；谁说得上？——"其中自有意志，意志永生不灭。孰知意志之玄妙及其威力哉？上帝乃一伟大意志，以其专一之特性遍泽万物。凡人若无意志薄弱之缺陷，决不臣服天使，亦不屈从死神。"（坡，1995：310－311）

　　第三次出现这些话是在丽姬娅病重之时。在说那段话之前，丽姬娅让叙述者朗读自己前几天刚写的一首诗。19世纪的读者们看到这里多会预期一个感人的场景：一位将死的女士通过一首充满慰藉的诗歌来表明自己已经做好了死去的准备。

类似的场景在同时期的小说中随处可见，这也反映了当时普遍的社会习俗。在维多利亚时期的英国以及美国，"临终之时代表了最后的真实，它是最后的忏悔、劝诫或鼓励的机会"（Kennedy，1987：1）。临终场景让小说家能传达出道德说教的重要性，而道德说教则是那时大众文学的基础。对于19世纪中期的美国读者而言，《汤姆叔叔的小屋》为他们提供了一幕典型的临终场景：小伊娃慈爱的父亲和一群黑奴悲痛万分地围在她的床前，而她则慷慨地向他们馈赠基督的智慧和自己的金发。在这个告别仪式中，纯洁、爱心、虔诚和死亡这些资产阶级文化中神圣的东西都在这一刻融合到了一起。

可是，坡似乎是有意戏仿这种传统的告别仪式，丽姬娅临死时要丈夫朗诵的那首诗名为《征服者蛆虫》，可以说与神圣感人相去甚远。故事首次发表时，并未包含这首诗歌，而在1845年2月15日的《纽约世界》和1845年9月27日的《百老汇杂志》上再版时，则加入了该诗。诗里没有令人振奋的景象，没有对信仰的肯定，也没有对死亡的接纳。有的只是"恐惧和希望交织的悲剧""蠕虫的毒牙鲜血淋漓"（坡，1995：269）。这里的征服者蠕虫象征的不仅仅是肉体的死亡，还有精神的扭曲、颓废、空虚和最终灭亡。正如杰拉德·肯尼迪所说："此时丽姬娅所表达的是克尔郭凯尔式的'恐惧和颤抖'，这是现代人所特有的困境。"（Kennedy，1987：82）

然而丽姬娅面对死亡，面对人类的精神颓废和生存危机并没有绝望和屈服，而是跳起身喊道："哦，上帝！哦，圣父！——难道这种情况始终不变？——难道这个霸王永远称霸不成？难道我们不是上帝您的骨肉？孰……孰知意志之玄妙及其威力哉？凡人若无意志薄弱之缺陷，绝不臣服天使，亦不屈

从死神。"（坡，1995：315）再一次凸显出了其强大的意志力。

此段话第四次也是最后一次出现是在丽姬娅的临终遗言里。她"弥留之际，嘴里还喃喃有词。我弯下腰，凑着耳朵一听，原来又是葛兰维尔那节文章中的最后一句："凡人若无意志薄弱之缺陷，决不臣服天使，亦不屈从死神。"（坡，1995：315）

多次的重复彰显了意志的重要性，也揭示了坡塑造丽姬娅这个非自然人物的原因。坡用这些话语把抽象的概念"意志"变成了具体的人物。意志不再是一个无生命的词语，而是具有生命的东西。小说结尾丽姬娅的复活代表了意志、丽姬娅和故事的三重胜利。

对于丽姬娅的借尸复活，一些读者认为这是令人遗憾的败笔。例如，库克在写给爱伦·坡的信中就说："在阅读过程中，我对你的每一个语句都不乏欣赏；但是，当读到丽姬娅小姐占据了罗温纳小姐的身体之际，我难免惊异于此处对鬼魂属性的背离——换言之，我不明白丽姬娅小姐的无影游魂如何能够使罗温纳小姐的尸体复活……并借此突然变成了有形可见的丽姬娅。"（转引自于雷，2015：153）

坡是这样回复的："让丽姬娅借助罗温纳的躯体复活这一事件成为渐进的过程，的确要比我的方式高明和精彩得多。在我看来，它将想象的维度发挥到了极致——它甚至可以表现出崇高。这种构思也是我原来的想法，如果不是以前已经用过，我便会加以采纳——但是已经有了《莫雷娜》。你记得吗？那位父亲正是逐渐意识到第一个莫雷拉附身于第二个莫雷娜。因此，写完《莫雷娜》之后再来创作《丽姬娅》就有必要稍作

改变了。我不得已只能满足于让叙述者突然意识到丽姬娅站在了自己跟前。"（转引自于雷，2015：152－153）

他表面上承认库克的想法比自己的高明，但正如琼·戴扬所指出的："比起高明和精彩的主意，他更愿意选择不和谐和难以理解的东西……对于坡来说，把丽姬娅藏在罗温纳的身体里就像把耶稣藏在面包里一样愚蠢。"（Dayan，1987：175）坡对库克夸张的赞扬其实是一种反讽。如果他真的认为库克的主意"高明和精彩"的话，就不会在1846年还声称"《丽姬娅》无疑是我写过的最好的小说"。库克的修改建议表明他没有抓住小说的重点。坡塑造丽姬娅这个非自然的人物并不是为了讲述一个鬼魂附身的骇人故事，而是为了凸显意志在应对人类生存困境和危机时所体现出来的重要性和强大力量。

二、死亡之后的新生

除了《丽姬娅》，坡的对话体小说《莫诺斯与尤拉的对话》（"The Colloquy of Monos and Una"）中也出现了死而复生的非自然人物。它是爱伦·坡的三篇对话体小说之一，最初于1841年发表在《格雷厄姆杂志》上。故事记录了经历死亡后重生的莫诺斯与他的爱人尤拉之间的一次谈话。

在谈话中，莫诺斯充满向往地回顾了古时田园诗般美好的日子："那时候我们的欲望更少但欢乐并不少——那时候享乐是一个不为人知的字眼，被人们庄重地低声说出的字眼是幸福——那时候是一些神圣、庄严而极乐的日子，未被筑坝的蓝色河流穿过未被砍劈的青山，流进远方幽静而清馨的未被勘测过的原始森林。"（坡，1995：506）然而，这一切的美好由于人类科技的进步和工业的发展而遭到严重破坏。文中，爱伦·

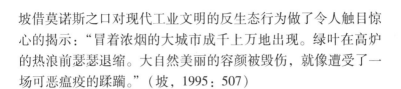

坡借莫诺斯之口对现代工业文明的反生态行为做了令人触目惊心的揭示："冒着浓烟的大城市成千上万地出现。绿叶在高炉的热浪前瑟瑟退缩。大自然美丽的容颜被毁伤，就像遭受了一场可恶瘟疫的蹂躏。"（坡，1995：507）

肇始于19世纪初的美国工业革命给美国带来了经济的发展和繁荣，然而兴建的大量工厂催生了大规模的城市化，经济繁荣的背后是人与自然关系的异化——空气被污染、环境被严重破坏，人失去了曾经拥有的和自然和谐共处的状态。正如著名德裔美国哲学家埃利希·弗洛姆所指出的，人之所以不同于其他动物，在于人走出了自然，建立起自己的"文明世界"。可是在人离开自然的同时，他也失去了曾经作为自然的一部分的禀赋和他自身所具有的那种自然的和谐，而属于人的新的和谐却还没有建立和完善。这样的缺陷就导致了人的失落和孤独感，并且这也就是人潜藏的破坏性的根源（弗洛姆，1988：2）。

爱伦·坡早在170多年前就已经预见到，人类如果将其发展建立在涸泽而渔式地掠夺自然资源上，生态系统的末日将为期不远。在《莫诺斯与尤拉的对话》中，坡对工业文明给自然生态带来的破坏深感忧虑，并大胆构设人类终将与整个地球一道陷入灭顶之灾："我们人类是因为情趣的堕落而为自己掘好了坟墓。"（坡，1995：507）在坡看来，自然是人类赖以生存的基石，人类如若破坏自然的和谐美丽，必然遭受严厉的惩罚。富含生态哲理的话语，融入了坡对生态危机的深刻思考。在坡看来，由于人类过度标榜实用科学，为眼前利益而毫无节制地掠夺自然资源，致使"地球被技艺弄得伤痕累累"（坡，1995：508），这一行径终将带来自然与人类自身的毁灭。

185

坡对于未来生态灾难的预测展示出惊人的预见性，远远超出其所处的时代。在坡生活的年代，美国工业化的发展对大自然的破坏只是初显端倪，真正的生态危机尚未出现，绝大多数人还没有任何的生态意识。奥地利诗人赖内·马利亚·里尔克曾一针见血地指出："普通人很少能察觉到人与自然神秘而恐怖的关系，他们生活在人群中，对自然的了解不会超乎自然个人的用途这个范畴，他们只看到他与同类几百年来创造出的表象，因为人可以拓荒，可以砍伐森林，可以疏通航道，所以，他坚信，整个大地与他同在。他几乎只专注于人，他的目光只是顺带一瞟自然，他把它视作某样天经地义的财产，必须尽量彻底地利用。"（2008：134－135）而坡能够见时人所未见，并为此而大唱反调，无疑是难能可贵的。他在《仙女岛》中写道："由于自命不凡，我们正在疯狂而错误地认为，无论是对现实而言还是就将来而论，人类在宇宙间都比他所耕种并且轻视的茫茫'谷间土'更重要，人类否认土地具有灵性仅仅因为他从未看见过土地的作用，此外便无更充分的理由。"（坡，1995：1034）地球上令人担忧的自然环境，乃人为祸患所致，坡对自然生态危机病源、病象的诊断可谓切中要害。在坡看来，自然永远隐匿着未知的奥秘，生活于自然生态中，人类必须遵循，如若放任贪欲，必然招致灭顶之灾。这无异于一记长鸣警钟，回响于读者耳际。能在170多年前敲响生态危机的警钟，实属高瞻远瞩。

更加了不起的是，坡通过塑造莫诺斯和尤拉这样死而复生的非自然人物为解决生态危机提出了自己的构想："对于这个整体上染疾的世界，我看只有在死亡中才有可能新生。人类作为一个种族不应该绝种，我看他必须被'再生'。"（坡，

1995：508）正如美学家米盖尔·杜夫海纳所说："这种死亡可能成就一种脱胎换骨，成就一种超现实的降临，也成就一种新意义的产生。"（1985：194）换言之，人类只有经历死亡的洗礼，才能抹去以往的污秽，获得净化，"慢慢地重归于美，重返自然，重返生活"（坡，1995：507）。

坡借重生的莫诺斯之口对人类未来生存环境做了如下构想："那时候地球将重新披上绿装，重新有其乐园般的山坡和溪流，最终重新成为适合人类居住的地方——适合已被死亡净化过的人类——适合其高尚的心智不再被知识毒化的人类——适合那已获救的、新生的、极乐的、已成为不朽但仍然是物质的人类。"（坡，1995：508）由此，坡将其生态意识通过非自然的人物同其灵魂再生观巧妙勾连，呈现了人与自然和谐相处的理念。

综上所述，不难看出，坡对于自然万物与人类关系的理解异常深湛，他通过塑造死而复生的非自然人物既展示出生态预警小说般的"生态启示录"思想，又试图告诉人们解决途径和出路：回归情趣，重返自然，重返生活，人们就能获得新生。在生态危机愈演愈烈的当下，回溯其作品中所蕴含的生态整体观、联系观，对今天的我们深具启迪意义。

小　　结

文学史中俯拾皆是的非自然人物突破了传统的模仿偏见，迫使我们从理论上重新考量和理解这些不一样的人物或形象。正如凯瑟琳·海耶斯（N. Katherine Hayles）所说的，非自然的叙事把传统的人物主体变成了人工的"合成体，多种异质成分的组合和一种物质信息实体，其边界经历了持续的建构和再建构"（1999：3）。

确实，爱伦·坡小说中的诸多人物都是多种异质成分组合的实体，是现实世界中不可能存在的生灵。他们或为超越生命极限之人，或为魔鬼神怪，或能死而复生，都充满了神秘的悬念和非自然的表征。当然，非自然的人物及形象的出现已有悠久的历史，很多都被类型化，但是他们也在不断凝聚新信息、新能量和新表征，不断变化和丰富自己的内容和外延，正因为如此，才得以不断地充分表达作者的思想和意蕴。

总之，爱伦·坡小说中的反模仿人物是其非自然叙事的一个典型表征。这些人物融合了历史、文化和政治等信息，融入了爱伦·坡妙趣横生的想象力，表现出他对社会问题的深层意识和对人类生存困境的满腹忧思；同时，他们也突破了传统的故事人物局限，开阔了人们对故事人物的认知视域，为小说人物的叙事和刻画注入了活力和新的血液。

第五章　爱伦·坡作品中的
非自然叙述行为

在模仿叙事中，话语是为建构故事或表达故事服务的。但是在非自然叙事中，话语自身却成了被传达的内容。话语不再是为故事服务，而是为话语自身服务。换言之，在非自然叙事中，话语颠覆或消解了故事。话语颠覆故事的手段就是一系列反常的非自然叙述行为，阿尔贝等人将其定义为"在物理上、逻辑上、记忆上或心理上不可能的叙述"（2010：124）。反常的叙述行为并不是为了建构一个以真实世界为模型的故事世界，而是为了彰显话语本身，揭示文学创作的虚构过程。因为正是这些反常的叙述行为在很大程度了背离了模仿叙事的原则，才使得对故事世界的建构成为不可能。

爱伦·坡的作品中多次出现了"在物理上、逻辑上、记忆上或心理上不可能"的非自然叙述行为。本章将着重剖析坡作品中的多叙、元叙述和第一人称现在时态叙述等非自然叙述行为，并试图挖掘这些非自然叙述行为背后的深刻内涵。

第一节　多叙

多叙（paralepsis，又译为赘叙）是著名法国叙事学家热拉尔·热奈特（Gerard Genett）在其经典叙事学专著《叙事话语·新叙事话语》中创造的术语，指的是叙事聚焦的一种违规现象，"提供的信息量比支配总体的聚集规范原则上许可的要多"（1980：195）。詹姆斯·费伦（James Phelan）将其称为"讲述不可能获得的信息（implausibly knowledgeable narration）（2013：168）。曼弗雷德·雅恩（Manfred Jahn）对多叙进行了更详细的界定，认为它是"由于讲得太多而引起的违规；叙述者行使了一种他∕她本不具备的能力；典型的情形是，一个第一人称叙述者（或历史学家）叙述他人所思，或叙述那些他∕她不在场的事件"（转引自鲁迪格·海因策，2011：28－29）。这种非自然的叙述行为"不仅让人们注意到被它所违背的聚焦模式的局限性，还认识到聚焦模式之间的壁垒是非常传统的观点"（Shen，2001：168）。

坡唯一一部完整的长篇小说《亚瑟·戈登·皮姆的故事》（*The Narrative of Arthur Gordon Pym of Nantucket*，以下简称《皮姆》）中就出现了多叙这种非自然的叙事行为。

《皮姆》最初于1937年以连载的形式在《南方文学信使报》上刊发了两期，1838年，知名出版商哈珀兄弟（Harper & Brothers）出版了该故事的完整版本。小说讲述了一个海上历险故事。主人公兼叙述者皮姆是一个热衷于航海的年轻人，但家人出于安全考虑不让他出海。后来，他好友的父亲被任命为"逆戟鲸号"的船长准备出海，皮姆于是谎称去亲戚家度假，并在好友帮助下藏在船后底舱内开始了向往已久的旅途，却不料因此卷进了一系列恶梦般的事件中。先是船员哗变，在解决哗变事件后紧接着遭遇暴风雨，几天几夜没吃没喝，以致最后到了吃人肉的地步。在生命危急时，他被另一条船搭救，但很快陷入新的危险之中。船员们在南半球土著人居住的岛上探险时，遭土著人暗算，只有他和另一个伙伴幸免于难，最终死里逃生。

虽然出版商和坡本人都对《皮姆》抱有很大期望，可是事与愿违，"该书总体来说并不怎么受欢迎"（Quinn，1969：263）。早期的评论对该小说多为贬斥和批评，正如瑞吉莱和哈弗斯迪克在《开拓性的旅程：亚瑟·戈登·皮姆的多种叙事》（"Chartless Voyage：The Many Narratives of Arthur Gordon Pym"）一文中指出的，19世纪的读者大多认为《皮姆》"非常令人失望"（Ridgley and Haverstick，1966：79）。值得指出的是，坡在小说中佯称这是皮姆的亲身经历，所以当时很多人以为它记录的是真实事件，故而因文中很多情节的不可能性而心存不满。例如，1838年9月《波顿绅士杂志》上的一篇书评就对《皮姆》发起了毫不留情的攻击：

> 亚瑟·戈登·皮姆讲了一系列完全不可能的冒险故事，还要求被侮辱的读者相信他的那些鬼话，虽然他坦陈自己也认为多数读者会宣称这些故事是"胡扯八道"，故而才让《南方文学信使报》的编辑坡先生以他的名义发表在该杂志上。坡先生即便不是本书作者，至少也该为它的出版负责，因为序言中说坡先生向作者保证公众的精明和常识能让该书有被作为事实接受的机会。我们很遗憾坡先生的名字和这样一部愚昧无知、厚颜无耻的作品联系在一起。（Burton，1838：201－211）

近几十年来学界对《皮姆》的态度发生了极大转变。著名诗人威斯坦·休·奥登（Wystan Hugh Auden，1907—1973）认为《皮姆》是坡"最重要的作品之一"，并将其列为"最佳冒险小说"（1950：vii）。道格拉斯·鲁滨逊（Douglas Robinson）称之为"评论者的梦想文本（dream-text）"（1982：47），因为它兼收并蓄、模棱两可的本质使其适合各种解读。知名爱伦·坡研究学者杰拉德·肯尼迪则指出："《皮姆》已经成为当前坡研究的关键文本"（Kennedy，1987：145），但同时也承认"它比坡其他所有作品都更令人困惑"（Kennedy，1995：16）。

确实，《皮姆》是一个奇怪的混合体，"它既是仿冒的非虚构探险叙事和冒险故事，又是成长小说，还是旅行见闻和精神寓言，可以说是美国文学中最让人费解的重要文本之一"（Peeples，89）。《皮姆》之所以让人费解，其中一个很重要的原因就是非自然叙述行为多叙的使用。

小说中共有两次多叙。第一次出现在第五章，此时船上已经发生了血腥哗变，除了叛乱者以外，剩下的活人只有被留下来当秘书的奥古斯塔斯和藏在底舱的皮姆。奥古斯塔斯历尽周折来到底舱寻找皮姆，发现空气异常污浊，呼唤多次后并未听到皮姆回应，因而怀疑他已经窒息而死。奥古斯塔斯想要确认自己的推测，却发现通道已被一个因船身剧烈摇晃而掉下来的条板箱完全堵死。正在奥古斯塔斯绝望哭泣之际，听到了摔碎酒瓶的声音。原来船身颠簸使得底舱有很大的声响，皮姆并未听到奥古斯塔斯的呼唤，这时他的全部给养只剩瓶中的一点酒，他将酒一饮而尽，然后狂怒地把酒瓶摔到了地板上。正是这一举动挽救了皮姆的性命，书中这样写道：

> 这酒瓶摔得实在幸运——因为此事看上去微不足道，但对我来说却性命攸关。不过我是多年以后才意识到这个

事实。为自己的意志薄弱和优柔寡断而产生的羞愧之心使得奥古斯塔斯没有当即告诉我他后来在一次更为推心置腹的交谈中向我吐露的实情。原来当他发现进路已被不可逾越的障碍阻断之时，他曾决定放弃靠近我的打算，并且马上返回水手舱。（坡，1995：1150－1151）

然而几周之后奥古斯塔斯就因为在平定叛乱过程中受伤去世了，这很明显驳斥了皮姆此处如何得知摔酒瓶对自己获救至关重要的叙述。多年以后，奥古斯塔斯已经不在人世，不可能告知皮姆这一事实，皮姆讲述的是"不可能获得的信息"，属于多叙行为。

第二次多叙出现在第七章的开头，叛乱者因为对今后不同的计划分成了两派，以大副为首的一帮准备去当海盗，而以厨师为首的一伙则想去南太平洋捕鲸。两派激烈争吵之余，大副毒死了属于厨师一边的哈特曼·罗杰斯。这时，皮姆已经从奥古斯塔斯那里得知哗变详情，为了保全自己的性命，他避开了那些叛乱者，所以并没有亲眼看到罗杰斯之死的详情。虽然奥古斯塔斯告诉皮姆，罗杰斯在喝过一杯可疑的掺水烈酒后就中毒身亡，但是这一章里皮姆对于罗杰斯尸体的描述是只有亲眼所见才能获得的一手信息：

罗杰斯是于上午十一点左右在一阵剧烈的抽搐中死去的；死后仅几分钟尸体就变成了一种我记得我所看见过的最令人毛骨悚然的样子。其腹腔膨胀之大就像一个人淹死后又在水中浸泡了几个星期的模样。那两只手的情形与腹腔一样，而那张脸却皱缩成一堆，颜色白得犹如石膏，只

> 是上面有两三块非常显眼的红斑，就像是丹毒引起的那种；其中一块斜着伸延过面部，仿佛用一条红绷带蒙住了一只眼睛。（坡，1995：1165）

皮姆在此处所透露的信息只有当他离尸体非常近时才可能得到，他还声称罗杰斯的尸体是"我所看见过的最令人毛骨悚然的样子"（坡，1995：1165）。当皮姆描述罗杰斯临死时的痛苦以及快速腐烂的尸骸时，皮姆讲述的是一个他不可能目睹的场景。接下来皮姆的法医式聚焦观察更加凸显了他对那具尸体的了解——腹腔和双手的极度膨胀、白如石膏的脸上显眼的红斑——可谓是纤入毫厘。这里皮姆对于尸体的极度熟悉无法用传统的模仿认知来解释。很明显，皮姆讲述的是一个他不在现场的事件，他"所叙信息多于其本应该拥有的信息"（海因策，2011：27），是典型的多叙行为。

鲁迪格·海因策（Rudiger Heinze）在《论第一人称叙事小说对模仿认知的违背》一文中将多叙分成了五种类型：①假性多叙（illusory paralepsis）。在这个类型的叙事中，多叙似乎存在，但后来讲述的信息表明，人物叙述者的超常知识其实有自然而现实的来源。它们虽然看起来是多叙，但在认识论上并未破坏叙事视角，而仅仅是延迟讲述自然的知识来源。②幽默的多叙（humorous paralepsis）。幽默的多叙以自我指涉和诙谐搞笑的方式承认其讲述的不可能，从而降低了它在认识论上的严肃性。因为它明显是不可靠的，所以容易理解它对模仿认识论的违背。③记忆的多叙（mnemonic paralepsis）。叙事者的记忆完美得让人无法相信（超越了人类）。④整体的多叙（global paralepsis）。整体的多叙发生在非自然的、不可能的框架中，例如艾丽斯·西伯德（Alice Sebold）的《可爱的骨头》（*The Lovely Bones*，2002）中的叙述者在坟墓里叙述。在这种情况下，多叙主要作用于叙述框架，使叙述变得非自然。⑤局部的多叙（local paralepsis）。局部的多叙发生在自然世界中，而且叙事者的讲述方式表明其在认识论上是认真的，例如里克·穆迪（Rick Moody）的《冰风暴》（*The Ice Storm*，1994）。此时多叙主要存在于叙述的自然框架内，由此产生的多叙即为局部的多叙。

在海因策看来，前三种类型可称为"自然的多叙"，因为这些多叙要么是规约，要么只是为了好玩甚至是假装，或者只有一个非人类且没有人物功能的声音，因而与人类意识投射无关。剩下的两种类型——整体的多叙和局部的多叙——可被称为"非自然的多叙"，因为这两种多叙无法在自然世界里得到合理解释，它们真正违背了模仿认识论，而局部多叙也许更难自然化，因为它处于一个本质上是自然而现实的世界，这个世界完全符合真实世界的物理法则，只有这个多叙例外（2011：34–36）。

《皮姆》所建构的就是一个"本质上是自然而现实的世界"，小说多数时候采用了现实主义的手法，坡还通过借鉴一些当时的探险故事去营造一种所谓的真实感。例如，苏珊·毕杰尔（Susan F. Beegel）就指出"逆戟鲸号"上的叛乱和1824年真实发生的"环球号"叛乱非常相似，而"环球号"叛乱在当时的美国可谓家喻户晓。毕杰尔认为坡可能听说了这个故事，或者在书上读到了相关描述，如威廉姆·雷（William Lay）和赛勒斯·赫西（Cyrus Hussey）的《南塔科特"环球号"上叛乱的故事》（1828）、海勒姆·鲍尔丁（Hiram

Paulding）中尉的《美国多桅帆船"海豚号"巡航日记——缉拿捕鲸船"环球号"上的反叛者》（1831）等。此外，《皮姆》里有许多关于航海操作、动物物种和异域地形等和情节无关的长篇论述，这些内容主要借鉴了杰里迈亚·雷诺兹（Jeremiah N. Reynold）的《太平洋与南海海域的测量与探索之旅的演说》（1836）[①] 和本杰明·莫雷尔（Benjamin Morrell）的《四次航行的故事》（1832）[②]。尽管这些细节让故事进程不太流畅，却使小说显得更加逼真。就算在全书最离奇的部分——到达北极的最终章，小说仍与现实世界的探险故事有相似的地方。正如莱斯利·达默龙所说："考虑到极地探险的实际情况，《皮姆》最后一章并不能被看作是超自然的描述。"（Dameron, 35）在达默龙看来，通过参考或是抄袭威廉·斯科斯比的《北方捕鲸业探险日志》，"坡达到了非常奇特的效果而又没有破坏他精心营造的逼真氛围，这种氛围贯穿小说始终"（Dameron, 35）。那个白色的"披着裹尸布的人影"（坡，1995：1277）可能只是一个形状怪异的冰山。

可见，《皮姆》里所出现的多叙发生在自然世界中，属于海因策所界定的第五种类型——局部的多叙。小说主体体现出现实主义的风格，但数次出现的非自然多叙却破坏了现实主义的逼真描述。坡创造了一个难以捉摸的故事世界，在这个世界里认知的不确定性导致了难以消弭的张力以及未被回答或无法回答的问题。《皮姆》是一个自然与非自然、现实与不可能交

---

① 小说中有大段内容直接源自此书，故而有评论者指控坡抄袭。

② 参见 Mitchell C. Lilly, "Edgar Allan Poe's The (Unnatural) Narrative of Arthur Gordon Pym". Poe Studies, 2015, 48 (1): 38.

织的文本，而这自然增加了其复杂性和解读难度。

　　对于文中出现的非自然多叙行为，读者可能会尝试用自然化的阅读策略为这些"不可能获得的信息"提供合理的解释。皮姆可不可能通过其他的渠道得知酒瓶破碎的声音对自己获救至关重要呢？答案是否定的，因为皮姆很明确地提到自己是多年后从奥古斯塔斯那里得知了这一信息，而这是不可能的，因为奥古斯塔斯早就由于伤口感染去世了，他的尸体已被鲨鱼撕成了碎片。辛迪·温斯坦（Cindy Weinstein）把此处解读为对于文本来说至关重要的认知和时间难题的一个典范。故事的时间框架"变得难以甚或无法分辨"（Weinstein，90），皮姆与已经死去的奥古斯塔斯之间不可能的对话让叙事中的当下感（sense of now）变得不稳定。虽然温斯坦的论述从某种程度上理清了时间在《皮姆》中是一种心理体验，但她并没有意识到时间的不稳定从根本上源自第一人称叙述者皮姆不可能的心理和知识带来的本体论上的不可调和性。不仅仅是因为故事中记时计的丢失，更重要的是皮姆超越人类意识的认知能力让任何时间感，尤其是对时间的现实描绘，变得复杂甚至逐渐消散。换言之，《皮姆》里的时间不仅是不确定的，还是非自然的，这是由于皮姆非自然的心理和叙述对故事的时间感产生了作用。

　　另一种自然化的解读是把不可能的信息归因于不可靠的叙述者。在序言中，皮姆就暗示读者不要相信他能准确记住自己冒险旅程的所有细节，因为他"在航行的大部分时间里都因为心不在焉而没写日记"（坡，1995：1107）。当皮姆列出具体日期或者用新闻报道的方式叙述的时候，读者可能会怀疑其准确性。奥古斯塔斯可能如皮姆所言在八月一日去世，但也有可能在此之前或之后身亡。皮姆在第五章里声称奥古斯塔斯多年后向他吐露实情，而在第十三章又详尽描述了几周之后因伤口溃烂而去世的惨状，这个错误可能表明皮姆的记性不是很好。确实是这样吗？笔者认为答案是否定的。因为两个章节叙述事件的时差只有几周，皮姆不太可能记错，否则他也无法记住小说里描述的大部分事件了。或者，皮姆此处的多叙反映的可能只是他对自己如何获救的想象；换言之，皮姆并非真正知道到底是什么拯救了自己的生命。为了填补这一空白，皮姆虚构了一个故事，并假借多年后从奥古斯塔斯那里得知真情来尝试证明它是事实。然而具有讽刺意味的是，奥古斯塔斯的死与皮姆编造的故事相矛盾，这也让皮姆作为叙述者的可靠性受到了质疑。这些解读都以模仿论为基础，以真实世界框架为参照，强调了现实世界人类能力的局限。然而皮姆生活在一个自然与非自然交织的世界，在这个世界里现实主义和反现实共存，奥古斯塔斯多年后吐露真情与他不久后去世这两条互相排斥的故事线可以同时存在，皮姆也确实得到了以现实世界框架而言"不可能获得的信息"。

文中另一处多叙更难自然化。可能正是这个原因，很少有评论家对其进行论述。约翰·卡洛斯·劳（John Carlos Rowe）谈到在平反叛乱的过程中，皮姆利用反叛者的迷信心理，装扮成罗杰斯的鬼魂，模仿尸体的可怖形状，把那些人吓得魂飞魄散，最终打败了他们。但是他并没有注意到皮姆对于尸体细节的了解是不可能的。杰拉德·肯尼迪（Gerald Kennedy）是极少数分析过此处反模仿意义的学者。在他看来，"死亡视觉场景具有不可抵抗的魅力。死尸有一种让人不安的吸引力，促使叙述者想象出了一个他不可能观察到的场景"（Kennedy，

1987：160）。肯尼迪在另一篇文章中写道："皮姆对罗杰斯的强烈认同感或许可以解释此处弗洛伊德过失式的矛盾：尸体可怕的状况使得皮姆对于死亡本身产生了无意识的投射。"（Kennedy，1995：47）肯尼迪的解读把此处的多叙简单归结为心理投射，或者是他对罗杰斯的尸体应该是什么样的想象。然而，皮姆并非是在想象罗杰斯遗骸的情状，而是声称自己看到了尸首并对其进行了极为详尽的描述。此处并非皮姆有想象自己看不到的景象之能力，而是他确实知道并且看到了自己不可能看到的东西，这超越了小说开始所营造的真实叙事宇宙的认识论边界。

　　不管多不可能，多难以解释，多么不合逻辑，皮姆确实了解并描述了他本不该知道的东西：奥古斯塔斯已经去世多年，不可能告知皮姆他是因为听到酒瓶破碎的声音才继续搜救；皮姆从没看到过罗杰斯的尸体，却如亲眼所见一样了解其腐烂朽败的可怕状况。总之，皮姆的非自然叙述超越了人类意识的局限，表明或者是提醒我们虚构的人物所拥有的无限自由：他们可以了解我们真实世界中的人类所不可能了解的知识。对于那些不习惯于阅读此类文本，或者是不愿意调整自己的阅读策略以理解非自然叙事世界的读者和批评家而言，这会让他们感到不满甚或沮丧。传统的"认知概念不会将我们从未知中解救出来，也不会消除一些叙事文本所带来的萦绕于心的感受。这些作品本可以教会我们一些东西，然而由于人类当前的智力和情绪设置，我们还是没法弄清这些东西是什么。它们的非自然性仍拒绝被完全解释、常规化或者识别"（Iversen，2013：110）。

　　那么，究竟该如何解读非自然的多叙行为呢？非自然叙事学家们对此做出了有益的尝试。笔者很赞同海因策提出的观点:"独特的多叙即使不是钥匙,至少也能指引我们看到作品的功能设计。"① (2011:39)《皮姆》中的多叙正是能指引我们看到作品的功能设计。皮姆所处的是一个充满了暴力、背叛、死亡甚至是人吃人的危机重重的世界,正如杰拉德·肯尼迪所说:"小说表达了现代性本身形而上的危机……和弗兰兹·卡夫卡的小说《审判》等一些文学作品一样,坡的小说预示着当今的精神困境,这种困境也影响着我们对主人公在虚无中挣扎的解读。"(Kennedy,1995:13)

第一次多叙出现时,皮姆已经深陷危机之中。"逆载鲸号"上以大副为首的一群暴徒发起叛乱,杀死了21位水手,奥古斯塔斯因为被留下当秘书而幸免于难,但被限制了行动自由。待奥古斯塔斯终于下到底舱寻找皮姆时,皮姆已经水尽粮绝了。奥古斯塔斯数次呼唤皮姆未得到回应,怀疑他已经死去,而去往皮姆藏身之处的通道又被堵死,他于是决定返回水手舱。正在此时,奥古斯塔斯听到了酒瓶破碎的声音,他又一次大声呼喊皮姆的名字,这次得到了回应,欣喜若狂的奥古斯塔斯奋力尝试了多次后终于救出了皮姆。奥古斯塔斯因为自己曾打算放弃寻找皮姆而大为羞愧,所以当时并未向皮姆吐露实情。其实奥古斯塔斯的这一行为有着充分的理由,对此皮姆做过详尽的解释:

　　　　夜晚正在飞快地过去,而他不在前舱这一情况很可能

----

① 原文是 The peculiarities of paralepsis serve as a pointer, if not a key, to the work's functional design.

被人发现；事实上，如果他未能在天亮前赶回舱铺，那他的行动肯定会暴露无遗。提灯里的脂烛已快燃到烛窝，而摸黑返回底舱口将难上加难。同时还必须承认，他有各种充分的理由相信我已经死去；在那种情况下，他即便能到达箱子处也是徒然，他所经历的千难万险则会毫无意义。他已经多次呼唤过我，而我却一声也没有回答。仅凭他最初为我准备的那罐水，我当时已在底舱呆了整整十一天，而我在一开始绝不可能节制饮水，因为那时我完全有理由期望很快就能出去。而且对于刚从前舱较为新鲜的空气中下来的他来说，底舱内的空气肯定闻起来就像毒气，远远比我刚下来时更令人难以忍受，因为在我下舱之前的几个月里底舱盖一直敞着。除了这些考虑之外，再想想我朋友不久前所目睹的那场血腥而恐怖的屠杀；想想他的被囚、他的困苦、他的死里逃生；想想他当时仍然还危在旦夕……（坡，1995：1151）

奥古斯塔斯本有众多理由回前舱，却还是为自己产生了这样的想法感到内疚和羞愧，这表明他心地良善，也体现了他与皮姆深厚的友谊。奥古斯塔斯可以说是皮姆唯一的朋友，他也伴随着皮姆度过了美好的青春时光。奥古斯塔斯的死给了皮姆极大的打击，也是他成长过程中的一个重要事件，他"失去了浪漫的幻想，进入了一个充满欺骗、暴力和残忍的人类社会"（Kennedy，1995：51）。坡通过非自然的多叙将奥古斯塔斯解救皮姆的过程与其死亡并置，更加突出了皮姆所处的是一个恐怖而又危机重重的世界。

第二处多叙出现时，皮姆仍处于极度危险之中。此时叛乱者已分成了两派，以大副为首的一伙准备去当海盗，他们毒死了属于厨师一边的罗杰斯。罗杰斯的朋友彼得斯认为大副也会除掉自己，于是想和自己一派的水手从大副手中夺权，然而那伙人不久也加入了大副的行列。彼得斯于是游说同样不想当海盗的奥古斯塔斯进行夺船尝试。奥古斯塔斯表示为此目的他甘冒任何风险，并告知彼得斯自己的朋友皮姆藏在底舱。三人商定一有机会就动手夺船，这无疑是非常危险的，因为对方人多势众，双方可谓力量悬殊。正是在这样的情况下，皮姆想到利用大副一伙的迷信恐惧和良心负罪心理，把自己扮作罗杰斯的尸体去吓唬他们。随即，皮姆对此前从未见过的尸体做了详尽的描述，读来让人不寒而栗。不在场者皮姆对尸体骇人情状的细致描述，成功营造了恐怖效果，使读者真实地感受到了一具腐烂肿胀的死尸就在眼前的惊悚。坡所生活的 19 世纪的美国，宗教信仰日渐式微，同时，大规模推进的西进运动虽然促进了美国的繁荣，但也引发了罪恶、血腥和死亡。皮姆的探险历程可以说是西进运动的缩影，他的恐怖经历代表了美国文明乃至西方文明背后的深重危机。

第二节　元叙述

元（meta）这个前缀，原是希腊文"在后"的意思。亚里士多德文集最早的编者安德罗尼库斯把哲学卷放在自然科学卷之后，将之命名为 Metaphysics。由于哲学被认为是对自然科学深层规律的思考，因此 meta-这个前缀就有了新的含义，指对规律的探索、研究。简而言之，关于 x 的 x 就是元 x。例如，对语言的规律之研究，被称为"元语言"，元语言就是关于语言的语言。以此类推，"元叙述"（metanarrative）就是关于叙述的叙述。

《劳特里奇叙事理论百科全书》对元叙述的解释是："指针对叙述行为和过程的自我指涉陈述，即指涉话语而不是故事的评论。"（Nünning，2005：304）杰拉德·普林斯（Gerald Prince）在其编著的《叙事学辞典》中对这一概念做了如下更详尽的界定和解释：

> 元叙述：关于叙述的；描述叙述。将叙述作为（其中之一）话题的叙述即是（一个）元叙述。更为具体地说，它是一种指涉自身及其构成和交际元素的叙述，讨论自身的叙述、自我反思性叙述（self-reflective narrative）等都是元叙述。甚至更具体地说，叙述中明确指涉叙述借此得以表达的编码（code）或子编码的语段或单元是元叙述，并构成了元叙述符号（metanarrative sign）。（2016：121）

由此可见，元叙述的"非现实"不是在内容上，而是在形式上，它在叙述方式上破坏了叙事产生"现实感"的主要条件。"所有元叙述的目的并不在于要接收者相信，而是要接收者看到叙述是人工制造的，从而拒绝对叙述'自然化'。"（赵毅衡，2013：310）元叙述指向故事的虚构性以及叙述的不可靠性。更为重要的是，通过将故事及其建构过程的并置、与读者讨论故事写作过程、模糊叙述层界限等手法，提醒读者充分意识叙事成规和阐释成规，使读者拒绝认同任何一种意义上的真实性和权威性。

元叙述操弄语言游戏、打破叙述框架、故意暴露叙述痕迹的手法体现了其使用者对形式的侧重，"他们清楚怎样讲故事，但他们的故事却在自我意识、自觉和反讽的自我疏离等不同层面上返回叙事行动本身"（科里，2003：70），从而体现了一定的创新性。正如赵毅衡先生所说："元叙述除了让文本'陌生化'而显得生动新鲜、利于传达外，更重要的是提示并且解析叙述的构造，使文本突破有机整体的茧壳。"（2013：301）

对于打破陈规的元叙述手法，传统的叙事理论很少论及或浅谈辄止。相比之下，非自然叙事理论家所倡导的更为开放、更为广阔的模式则有利于对其进行更深入的研究。"非自然叙事策略的一个主要价值是引起人们对叙述的构建方式的关注，并指出这种建构所服务的目的"（Richardson，2015：169）。简言之，非自然叙事理论尤其适合与动态、多变的创造性小说的本质相结合。静态或僵化的模型永远不能期望对这样的文本做公正的处理。

确实，元叙述以独特的叙述话语形式引起了人们对叙述构建方式的关注，但这种建构方式有它所服务的目的，即以此来思考文学世界与真实世界的关系。可以说元叙述的真实意图是自我反思，以及对文学、文化的反思。文学是人学，它关乎的是人类的命运及未来发展。不论文学表现出怎样的形式技巧都不能忽视对人的关怀。如果文学不再关注人，那它就失去了应该有的价值。元叙述的根本目的正在于引导人对现实世界更深层次的思考，也就是对人类生活的集中关注，以及对人类命运的探索和反思。

细读爱伦·坡的作品不难发现，这种审视小说的虚构过程、凸显文本建构本质的元叙述手法被多次使用。虽然坡坚持情感主义的创作哲学，坚持写出能让读者在阅读时完全沉浸其中、结构紧致、效果统一的文本之理想，但他也通过在文本中渗透一些元素来破坏这种理想。这些元素中断了读者的入迷状态，让他们注意到作者的表演。"坡被视为一位经常进行自我指涉的作家，他的作品无数次提及自身的'被建构性'（constructedness），作者被看作是话语的功能或者是一个过程的体现。"（Dutta，1998：23）本节就将分析《千万别和魔鬼赌你的脑袋》以及《森格姆·鲍勃先生的文学生涯》中的元叙述手法及其使用的目的。

《千万别和魔鬼赌你的脑袋：一个含有道德寓意的故事》（"Never Bet the Devil Your Head：A Tale with a Moral"）最初于 1841 年 9 月发表在《格雷厄姆杂志》上，当时的标题是《千万别赌你的脑袋：一个道德故事》（"Never Bet Your Head：A Moral Tale"）；1845 年 8 月 16 日在《百老汇杂志》上再版时，改成了现在的标题。小说讲述了一个很荒唐的故事：一个名叫托比·达米特（Toby Dammit）的浪荡子酷爱打赌，且每次都称要和魔鬼赌自己的脑袋。一天，经过一座廊桥的旋转栅门时，达米特声称自己能用鸽子拍翅的舞步动作从其上面越过。这时，廊桥角落出现了一位神秘黑衣老头，他坚持让达米特一试身手。骑虎难下的达米特只能接受挑战，结果没能成功，摔断了自己的脑袋。

该小说是爱伦·坡作品中较少被提及的一篇。很多读者可能会认为该文直白而又肤浅，只是一篇无足轻重的讽刺文章。如阿瑟·奎因（Arthur Quinn）就写道："它是一篇诙谐的讽刺作品，对很多东西尤其是新英格兰的超验主义进行了嘲讽，同时它也是坡对自己从未写过道德故事之指控的反驳。但不管怎么样，它都是一篇无关紧要的小说。"（1969：325）同样地，艾略特·格拉斯海姆（Eliot Glassheim）也指出："从表面看，这个故事确实没多大意义。"（1969：44）

当然也有学者对此持不同看法。著名爱伦·坡研究学者G. R. 汤普森（G. R. Thompson）在其编纂的《埃德加·爱伦·坡的伟大短篇小说》一书中就收录了该故事，并在介绍中指出这篇小说对"超验主义者和他们的期刊《日晷》表现出的道德至上主义进行了辛辣的讽刺"（1970：29）。另一位知名学者托马斯·麦博特（Thomas Mabbot）则注意到了爱伦·坡独特的幽默风格在此文中的体现："这个喜剧故事很符合作者关于究竟什么构成幽默的独特观点。没有多少读者和他一样认为把事件不可能地结合在一起能博人一笑。这个故事几乎未被被收入过任何选集。但是，它对那些认为夸张的想象也有着深刻含义的评论者进行了幽默的讽刺。"（1978：160）丹尼尔·罗玥特（Daniel Royot）则认为："《千万别和魔鬼赌你的脑袋》可能是对超验主义者的错误观念以及生活现实过度理想化进行了严厉的批判。它是一个逐渐揭露自己秘密的谜题。"（2002：67）

丹尼尔·罗玥特之所以称此故事是一个逐渐揭露自己秘密的谜题，原因之一就是元叙述的使用。理查森在提及该故事时称其为典型的"反模仿"小说，并指出"在这个故事里讽刺多于说教"（Richardson，2015：118），然而他并未分析小说的反模仿特质是如何体现的及其有何意义。笔者将在下文对此进行详细阐释。

小说一开始，叙述者并没有急着讲述主人公托比·达米特的故事，而是节外生枝，一本正经地发表了如下一段长篇大论：

> 那些不学无术的家伙没有任何正当理由对我横加指责——说什么我从未写过道德小说，或说得精确一点，是从未写过一个含有道德寓意的故事。他们并不是上帝派来使我扬名并启发我道德感的批评家；——那是秘密。不久之后《北美无聊季刊》就会使他们为自己的愚蠢而感到羞耻。与此同时，为了阻止对我的伤害——为了减轻对我的非难——我献出下面这个悲伤的故事；—— 一个其道德寓意无论如何也毋庸置疑的故事，因为任何人只消瞥一眼就能从这个故事的副标题中看出寓意。我应该因这样谋篇布局而受到赞扬，这样谋篇远比拉封丹之流的故事结构更为明智，因为拉封丹之流总是把想法保留到最后一刻，到寓言故事的末尾才揭示其寓意。（坡，1995：515）

叙述者在文章开篇直言写本故事是为了反驳那些不学无术的家伙对自己的非难，以此表明自己能写"一个含有道德寓意的故事"（坡，1995：514）。文章有意地玩弄"小说谈自己"的手段，使叙述者成为有强烈"自我意识"的讲故事者，从而否认了自己在讲述真实事件的假定，而是在做自我戏仿，因此破坏了小说让读者沉浸其中的现实感，体现出强烈的非自然性。

通过非自然的元叙述手法，小说表达了对当时文学界和批评界过分注重文学作品道德说教功能的讥讽和嘲弄，以及对以爱默生为代表的超验主义者的抨击。正如迈克尔·贝格纳尔

（Michael Begnal）所言："这个故事寻求将艺术和道德责任分离开来……作品里没有传统的道德说教，艺术家也没有责任进行道德说教。"（1982：131）作为新英格兰派的挑战者，爱伦·坡"走向了对文学道德化的反驳前台，以怀疑否定的眼光、边缘的姿态，拆解正统，构成了对道德家爱默生的有意对立"（李慧明，2012：36）。

纵观历史，从柏拉图到康德，均将道德维度放在至高无上的地位。众所周知，柏拉图关于美的概念充满了道德和理性的内容。柏拉图重视音乐，却将道德性列为音乐的灵魂；对于华丽的艺术形式以及通过新奇和惊奇来激发人的各种突发事件和紧张场面，更是不屑一顾，认为追求美的效果而歪曲完整形象是放弃真理，而异想天开的幻想艺术，也在他的贬斥之列。及至19世纪的美国，以爱默生为代表的主流文化也十分强调文学的道德意义和教诲作用。

而特立独行、思想独立的爱伦·坡却高举"为艺术而艺术"的大旗，极力反对以道德教化为宗旨的文学作品。在其著名的《诗歌原理》（"The Poetic Principle"）中，坡对文学中的"教诲异端"进行了强烈的抨击：

> 在过去的几年中，正当那种对史诗的狂热（即那种认为诗必冗长的信念）由于自身之荒谬而逐渐在公众头脑中消失之时，我们却发现继之又出现了一个异端；这个异端因过分虚伪而令人无法长期忍受，但它在其盛行的短短几年中，已经完成了对我们诗歌创作的腐蚀，它对诗歌创作造成的危害可以说比其他有害因素加在一起造成的危害还大。我说的这个异端就是"教诲诗"（the heresy of

the The Didactic)。不管是直接断言还是间接默认，有人一直都想当然地认为：诗的基本宗旨就是论理。据说每首诗都应该向读者灌输一种道德真谛，而且评判这首诗的价值也要凭这种道德真谛。我们美国人特别拥护这种高见，而我们波士顿人则更进一步，已经把这种高见发展到了极端。我们总是认为，要是仅仅为写诗而写诗并承认这就是我们的目的，那就等于承认我们的诗完全缺乏高尚和感染力。但实际情况却是，只要我们愿意审视一下自己的内心，我们立刻就会在心底发现：与这种只以诗为目的而写出的诗相比，与这种除了诗什么也不是的诗相比，与这种本身就是诗的诗相比，与这种名副其实的诗相比，天底下并不存在，也不可能存在任何更为高尚或更为高贵的作品。(Poe, 1984: 75 – 76)

可以说在创作审美兴味上，爱伦·坡与当时美国主流代表爱默生那份激扬的浪漫主义迥然有别。爱默生主张进善黜恶，高扬道德的严肃性，认为坡的作品缺乏道德感。而在爱伦·坡看来，过度强调道德教诲对文学创作造成了极大的危害；这种以向读者灌输道德真谛为宗旨的作品，枯燥乏味、面目可憎、全无美感，其盛行的结果是使得艺术陷入了危机之中。正是因为深刻意识到了这种危机，坡才举起了"为艺术而艺术"的大旗，痛斥"教诲诗"的异端邪说，盛赞"只以诗为目的而写出的诗"(Poe, 1984: 76)；而《千万别和魔鬼赌你的脑袋》这篇小说就是通过非自然的元叙述手法对道德教诲文的讽刺。

这里需要指出的是，坡的"非道德"，并非全然摒弃道德，而是要摒弃与艺术精神睽违的传统、世俗的人性道德。在他对朗费罗（Henry Wadsworth Longfellow）的评价中，可以窥见其对于道德劝诫的真实态度："我们的意思不是说一个富有诗意的主题不能包含道德说教的蕴意，而是说道德说教的蕴意绝不能像在他的多半作品中那样过分地凸显。"（Poe，1984：760）事实上，坡虽然没有爱默生的慷慨激越，但他深悟生命况味，以诗人的慧眼观审万物，对这个世界保持一份"孤独的清醒"，对人生境遇和人性的文学思考真挚而警拔，其悲悯情怀并不亚于爱默生。

综上所述，悬置道德观正是坡的高明之处，因为"空洞的、苍白的道德说教只会削弱作品的文学价值与美学价值；而审美价值是文学作品的安身立命之所，作品无法吸引读者，其他方面的价值也就无从谈起"（李慧明，2012：151）。他在《千万别和魔鬼赌你的脑袋》中要批判的正是这种毫无美学价值的空洞说教。再者，放弃道德说教并不等于摒弃道德规范和否认善恶的存在；推崇"效果论"并非意味着忽视对主题思想内涵的追求；"为艺术而艺术"也不是矫揉造作的无病呻吟，正如坡的文章一方面极力营造了统一效果，另一方面也体现了深刻的思想和人文关怀。在价值多元的今天，重新考察和发掘坡作品中所呈现的新异性及其背后的人文关怀显然具有重要的现实意义。

除了《千万别和魔鬼赌你的脑袋》，坡的《森格姆·鲍勃先生的文学生涯》（"The Literary Life of Thingum Bob, Esq."）也是一篇"指向自己""讨论自己、自反指涉"的叙事作品。该短篇小说最初出现在 1844 年 12 月出版的《南方文学信使》上，当时并未署名。后来，坡对此故事进行了修改，并署名发表在 1845 年 7 月 26 日出版的《百老汇杂志》上。

　　故事讲述了辛格姆·鲍勃如何从一位对文学一窍不通的无名小卒摇身一变成为赫赫有名的文学大师的过程。一次偶然的机会，年轻的辛格姆在其父开的理发店里听到《牛虻》杂志的编辑朗读一首名为《鲍勃发油》的诗，便立志要成为一名伟大的诗人。在其最初的创作尝试中，辛格姆苦于无法写出超越《鲍勃发油》的诗篇，转而采取其他方法。他以极低的价格从旧书摊上买来《神曲》等四部名著，分别从中截取部分摘抄下来，署名为"奥波德道克"，然后给四家重要杂志社各寄一篇，结果却被这四家杂志社在当期的专栏里毫不留情地讥笑了一番。讥笑的理由不是抄袭，而是他的作品枯燥乏味、荒谬绝伦。在第一次文学尝试遭受重创之后，辛格姆意识到原创的重要性，于是针对《鲍勃发油》，绞尽脑汁创作出一首只有两句的《鲍勃油赞歌》，署名为"假内行"，寄给《棒棒糖》杂志。这次他的诗不仅被全文刊登在开卷第一篇，还获得前所未有的好评，他本人也受到《棒棒糖》主编螃蟹先生的亲切会见。之后不久，辛格姆·鲍勃迅速成名，各大报纸纷纷发表评论文章，其中充斥着溢美之词，也不乏对辛格姆的追捧。此后，在螃蟹先生的点拨下，辛格姆凭借种种卑劣的手段，击垮对手，收购合并各大杂志，最终成为世界闻名的"文学大师"。

　　读完文章，不难发现整篇小说都是在讲述写作过程，尤其是最后一段话更是打开了书房大门，让读者一窥究竟：

　　　　请看看我！——我如何勤奋——我如何辛劳——我如何写作！天哪，难道我没写作？我不知道天底下有"悠

211

闲"二字。白天，我紧紧地粘在案头，夜晚我脸色苍白地面对孤灯。你们本该看见过我——你们本该。我曾朝右倾。我曾朝左倾。我曾向前坐。我曾向后坐。我曾笔挺而坐。我曾垂头而坐，把头低低地俯向雪白的稿纸。因为所有的一切——我写。因为欢乐和悲伤——我写。因为饥饿和干渴——我写。因为喜讯和噩耗——我写。因为阳光和月色——我写。我写什么无须说明。重要的是我的风格！我从胖庸笔下染上了这种文风——嘘！——嘶——而我正在为你们略举一例。（坡，1995：873－874）

开头一句"请看看我！——我如何勤奋——我如何辛劳——我如何写作！"即是指向自身的叙述行为，这里的"如何"（how）既可以用来感叹程度之深，也可以指他如何在文中使用写作技巧，如何达到自己想要的效果。"我写什么无须说明。重要的是我的风格"—— 即坡对自己创作原则的自我指涉，也体现了元叙述对形式的强调。而最后一句中的"我正在为你们略举一例"更是公然指向自身的叙述行为以及虚构本质。坡有意耍弄"小说谈自己"的手段，使叙述者成为有强烈"自我意识"的讲故事者，从而否定了自己在报告中真实的假定，而是在做自我戏仿。

使用元叙述手法的小说与传统小说大异其趣，它们无论是在形式上还是在内容上都与传统小说迥然不同。这种内容与形式的不同，正是俄国形式主义的理论所谓的"陌生化"和布莱希特所说的"间离效果"。元叙述的运用一方面使得文本的形式更加复杂化，不再仅仅是故事层在文本中呈现，而且叙述层也呈现在文本之中，并且这种故事层与叙述层的杂糅，使得故事情节放缓，从而"增加了感受的难度和时延"；另一方面，元叙述的使用也正好使得故事层也即"被创造之物"在作品中显得"无足轻重"，而相反，该故事是如何被创造的却得以突显出来，让读者体验到了"事物之创造的方式"。这样的作品与传统的"陌生化"不同。传统的"陌生化"是把世界"陌生化"，恢复我们对世界的感受；而元叙述作品的"陌生化"不仅仅是恢复对世界的感受，还恢复了我们对文本的感受。什克洛夫斯基在谈到《项狄传》时说："旧的世界感受，旧的小说结构，在他那里已成为戏拟的对象。他通过戏拟驱逐它们，并借助离奇的结构恢复强烈的艺术感受和品评新的生活的敏锐性。"（什克洛夫斯基，1997：243）这样通过"戏拟"使读者对元叙述作品产生一种"陌生感"，进而恢复了对生活和小说的感受性。而对于文本的阅读来说，元叙述作品还体现了布莱希特所说的"间离效果"。

在《森格姆·鲍勃先生的文学生涯》中，坡就借助离奇的结构恢复了我们对文本的感受和品评新的生活的敏锐性，让我们深刻体会到了文中所暴露的出版界各种问题。通过采用"小说谈自己"的元叙述方式，坡揭橥了出版界的种种污浊和不堪，辛辣讽刺了整个期刊出版业，同时在这个过程中指出了商业化对杂志作家的负面影响。一方面，他批判这个世界"让艺术沦为纯粹的玩物被人毫不尊重地消遣，而不是把她的杰作视作仁慈的造物主赐给人类最为人性化的馈赠之一"（Poe，1984：164），另一方面，他也谴责艺术家"粗俗地把自己的职业仅仅视为赚钱的工具，很让这一行蒙羞"（Poe，1984：165）。

19世纪标志着商业化时代的到来，它也是一个特殊商品——期刊——在美国牢固建立自己市场的时期。据著名美国新闻史学家弗兰克·卢瑟·莫特（Frank Luther Mott）记载：

> 1825年随后几年间，杂志尤其是文学周报有了惊人的爆发式增长，很多其他领域也是如此。1831年，有人在杂志上撰文感叹："这是期刊的黄金年代！"尽管后来有些时期比那几年要好得多，但那些年确实是期刊出版的繁荣期，当时看来令人惊叹，即使放在今天也可谓成就不俗……随着时间的推移，这种出版狂潮并无任何消退之势。布里格斯于这一时期接近尾声之时在他的《百老汇杂志》中写道："这个年代的所有趋势都是朝向杂志。"（1968：340–341）

也正是商业化期刊杂志的繁荣发展促成了美国职业作家的产生。19世纪以前，美国是没有职业作家的，19世纪初，以稿酬为主要形式的固定收入的产生，成为职业作家产生的先在因素和必要因素。传统观念中高雅的写作活动，已降格为一种生存所需的职业性诉求，甚至降格为"行当化"的境地（罗昔明，2016：35）。传统文学那种单一的精神陶冶和情感表达的写作方式，正日益被商业化和消费主义渗透。玛格丽特·比瑟姆（Margaret Beetham）对期刊杂志的商业化做了很精辟的论述：

> 期刊是商品或"产品"。像其他产品（比如说鞋）一样，它们都是由一个专门的经济部门生产和销售的。它们的生产依赖技术发展还有生产者们的努力，包括印刷工、

摄影师、画家、作家、编辑、出版商、广告商、分销商等等。这个产业也需要期望获利的投资商提供资金。总之，我们所知的期刊出版业成长于资本主义环境中，不将其置于经济体系里是不可能真正了解它的（1990：21）。

杂志的生存依赖读者和发行量，因此，19世纪的期刊被迫研究分析大众品味，然后量身打造专门迎合这种品味的商品，在此过程中经常会降低艺术产品本身的品质。文学创作者尤其是杂志作家们陷入了迈克尔·吉尔莫（Michael Gilmore）描述的杰克逊时代的困境中："出版成了产业，作家是为文学市场提供商品的生产者，美国的文学艺术家们经常被迫推销他的'精神商品'……为了讨好普通读者而损害了自己的艺术……为了迎合多数读者而放弃了少数人，在这个过程中也浇灭了自己留名青史的希望。"（1985：56）

投身报业十余载、多数文章都首先在杂志上刊发的坡对于19世纪上半叶出版业的状况可谓了然于胸、深知其味。在这一文化氛围下的爱伦·坡面临两难的抉择：一方面是诗人的理想——他曾提出了"纯诗"理想和基于这一判断标准之上的"绝对独立"的批评理想；另一方面则是报人的责任和谋生的压力。受媚俗的行业风气制约，不得不迎合读者心理。诗人理想与惨淡现实的冲突让坡的内心非常痛苦。

在1845年2月发表的《揭秘杂志的牢笼》（"Some Secrets of the Magazine Prison-House"）一文中，爱伦·坡对19世纪杂志出版业的黑暗状况及其对青年艺术家们的摧残进行了犀利的讽刺和揭露：

　　国际版权法的缺乏使得作者们几乎不可能从书商那里获得任何的酬劳，从而迫使我们最好的一批作家进入了杂志和评论界。只要他们行为得体、不养成目中无人的习惯，杂志出版商们自然会或多或少奖励给这些可怜的作者们几美元。不过我们希望我们并没有如此偏狭或者怀恨在心以至于暗示仅仅因为书商们的行为确实看起来妨碍了写作自由就真的对他们做出如此指控。实际上，我们立马可以看出来情况恰恰相反。至少这些出版商们会付一些钱——其他出版商则一毛不拔。这当然是有区别的——尽管数学家可能会说这个区别也许非常小。不管怎么说，这些杂志编辑和所有者会给作者付钱（就是这个词）。对于真正可怜的作者来说，再小的恩惠也必须感恩戴德。但是如果在这种情况下我们不能抱怨杂志出版商完全扼杀了写作自由，至少有一点指控是绝对有根据的：既然他们必须付款，为什么不干脆给得痛快一些呢？　　（Poe，1984：1036 - 1037）

　　虽然有着一些调侃口吻，但不难读出其中饱含的心酸、无奈和愤怒。为了冲破这可怕的牢笼，实现自己的诗人理想，不再受人制约，坡一直梦想着创办自己的杂志，并为之付出了巨大的心血。1840 年夏，他开始筹划《佩恩杂志》（*Penn Maga-zine*）。1840 年 6 月 13 日，他在《星期六信使报》上宣布杂志将于 1841 年 1 月 1 日出版。然而事与愿违，杂志的出版先是由于坡生病延期，后又因为银行业务暂停而搁置。但坡并未放弃自己的梦想，1843 年 1 月，他与托马斯·克拉克和费力克斯·达利达成了有关出版杂志的合作协议，这次坡将其命名为

《铁笔》（*Stylus*）。在简介中，坡明确表达了杂志的宗旨：

> 它旨在为真正有才能的人提供一方公平而光明的净
> 土……《铁笔》的主要目标是成为这样一份杂志：它在
> 任何时候都能对自己所能涉及的主题发表真诚、无畏的观
> 点。绝对独立的批评将是《铁笔》奉行的准则，它在实
> 践中将以此为标准同时在效果上体现出其优越性。《铁
> 笔》将以最纯洁的艺术准则为指导，并力图分析、推广
> 这些准则。它不会受任何个人偏见的影响，也不会害怕除
> 了违背真理以外的任何东西（转引自 Quinn，1969：
> 376）。

正如凯文·海因斯（Kevin Hayes）所说："他想吸引的是
对严肃、高质量文学感兴趣的读者，而不是那些喜欢诸如
《格雷厄姆杂志》里的肤浅文字的读者。"（2004：96）

可是命运弄人，坡的梦想再次破灭。他在 1843 年 6 月 20
日给好友洛威尔的信中写道："我的杂志计划泡汤了——或者
至少目前因为合伙人的愚蠢而无法实施。"虽然再次遭受打
击，坡也并未放弃这个梦想，终于在 1845 年，他借钱买下了
《百老汇杂志》，第一次握有完全的编辑大权。坡本希望借此
完成独立办刊的夙愿，可惜只经营了半年就不得不停刊了。

屡次挫折虽然让坡备受打击，甚而借酒消愁，但并未让坡
屈服，他的心中一直怀有重启《铁笔》杂志的渴望。在 1846
年 12 月 15 日致一位名叫乔治·埃弗莱斯（George Eveleth）
的青年崇拜者的信中，他写道："至于《铁笔》—— 那是我
生命之崇高目标，我片刻也没有背离这一目标。"（Quinn，

1969：521）的确，在他生命的最后两年，在爱妻去世、贫病交加的极度困境中，他依然想方设法、奔走呼号，目的只有一个：为《铁笔》筹措资金。只可惜壮志未酬、英年早逝，病死在为《铁笔》筹款的路上。至此，他在报刊业已沉浮了15年之久。

在《森格姆·鲍勃先生的文学生涯》这篇幽默讽刺文中，爱伦·坡用元叙述的方式揭开了出版界的遮羞布，道尽了报刊业的无耻事，在荒诞滑稽之余极尽辛辣嘲讽之能事。虽然此文一向被研究者视为二流作品，但其实它是理解爱伦·坡小说创作的钥匙。爱伦·坡之所以是爱伦·坡而非布莱克伍德先生，最重要的原因之一就是那种有意为之、似是而非的反讽态度，那种自我解构的游戏笔墨。正如约翰·道格拉斯所指出的："身为成功的通俗杂志编辑，坡自己向这些期刊投稿的时候，却总是站在相对的立场。他未能一展他的诗才，便采取一种奇特的报复。设计峰回路转的推理小说，破除密码，精心杜撰无聊的写作理论，变戏法愚弄他的读者，利用他有关腐败、死亡的病态故事来震骇他们的中产阶级感情……坡以矛盾界说自己，创造出一个和流行风尚格格不入的文学人物。"（1988：157－158）

就这样，爱伦·坡在不得不置身于文学商业化浪潮的时候，一心希望保持自己的独立性、脱俗性和艺术的纯洁性。反映在具体创作中，就是用讽刺来解构报刊业，用自嘲来开脱自身。他所谓的"我写什么无须说明，重要的是我的风格"（坡，1995：874）表明了他对风格的重视，而他的风格就是"非自然"的荒诞和夸张："把滑稽提高到怪诞，把害怕发展到恐惧，把机智夸大成嘲弄，把奇特变成神秘和怪异。"

（Poe，1966：597）于是，幽默是黑色幽默，讽刺是刻骨的针砭，夸张到极致就暴露出内部的荒诞，俗到极致反而实现了向脱俗的过渡。极具创新意识的坡使用非自然的元叙述手法揭露了报刊业的黑暗并促使人们意识到由此带来的问题和危机。

第三节　第一人称现在时叙述

尽管现在时叙述不常被视为实验创新型技巧，但它的确明显悖离了讲述故事时传统的真实世界框架（Fludernik，1996：256），"是一种现实世界不可能的叙述行为"（Nielsen，2011：65）。"传统模仿偏见更青睐真实可信的叙事情境，因此鼓励使用过去时。毕竟在现实生活中，我们不可能在经历某事的同时讲述它；只可能回顾过去曾经发生的事情，因为我们需要时间和空闲去讲述或记录这些事。"（Huber，2016：6）然而，在现代小说中，现在时的使用越来越频繁。

多丽特·科恩（Dorrit Cohn）在其专著《小说的特性》（*The Distinction of Fiction*）第 6 章中指出："现代主义第一人称小说中一个日益增长的趋势是现在时语态的使用。"（1999：97）她认为无论是历史现在时还是内心独白都无法对这一现象做出令人满意的解释，并以约翰·马克斯韦尔·库切（John Maxwell Coetzee）的小说《等待野蛮人》（*Waiting for the Barbarians*，1980）中的一段作为主要例子来对其进行说明：

> 但是，其中最强烈地抵制内心独白式解读的实例无疑是这样一句话："我打瞌睡，然后醒来，从一个无形的梦飘到另一个无形的梦。"在这里，语义上的不一致与形式

上的特征结合在一起，最有力地抵消了这段话整体来说是一段心灵语录的印象：它的话语节奏与它所叙述的事件的节奏明显不一致。（Cohn，1999：103）

简而言之，在现实生活中，你不能在睡觉的时候讲述自己正在睡觉。但是在小说中，这种在叙述内容和叙述行为之间存在着明显不一致之处的例子数不胜数。伊尔斯特劳德·胡贝尔将现在时叙述分成了四种类型。①指示型。故事主体部分用过去时讲述，只是偶尔插入现在时作为框架或评论。这种类型的现在时叙述一般只是用来安排和布置叙述情境，通常不推动情节的发展。然而在一些现代小说中，现在时叙述不再处于边缘位置，也不再局限于非叙述性的评论和对叙述情节的简短指涉，而是真正成为叙事的一部分。②回顾型。这种类型的现在时叙述用来讲述过去的事件。它的过去属性由语境和历史标记牢固建立起来。此类现在时叙述并未对传统的模仿论造成很大挑战。而在一些当代文学中，现在时是主要的叙述时态，不再是罕见的修辞标记。这样的作品更引入注目，对传统模仿论的挑战也更大。③内心独白型。这种类型的文本比较少见，它们完全通过一个或几个人物来聚焦，展现的是人物的思绪，故而从某种程度来说可以被视为拓展的意识流，但这些作品通常不会使用现代主义作家经常用到的矛盾和无序的自由联想。④同步叙述型。在这类文本里，现在时被用来叙述和讲述过程同时发生的事情。在胡贝尔看来，第四种类型对模仿叙事的违背最为显著（Huber，2016：18）。

第一人称现在时态叙述对传统叙事方式提出了挑战，这并不是一个新的观点，问题是该如何阐释使用这种非自然叙述行为的文本。有的学者采用了"自然化"的方法，认为我们完全可以"将真实世界的参数投射到阅读过程中，如果可能的话，将文本视为叙述的真实实例"（Fludernik，2001：623）。克洛赫·汉森在其题为《第一人称现在时态：同时叙述中的作者在场和不可靠叙述》（"First Person，Present Tense：Authorial Presence and Unreliable Narration in Simultaneous Narration"）的论文中就使用了这种方法。他在讨论布雷特·伊斯顿·埃利斯（Bret Easton Ellis）的小说《小于零》（*Less than Zero*）时指出："最后它为自然化阐释指出了一个方向……人们可以将第一人称现在时态视为弗洛伊德式重复的行为，因此将其归因于克莱的创伤性特征。"而亨利克·尼尔森则更倾向于非自然的解读方法，他在《虚构的声音？奇怪的声音？非自然的声音？》（"Fictional Voices？Strange Voices？Unnatural Voices？"）一文中认为汉森的阅读"并不是没有说服力的，而且很可能不会被推翻"（Nielsen，2011：63），但在尼尔森看来，"我们不需要把现实世界的规则强加给虚构的叙述。即这是小说叙事前置自己的创造力、不再描述现实世界也不再遵从现实世界规则的众多事例之一。这对解释有直接的影响，因为我们可以信任并非可靠现实世界叙述的叙事作品……我们必须接受这种叙述行为，即使它是一种现实世界中不可能出现的叙述行为"（Nielsen，2011：63）。笔者认为两种阐释方法各有其优点，可以互为补充。

因而在下文分析《泄密的心》和《瓶中手稿》等文章中的第一人称现在时语态叙述时，笔者既强调这种非自然的叙述行为所展示出来的反经验、反传统的美学形式，又剖析通过此手法所揭示的现代人绝望、恐惧、矛盾、悖谬及困顿的生存现状。

《泄密的心》（"The Tell-Tale Heart"）最初于 1843 年 1 月发表在詹姆斯·洛威尔主编的《先驱者》上，并于 1845 年 8 月 23 日在《百老汇杂志》再版。它讲述的是一个沉溺于梦魇幻觉的犯罪心理故事。第一人称叙述者"我"和一位老人比邻而居，老人对"我"没有丝毫不好之处，但是"我"却无法忍受老人那只蒙着层薄膜的鹰眼，终于在策划良久之后杀死了老人。不久，警察闻讯赶来调查，"我"冷静地与他们周旋。不料，耳边却诡异地响起了老人的心脏跳动声，而且越来越剧烈，令人胆战心惊。最后"我"精神彻底崩溃，终于向警察招供。

表面上看，这是一篇以谋杀为主题的恐怖小说，但通过对文本的深层结构和语言潜在意义的挖掘，不难看出它实际上是一部对现代人心灵中分裂、谵妄特质进行剖析的小说，其内在意蕴深邃而驳杂。小说中的"我"之所以要杀死邻居老人，并不是因为恩怨纠纷，也不是因为谋财害命，而是出于一个近乎荒诞的理由：老人那只浅蓝色、蒙着层薄膜的鹰眼。由此，心灵的谵妄、精神的疯癫、人性的扭曲和异化跃然纸上，显露无疑。可以说异化这一概念触及了现代人最本质的东西。福柯曾深刻地指出，任何疯狂反常都是特定社会环境所致，"在现代社会迅猛发展的胁迫下，每个人自身与他人之间的隔离，以令人恐怖的速度在扩大、加深，因而当隔阂的鸿沟无法填补之时，精神分裂、偏执、歇斯底里等各种类型精神病便不期而至"（高宣扬，2005：20）。

人性的扭曲、人格的反常与悖谬及人自身精神的荒芜归根结底凸显了人性的深刻危机。这些扭曲、反常和悖谬用传统的叙事手法无法得到充分的表达，因此爱伦·坡使用了第一人称现在时语态这种非自然的叙述行为。值得注意的是，小说前半部分主人公"我"冷静地讲述故事时用的是传统的过去时，到了结尾"我"的耳边诡异地响起被杀老人的心脏跳动声，精神彻底崩溃时才用到现在时。这种强烈的对比更加突出了主人公的歇斯底里和惶恐困顿。

文本的最后一页在过去时与现在时之间变化，而且还使用了现在时的指示词："毫无疑问，我现在变得非常苍白……现在——又一次！——听！"①（坡，1995：624－625）由叙述过程的时间和被叙述内容的时间所构成的两个层次有融合的倾向，叙述行为和叙述内容之间的根本区别不复存在，开始变得非自然。在当时的被叙述内容之外并没有现在的"叙述自我"。因此决定最后几个单词"现在——又一次"以及"这里，这里"是属于讲述行为的此时还是属于讲述内容的彼时是不可能的。

小说最终也没有回到最初的讲述框架中去，而是以恐怖和揭示的时刻结尾；更加重要的是，故事的内容和讲述形式形成了直接的对应。叙述者在刚开始讲述时这样说道："看……我是如何平静地告诉你整个故事的。"（坡，1995：619）但是当叙事抵达让人感觉不安的事件时，他开始变得紧张、焦虑甚至歇斯底里；而叙事的形式也随之发生了变化，使用了现在时的指示词；此时，叙述内容和叙述过程出现融合，叙述者不是告诉我们发生了什么，而是讲述正在发生的事情。"当关于非个性化语言自身的叙事也走向去个性化的时候，自然地，即以真

---

① 原文是 No doubt I now grow very pale...and now—again! —hark!

实世界为基础的描述也倾向于变得有问题了。回响在说话者和被说主体的语言中的非个性化的语言建构了一个悖论式的、相互消弭的过程"（阿尔贝等，2011：19），在这个过程中，"被叙述的我"和"叙述者我"，被叙述的时间和叙述过程的时间都变得无法分辨，而那突然出现的心跳声则显得更加阴森神秘，令人恐惧。

此处，坡用非自然的第一人称现在语态叙述，出色地描绘了这股阴森神秘的力量，既表达了潜藏于人类心灵深处的恐怖，又精妙地暗含了一种扑朔迷离、若隐若现的惩恶扬善的内蕴。诡异的声音更像一个寓意深刻的隐喻，折射出主人公在向人性之恶的深渊迈进时良知的复苏，同时也为作品的解读和阐释留下了巨大的意蕴空间，从而极大地提高了作品的艺术魅力和生命力。

从上面的分析可以看出，坡的这篇代表作情节看似简单，实则蕴藏深意。暴力和虐杀仅是故事的表层结构，小说以主人公"我"的错觉和幻觉，表现其偏执，反照出现代人的困顿、焦虑、惶恐、抗争和无助。作品中的冲动与理性的错综交织、良善与丑恶的对决冲撞，正是现代人灵魂的分裂与精神的异化，是对自身灵魂的痛苦敏感而对他人痛苦麻木不仁的人性之扭曲。坡在故事高潮时用现在时语态对人物匪夷所思的行为进行呈现，使得情节充满戏剧化效果，扣人心弦而又极富张力，也使这篇人性心理小说更具探索人类内心隐秘的深层艺术内涵。坡所建构的独特艺术世界，蕴含着超越外在现实世界的意义指向。坡对该小说形式技巧的精雕细刻，使其成为完美的艺术珍品和经得起时间考验的经典之作。诚如理查德·威尔伯（Richard Wilbur）所言："坡对心理状态的探索，那些心态之

间的相互转变，以及那些心态可能蕴含的意义和内涵，加之他
对梦幻结构的采用，还有他字斟句酌的措辞，所有这一切造就
了坡的卓越成就。"（1990：151）

总之，小说通过凝练、细腻的笔法，洞烛人的心灵，以荒
凉、阴郁的基调来表达人类的异化，以非自然的叙述行为来呈
现人性的危机。老人的鹰眼固然丑陋，但"我"的乖戾、偏
执、自私更为丑陋。小说并未将这些丑陋包裹起来，而是以一
种深邃的洞察、独特的视角和叙事手法，展现出隐伏在人类心
灵深处破坏性的炽情，揭示了现代文明冲击下人性的迷失及
扭曲。

同《泄密的心》一样，前文曾论及的短篇小说《瓶中手
稿》也出现了第一人称现在时语态叙述。这部叙事作品的结
构和坡的很多小说都非常相似：开头是对叙述者的简单介绍，
中间部分描述发生在他身上的奇特事件，最后快速进入不可逆
转、令人恐怖的结尾。正如罗伯特·塔利（Robert Tally）所
说："坡最主要的时间技巧是加速。"（2015：56）文章开头的
介绍相对缓慢冗长，除了背景以外几乎没有其他的内容；到了
中间部分，节奏开始缓慢加速；最后迅速走向扣人心弦而又令
人毛骨悚然的高潮。而这高潮之后并没有明晰的结局（de-
nouement）或终章，猛地戛然而止。这令人惊心的结果无法避
免，而又让人措手不及。

更值得关注的是，小说的开头和中间部分都是传统的过去
时，第一人称叙述者有条不紊地讲述着自己的背景和冒险经
历；可是到了结尾部分，叙述者被抛上"鬼船"后却突然变
成了现在时，可以说《瓶中手稿》叙述者的叙述行为和其讲
述的故事一样奇特和非自然。故事出现了明显的分界线，从下

面这一段开始，时态和语气都发生了显著的变化。

> 一种莫可名状的感情占据了我的心灵。那是一种不容分析，早年的学识不足以解释，而未来本身恐怕也给不出答案的感情。对于一个我这种性质的头脑，连未来也想不出真是一种不幸。我将不再——我知道我将不再——满足于我的思维能力。不过眼下思维的模糊也不足为怪，因为引起思维的原因是那么新奇。一种新的感觉——一种全新的东西又钻进我的心灵。（坡，1995：237）[①]

这里时态由过去时转变为现在时标志着叙事偏离了传统的模仿框架，进入了非自然领域。故事突然不再是对过去经历的描述而是对当前事件的匆忙记录。这种时态的变化，也让故事进入了一个新的阶段。此前冷静、直接的叙述风格被一种新的叙事模式所取代，叙述者引入了"一种全新的东西"：一种新的表达方式，它彻底改变了叙事的性质。在此之前，故事一直是大家所熟悉的模式；现在它变成了别的东西，一种令人不安、凶险不祥的东西。

如果在前面那么多页里叙述者都能平静地讲述自己的身

---

① 原文是 A feeling, for which I have no name, has taken possession of my soul — a sensation which will admit of no analysis, to which the lessons of by-gone time are inadequate, and for which I fear futurty itself will offcr me no key. To a mind constituted like my own, the latter consideration is an evil. I shall never — I know that I shall never — be satisfied with regard to the nature of my conceptions. Yet it is not wonderful that these conceptions are indefinite, since they have their origin in sources so utterly novel. A new sense — a new entity is added to my soul.

世、脾性及旅途中发生的种种异事，为什么突然改变了风格？为什么小说的叙事模式突然从过去时变为违背模仿认知的现在时呢？一个简单但不让人满意的答案是坡犯了一个错误，此处乃是败笔。然而作为精心设计作品效果的艺术家和不世出的文学天才，坡不太可能犯如此低级的错误，此种解释显然不能让人信服。如果我们从非自然叙事的角度入手，就能更好地理解坡的用意：他旨在通过使用非自然的第一人称现在时叙述来提升叙事的紧迫感。正如前文所说，情节的加速是坡很多小说的显著特点。一开始不疾不徐的讲述最终变成了仓促的，甚至是疯狂的记录。尤其是到了最后一段，船急速地陷入旋涡中心时，这种紧迫和恐怖更是达到了高潮。

> 哦，这情形越来越恐怖！——那堵冰墙忽而在右边，忽而在左边，我们正绕着一个巨大的圆心，围着一个像是大圆形剧场的漩涡四周头昏眼花地急旋，这大漩涡的涡壁伸延进黑洞洞的无底深渊。可我现在已没有时间来考虑自己的命运！圆圈飞快地缩小——我们正急速地陷入漩涡的中心——在大海与风暴的咆哮、呼号、轰鸣声中，这艘船在颤抖——哦，上帝！——在下沉。（坡，1995：241）①

---

① 原文是 Oh, horror upon horror! the ice opens suddenly to the right, and to the left, and we are whirling dizzily, in immense concentric circles, round and round the borders of a gigantic amphitheatre, the summit of whose walls is lost in the darkness and the distance. But little time will be left me to ponder upon my destiny — the circles rapidly grow small — we are plunging madly within the grasp of the whirlpool — and amid a roaring, and bellowing, and thundering of ocean and of tempest, the ship is quivering, oh God! and — going down!

在这一段中，坡通过使用非自然的现在时语态叙述，让读者更深切地感受到了叙述者的惊恐和无助。第一人称叙述者对发生在自己身上的事情毫无掌控力。个人无法控制周遭环境，正在发生的事情也不可避免。叙述者对接下来将会发生什么毫不知情，因此他没有反思的时间，无法回顾也无从得知自己将如何逃脱即将到来的厄运。正如罗伯特·塔利所言："在《瓶中手稿》里，这种致命性已经融于叙事形式之中。本来应该控制叙述进程的叙述者似乎深陷叙事之中，他看来要么是已经失控，要么是被诸如命运或机会之类的力量所控制。"（Tally，2015：56）由此可见，非自然的现在时语态是坡精心建构的一种叙事策略，旨在引发读者特定的情感——感到自己似乎和叙述者一样正置身于令人惊惧的危险情境之中。

而对这种令人惊惧的危险情境的描写，"颠覆了或者至少质疑了19世纪中叶充斥于美国文学中的祈愿语气和弥赛亚式的承诺"（Tally，2015：56），可以说，坡的叙事方法"指向了不同的思维方式，无论是对个人和宇宙关系的思考，还是对美国在历史中所扮演的角色和所占位置的忖量，都是如此"（Tally，2015：56）。正如笔者在第三章中所指出的，我们可以把故事的非自然性置于当时的历史语境中阐释，将其理解为对于帝国主义扩张可能带来的危险的一种警示。通过运用非自然的叙述行为，坡营造出了神秘诡异、恐怖骇人的效果。故事在叙述者和船上之人骤然坠入急速旋转的涡流时戛然而止，更加突出了追求殖民统治和帝国扩张可能带来的可怕后果；而现在时语态则表明危机正在进行之中，还远未结束。

小 结

爱伦·坡作品中的非自然叙述行为与非自然的时间、空间和人物等非自然因子一样，几乎是无处不在。实际上，从早期的《瓶中手稿》到中期的《皮姆的故事》和《千万别和魔鬼赌你的脑袋》，再到后来的《泄密的心》《森格姆·鲍勃先生的文学生涯》，我们看到其作品中充满了那些物理上、逻辑上或人力上不可能的非自然叙述行为，也就是说，"不可能因子"构成了这些非自然叙述行为的主要内容。正如阿尔贝所说："虚构叙事最有趣的一点便是它们不仅重现了我们的周遭世界，而且它们也通常含括了真实世界中完全不可能实现的因子（nonactualizable elements）。"（Alber，2016：3）这些不可能实现的因子往往也是作者极大想象力的发挥和写作的最终旨归，非自然叙述行为便是其中重要的一个因子。爱伦·坡通过这些非自然的叙述行为消解了意义，颠覆了逻辑，以非现实、非理性的表达方式揭示了现代社会及个体的生存困境和荒诞性，达到了小说创作的意图。

通过本章的分析可以看出，多叙、元叙述、第一人称现在时语态叙述等非自然叙述行为是爱伦·坡精心建构的叙事策略，旨在引发读者特定的情感并凸显时代弊端和危机，以及现代人绝望、恐惧、矛盾、悖谬及困顿的生存现状。

结　　语

　　爱伦·坡在《诗歌原理》（"The Poetic Principle"）中评介平克尼（E. C. Pinkney，1802—1828）的一首诗歌时说："不幸的是平克尼先生出生在遥远的南方，不然他早就成了美国头号抒情诗人。"（Poe，1984：83）若平克尼真是生错了地方的话，那爱伦·坡则是生错了时代。似乎坡当时也意识到了这点，所以他在《我发现了》中说："我不在乎我的著作是现在被人读还是由子孙后代来读。我可以花一个世纪来等待读者。"（1370）虽然他在诗歌、文学评论尤其是短篇小说等方面颇有建树，但由于其作品中带有所谓的颓废色彩，与当时蒸蒸日上的美国社会格格不入，故而一度被排挤在美国主流文学之外，后人对他的评价也是褒贬不一。与他同时期及稍后的美国著名作家霍桑（Nathaniel Hawthorne，1804—1864）、麦尔维尔（Herman Melville，1819—1891）、朗费罗（Henry Wadsworth Longfellow，1807—1882）、爱默生（Ralph Waldo Emerson，1803—1882）、亨利·詹姆斯（Henry James，1843—1916）和马克·吐温（Mark Twain，1835—1910）等人都直接或间接地讥讽过坡本人及其作品。霍桑对《厄舍府的倒塌》颇多贬斥；麦尔维尔在小说《骗子》中暗含对坡的讥讽；朗费罗一直都是坡的论敌；爱默生称坡是位叮当诗人（the jingle man）；亨利·詹姆斯认为坡的作品是初级的、肤浅的，"认真对待坡的人本身就不够严肃。对坡的热情绝对是思维幼稚的表现"；马克·吐温认为坡的写作手法过于机械。坡当时的边缘地位从他在一本极具影响力的专著中缺席这一事实中得到了明显体现。哈佛大学著名学者 F. O. 马西森（F. O. Matthiessen）发表的《美国文艺复兴：惠特曼和爱默生时期的艺术和表达》（American Renaissance：Art and Expression in the Age of Emerson and Whitman）一书可谓是有关 19 世纪上半叶美国文学的扛鼎之作。这一时期的美国文学逐渐摆脱了英国的影响，涌现出了一批优秀作家，呈现出前所未有的繁荣景象，故而被称为"美国文艺复兴"。然而在马西森详细分析的众多作家中却没有同时期的爱伦·坡的身影，其边缘化地位可见一斑。

　　坡去世距今已 170 余个春秋，一个多世纪悄然而逝，坡也如愿等来了无数能和他共鸣的读者。他的作品对众多后世作家，尤其是现代和后现代作家，产生了深远影响。抽象表现主义运动的代表人物罗伯特·马瑟韦尔（Robert Motherwell）在提及爱伦·坡时曾说："我认为他是一个人的现代主义者（one-man modernist），在那个时候整个美国都在朝相反方向行进。他的英语是如此之鲜活和精巧。"（转引自 Hayes，2002：225）在爱伦·坡研究专家凯文·海斯（Kevin Hayes）看来，"马瑟韦尔对坡的景仰不足为奇，因为自 19 世纪中期以来，几乎每场艺术运动的领军人物都用文字或绘画表达了他们对坡的感激"（2002：225）。

　　确实，爱伦·坡的作品，尤其是他的短篇小说已经远远超出了他的时代，"从而揭示了爱伦·坡在小说的概念方面是一个突出的现代主义者"（埃默里，1986：217）。反传统的现代主义思潮于 19 世纪末开始在欧洲生根发芽，各种主义如雨后春笋般涌现，迅速登上历史舞台。诞生于法国的象征主义是现代主义第一个主流思潮。作为法国文学史上最伟大的诗人之一，波德莱尔（Charles Pierre Baudelaire，1821—1867）的诗歌理论和诗歌创作对后世文学，尤其对现代主义文学影响深远，被评论家奉为现代主义文学的圭臬。波德莱尔在苦苦寻找一种新的创作思想时，"于1847年开始阅读埃德加·爱伦·坡的短篇小说《黑猫》的法文译本，于是开始研读爱伦·坡的作品，并着手翻译了他的《乌鸦》等诗作"（葛雷、梁栋，1997：90）。波德莱尔读完爱伦·坡的《诗歌理论》后，深为他的思想所折服，并将其中"为诗而诗"的创作理念运用到自己的代表诗作《恶之花》中，成为公认的象征主义文学的先驱。波德莱尔去世后，前象征主义的中坚人物马拉美（Stephane Mallarme，1842—1898）继续翻译爱伦·坡的著作。为了能更好地理解爱伦·坡的英文原著，马拉美于1862年特地去英国学习英文。他把爱伦·坡对音乐的强调运用到自己的诗歌理论中，并特地撰写了诗歌《埃德加·坡的坟墓》来赞扬自己心目中的这位天才。1876年，马拉美在写给曾与爱伦·坡定下婚约的女诗人萨拉·海伦·惠特曼（Sarah Helen Whitman，1803—1878）的信中说："坡和我的思想非常亲近，我写出任何有价值的东西，都少不了他的那份功劳。"（转引自 Clarke，1991：387–388）

法国后期象征主义诗人瓦莱里继承并发展了马拉美的诗歌和美学主张，系统地提出了"纯诗"理论，主张诗中的"音乐之美一直继续不断"，诗人要"探索词与词之间的关系所引起的效果"。这些正是爱伦·坡的文学理论所提倡的。可以说，爱伦·坡开象征主文学之先河，"因为，事实上马拉美和瓦莱里并不仅仅通过波德莱尔传递并继承爱伦·坡的思想：他们每个人都直接受到坡的影响"（转引自 Clarke，1991：264）。坡对象征主义的影响，是借助法国象征主义先驱波德莱尔和前象征主义诗人马拉美之手，但这种影响并没有停留在法国，而是以法国的象征主义为中心延伸至世界各地，从而对整个现代主义运动都产生了深远影响。

及至后现代时期，爱伦·坡对后现代派作家的影响也是广泛而深远的。著名短篇小说家博尔赫斯（Jorge Luis Borges，1899—1986）就多次提及了坡对自己的影响。在去世前三年，他对自己的友人说："我总是害怕有一天人们会发现我作品中所有的东西都是从别人那里借来的。"（转引自 Vines，1999：225）接着他列举了自己借鉴过的作家，第一个就是爱伦·坡，可见坡对他的影响之大。当然，我们从很多其他后现代派作家身上也能看到坡的影子：让－保罗·萨特（Jean-Paul Sartre，1905—1980）的存在哲学，塞缪尔·贝克特（Samuel Beckett，1906—1989）的荒诞戏剧，约瑟夫·海勒（Joseph Heller，1923—1999）的黑色幽默，无一不受坡的启发。正如派翠西亚·梅里韦尔（Patricia Merivale）和苏珊·伊丽莎白·斯威尼（Susan Elizabeth Sweeney）所说："坡是后现代叙事结构的奠基人。"（1999：11）

爱伦·坡之所以能被众多现代和后现代派作家所推崇，一个不容忽视的重要原因就是其打破传统、别具一格的非自然叙事艺术。正如前文所详细论述的，坡的作品中有着非自然的时间、非自然的空间、非自然的人物和非自然的叙述手法等等诸多非自然因子。坡的伟大之处在于他凭借超凡的艺术想象挣脱了庸常的现实经验及常规逻辑对创作的掣肘，从而充分施展其艺术天赋和审美理想，创作出令人耳目一新的作品。坡的作品之所以呈现出独创性甚至先锋性，在很大程度上正是因为他能使用非自然叙事手法，打破陈规定例，颠覆常识性认知，凸显了创作主体的想象力，因而直接为现代主义、后现代主义文学创作铺平了一条超越传统的非凡之路。正如汤姆·科恩（Tom Cohen）在其著作《反摹仿论：从柏拉图到希区柯克》（*Anti-Mimesis from Plato to Hitchcock*）中所指出的，"坡重新评估甚至颠覆了他所继承的传统再现和摹仿系统"（Cohen，1994：106）。一代鬼才爱伦·坡用他奇谲不凡的想象力创造出了一个个波诡云谲的非自然世界，写出了一部部充满奇思却又关注现实，多缀怪诞但又意旨深远的不朽之作。

当然，我们不能忽视的是爱伦·坡的创作同其所处的社会潜藏的深重危机有着密不可分的关系。在爱伦·坡生活的 19 世纪，整个西方文化陷入了危机，加速的现代世俗化运动导致科技理性的霸权，神性丧失、诗意阙如，人们如被置于"铁笼"之中，这个"铁笼"就是资本主义经济秩序和生活世界的象征。铁笼内外，不仅一片黑暗，而且冷漠空虚，这就是理性主义给予人类的礼物。这个"铁笼"可以化身为各种可怕的形象，或者是边沁设计的"全景监狱"，或者是卡夫卡的灵魂城堡以及冷漠家庭的变形人格，或者是商品社会巨大的物品堆积，或者是爱伦·坡笔下幽灵出没的荒宅。总之，"铁笼"就是 19 世纪哲学家、艺术家率先反思自审的对象，他们一直把人类文化危机的根源追溯到人自身，并企求通过反求自身来摆脱深重的罪孽感和末日感。

此外，19 世纪初期是北美经历巨大动荡和变革的时代，除了必须应对整个人类文化的危机之外，美国还有其历史文化的特殊问题。新旧之间的剧变以及剧变带来的危机是这一时期的重要特征。年轻的共和国在政治、经济和思想领域都貌似表现出一派勃勃生机，杰克逊倡导的那种民主和政治平等被用来充当这个新国家的理想。然而，在这个貌似蓬勃发展、蒸蒸日上的国度却正在酝酿着一场变革。第一，在社会形态上，它正在从农业社会快速向工业社会转换，一个洋溢着牧歌情调的社会渐渐远去，巨大的工业帝国正在扩张它的版图。与此相伴，浓郁而无可奈何的怀旧情绪也使人们黯然神伤。第二，在疆域上，西进运动使其疆界不断扩大，然而这版图扩充的背后是美国人与大自然、土著居民以及周边国家的矛盾。第三，在文化上，它极其急切地寻求民族认同，努力建构民族精神的愿望成为一种强烈的渴望。从彼岸欧洲移植而来的信仰体系已经越来越不适应正在迈向未来的美国，这也带来了一系列的问题和危机。

尽管坡病态的幻想通常设定在遥远的地方和神秘的过去，但它们是美国这个年轻共和国众多焦虑的心理投射：饥饿和疾病的痛楚；罪行和战争的暴戾；孤儿与失亲的悲恸。如果说沃尔特·惠特曼（Walt Whitman, 1819—1892）是19世纪美国梦的乐观代言人，坡就是他梦魇般的对立面。值得一提的是，1875年在巴尔的摩举行的爱伦·坡追悼会上，惠特曼是唯一到场的诗人。虽然他拒绝在追悼会上发言，但事后写了一篇善意的悼文，于1875年11月16日发表在《华盛顿之星》上。惠特曼这样写道：

> 长期以来，我对坡的作品都有些反感，直到最近才有所改观。我希望在诗歌中阳光灿烂、清风拂面—— 充满健康的勃勃生机和力量，即使在如暴风骤雨般的激动时刻

也不会谵妄呓语，道德是其永恒的背景。坡的作品与这些要求背道而驰，但他的天才已然赢得了特殊的认可，我也完全认识到这一点，并逐渐开始欣赏坡及其出众的才华。

我曾在梦中见一扁舟在暴风雨的午夜驶于大海之上。此舟并非装备齐全的大船，亦非晨风破浪的汽艇，而是一艘精妙绝伦的多桅帆船。我经常在纽约或长岛的水域见到类似的帆船停泊在岸边。这艘船此刻船帆撕裂、桅杆破碎，正在凄风冷雨、海浪翻滚的黑夜里急速飞驰，业已失控。伫立在甲板上的是一个瘦削纤细、清新俊逸的身影。他身处恐怖、黑暗和混乱的中央却毫无惧色、怡然自得。我梦中的这个身影可以说是埃德加·坡及其精神、命运和诗歌的代表——它们本身都是骇人的梦境。

身处历史交汇处和社会变革期的爱伦·坡，与社会定型期的作家相比，对社会生活等领域所呈现的纷繁复杂更为敏感；同时他本人一生命运多舛，饱尝世间冷暖，这更让他体会到了社会的复杂性和矛盾性及其潜藏的种种危机。极具前瞻意识的爱伦·坡清醒地意识到，传统以理性和模仿论为主导的文学模式不足以认识纷繁复杂、潜藏危机的现代世界。因此，他的创作秉承叔本华的非理性主义思路，把目光从传统的理性转向长期被忽视的非理性方面，并在此基础上开掘其文学创作视阈，采用非自然叙事手法揭示现代社会的矛盾和危机，达到了震慑人心、振聋发聩的艺术效果。哈罗德·布鲁姆（Harold Bloom）曾说，"爱默生是美国的头脑，而坡则是我们的癔病、我们全体可怕的压抑"（Bloom，2006：1），可谓切中肯綮。

在前面的论述中，笔者力图借助"非自然叙事"，将坡纷

繁各异的作品纳入一个自成体系的指涉系统，为我们提供一个
突入其思想的参照系，以洞悉其作品的深刻内涵。在笔者看
来，本研究具有以下创新点：

（1）从非自然叙事的角度阐释爱伦·坡的作品是一个较
新的视角，目前还未有人就此进行全面、系统的研究。作为
"叙事理论中最激动人心的一个新范式"，非自然叙事学为爱
伦·坡研究提供了新的视角，它以"推陈出新"（to make it
new）为主要目的，为研究、阐释文学提供了"新奇"的视角
与不竭的动力。而素以神秘、诡异风格著称的爱伦·坡，其作
品中充满了非自然的元素，从非自然叙事的角度对其进行研究
能够更好地挖掘出文本中的深刻内涵，更全面、深入地理解坡
的作品，更真切地欣赏坡的魅力。

（2）除了深化前人对《厄舍府的倒塌》《泄密的心》《瓶
中手稿》等知名作品的研究，本研究也将视线扩展到很多前
人甚少注意的作品。100多年来，国内外有关爱伦·坡的研究
可谓汗牛充栋。可是仔细梳理这些文献，不难发现其中大部分
都是对《厄舍府的倒塌》《泄密的心》《瓶中手稿》等名篇的
解读，而其他作品却少有人问津。这些作品虽然并不知名，但
却自有其独特光彩，对于理解爱伦·坡及其所处的特殊时代有
着不可或缺的作用。

（3）阐明了非自然叙事对理解和阐释爱伦·坡的艺术特
质及价值之重要意义。坡的创作同其所处社会潜藏的危机有着
密不可分的关系。对美国南方传统社会及其价值观在资本主义
工商文明的冲击下所造成的精神危机的先知和反思，构成了他
作为一个现代主义先驱的至关重要的方面。坡身处历史交汇处
和社会变革期，与社会定型期的作家相比，对社会生活等领域

所呈现的纷繁复杂更为敏感；同时他本人一生命运多舛，饱尝世间冷暖，正是这种复杂性和矛盾性为其创作提供了巨大的艺术源泉和生命力，使他得以创作出更丰富、更震撼人心的作品。坡清醒地意识到，传统以理性和模仿论为主导的文学模式不足以认识纷繁复杂、潜藏危机的现代世界。因此，他的创作秉承叔本华的非理性主义思路，把目光从传统的理性转向长期被忽视的非理性方面，并在此基础上开掘其文学创作视阈，采用非自然叙事手法揭示现代社会的矛盾和危机，达到了震慑人心、振聋发聩的艺术效果。

当然，因笔者学力有限，本研究有时也难免流于粗浅，不够全面。前述非自然的因子只是诸多非自然因素中的一部分，还有更多的非自然因子亟待我们将来深入挖掘、研究和解读。此外，坡作品中呈现出的晦涩性和意义不确定也让此任务颇为艰巨。正如沃浓·帕灵顿（Vernon Louis Parrington）所言，坡的问题就像"谜一般难解"（Parrington，2000：400）。坡自己曾经指出，含混乃是极富诗意的效果。意义的含混正是他的文学策略，因为将形式、意义固化，美感和神秘感会消弭大半，文章会失色不少。当然这既是爱伦·坡研究的难点，也是其吸引人之处。相信在外国文学研究领域，对坡的探讨一定会取得更大的进展，也希望笔者的研究能为此做出微薄贡献。

参 考 文 献

Abbott, H. Porter. The Cambridge Introduction to Narrative [M]. Cambridge: Cambridge University Press, 2008.

Ackroyd, Peter. Poe: A Life Cut Short [M]. London: Chatto & Windus, 2008.

Alber, Jan. Unnatural Spaces and Narrative Worlds [C]. // Jan, Alber, et al. , eds. A Poetics of Unnatural Narrative. Columbus: Ohio State University Press, 2013: 45 –66.

Alber, Jan. Unnatural Narrative: Impossible Worlds in Fiction and Drama [M]. Lincoln & London: University of Nebraska Press, 2016.

Alber, Jan, et al. Unnatural narratives, Unnatural Narratology: Beyond mimetic models [J]. Narrative, 2010 (2): 124.

Alber, Jan & Rudiger Heinze, eds. Unnatural Narratives, Unnatural Narratology [M]. Berlin: de Gruyter, 2011.

Alber, Jan, et al. What Is Unnatural about Unnatural Narratology? A Response to Monika Fludernik [J]. Narrative, 2012 (3): 371 –382.

Alber, Jan & Per Krogh Hansen, eds. Beyond Classical Narration: Transmedial and Unnatural Challenges [M]. Berlin: de Gruyter, 2014.

Allan, Michael. Poe and the British Magazine Tradition [M].

New York: Oxford University Press, 1969.

Allen, Hervey. Israfel: The Life and Times of Edgar Allan Poe [M]. New York: Farrar and Rinehart, 1934.

Allen, Michael. Poe and the British Magazine Tradition [M]. New York: Oxford University Press, 1969.

Alter, Robert. Partial Magic: The Novel as a Self-Conscious Genre [M]. Berkeley: University of California Press, 1975.

Alterton, Margaret. Origins of Poe's Critical Theory [M]. Temecula: Reprint Services, 1992.

Auden, W. H. Edgar Allan Poe: Selected Prose, Poetry, and Eureka [M]. San Francisco: Rinehart, 1950.

Auerbach, Joanathan. The Romance of Failure: First-Person Fictions of Poe, Hawthorne, and James [M]. New York: Oxford University Press, 1989.

Bakhtin, Mikhail. Forms of Time and the Chronotope in the Novel [C] //Michael Holquist, ed. The Dialogic Imagination: Four Essays. Austin: University of Texas Press, 1981: 84 – 258.

Bal, Mieke. Narratology: Introduction to the Theory of Narrative [M]. Toronto: University of Toronto Press, 2009.

Barthes, Roland. S/Z [M]. Translated by Richard Miller. New York: Hill and Wang, 1974.

Baudelaire, Charles. Baudelaire on Poe [M]. Trans. and ed. Lois Hyslop and Francis E. Hyslop, Jr. State College, PA: Bald Eagle, 1952.

Begnal, Michael. Fellini and Poe: A Story with a Moral? [J]. Literature/Film Quarterly, 1982 (2): 131 – 139.

Beuka, Robert. The Jacksonian Man of Parts: Dismemberment, Manhood, and Race in "The Man That Was Used Up" [J]. The Edgar Allan Poe Review, 2002 (1): 27 – 44.

Beaver, Harold, ed. The Science fiction of Edgar Allan Poe [M]. Harmondsworth: Penguin, 1976.

Beetham, Margaret. Towards a Theory of the Periodical as a Publishing Genre [C] //Laurel Brake, et al. ed. Investigating Journalism. New York: Macmillan, 1990: 10 – 29.

Bittner, William. Poe: A Biography [M]. Boston: Little Brown, 1962.

Bloom, Clive. Reading Poe Reading Freud: The Romantic Imagination in Crisis [M]. New York: St. Martin's, 1988.

Bloom, Harold. , ed. Bloom's Modern Critical Views: Edgar Allan Poe [C]. New York: Infobase Publishing, 2006.

Bloom, Harold. Bloom's Literary Themes: The Grotesque [C]. New York: Infobase Publishing, 2009.

Bonaparte, Marie. The Life and Works of Edgar Allan Poe: A Psychoanalytical Interpretation [M]. Trans. John Rodker. London: Imago, 1949.

Bray, Joe, Alison Gibbons & Brian McHale, eds. The Routledge Companion to Experimental Literature [C]. London & New York: Routledge, 2012.

Brooks, Cleanth. The Well-Wrought Urn: Studies in the Structure of Poetry [M]. New York: Harcourt, Brace and World, 1947.

Brooks, Cleanth, and Robert Penn Warren. Understanding Fiction [M]. Englewood Cliffs, NJ: Prentice Hall, 1946.

Bruce, Mills. Conversations on the Body and the Soul: Transcending Death in the Angelic Dialogues and "Mesmeric Revelation" [C] //Gerald Kennedy and Scott Peeples, eds. The Oxford Handbook of Edgar Allan Poe. New York: Oxford University Press, 2019: 407 –424.

Bryant, John. Poe's Ape of UnReason: Humor, Ritual, and Culture [J]. Nineteenth-Century Literature, 1996 (1): 16 –52.

Burwick, Frederick L. Edgar Allan Poe: The Sublime and the Grotesque [J]. Prisms: Essays in Romanticism, 2000 (1): 67 –123.

Butler, David W. Hypochondriasis: Mental Alienation and Romantic Idealism in Poe's Gothic Tales [J]. American Literature, 1976 (1): 1 –12.

Burton, Wiliam Evans. Review of Narrative of A. G. Pym [J]. Burton's Gentleman's Magazine, 1838 (3): 210 –211.

Cantalupo, Barbara. Preludes to Eureka: Poe's "Absolute Reciprocity of Adaptation" in "Shadow" and "The Power of Words" [J]. Poe Studies/Dark Romanticism: History, Theory, Interpretation, 1998 (1 –2): 17 –21.

Cantalupo, Barbara. Poe's Pervasive Influence [M]. Plymouth: Lehigh University Press, 2012.

Cantalupo, Barbara. Poe and the Visual Arts [M]. University Park: Pennsylvania State University Press, 2014.

Carlson, Eric W. The Recognition of Edgar Allan Poe [M]. Ann Arbor: University of Michigan Press, 1966.

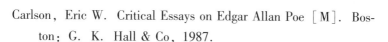

Carlson, Eric W. Critical Essays on Edgar Allan Poe [M]. Boston: G. K. Hall & Co, 1987.

Carlson, Eric W. A Companion to Poe Studies [M]. Westport, CT: Greenwood, 1996.

Cheney, Patrick. Poe's Use of The Tempest and the Bible in "The Masque of the Red Death" [J]. English Language Notes, 1983 (3 –4): 26 –35.

Clarke, Graham, ed. Edgar Allan Poe: Critical Assessments [C]. Mountfield: Helm Information Ltd, 1991.

Cohen, Tom. Anti-Mimesis from Plato to Hitchcock [M]. Cambridge: Cambridge University Press, 1994.

Cox, James M. Edgar Poe: Style as Pose [J]. Virginia Quarterly Review, 1968 (1): 67 –89.

Crosby, Sara. A Weird Tonic for the Anthropocene: Poe's Use of Gardenesque Landscapes as Nature Cure [J]. Poe Studies, 2017 (1): 69 –86.

Currie, Mark. About Time: Narrative, Fiction and the Philosophy of Time [M]. Edinburgh: Edinburgh University Press, 2007.

Dario, Ruben. Edgar Poe and De Quincey [M]. Madrid: Alianza, 1976.

Davidson, Edward H. Poe: A Critical Study [M]. Cambridge, MA: Harvard University Press, 1957.

Dayan, Joan. Fables of Mind: An Inquiry into Poe's Fiction [M]. New York: Oxford University Press, 1987.

Dayan, Joan. Poe's Women: A Feminist Poe? [M]. Poe Studies, 1993 (1 –2): 1 –12.

Dayan, Joan. Amorous Bondage: Poe Ladies and Slaves [C] // Shawn Rosenheim and Stephen Rachman, eds. The American Face of Edgar Allan Poe. Baltimore: The Johns Hopkins UP, 1995: 179 – 209.

Dayan, Joan. Romance and Race [C] //Emory Elliot, ed. The Columbia History of the American Novel. Beijing: Foreigng Language Teaching and Research Press, 2005: 89 – 109.

Dolezel, Lubomir. Heterocosmica: Fiction and Possible Worlds [M]. Baltimore: The Johns Hopkins University Press, 1998.

Doyle, Jacqueline. (Dis) Figuring Woman: Edgar Allan Poe's "Berenice." [J]. Poe Studies, 1993 (1 – 2): 13 – 21.

Dutta, Nandana. The Use of the Metanarrative in the Short Fiction of Edgar Allan Poe [D]. Gauhati: Gauhati University, 1998: 1 – 276.

Eddings, Dennis, ed. The Naiad Voice: Essays on Poe's Satiric Hoaxing [M]. Port Washington, NY: Associated Faculty, 1983.

Eric W. Carlson, ed. Critical Essays on Edgar Allan Poe [C]. Boston: G. K. Hall, 1987.

Eric W. The Recognition of Edgar Allan Poe [M]. Ann Arbor: University of Michigan Press, 1966.

Elbert, Monika. Poe's Gothic Mother and the Incubation of Language [J]. Poe Studies, 1993 (1 – 2): 22 – 23.

Elmer, Jonathan. Reading at the Social Limit: Affects, Mass Culture, and Edgar Allan Poe [M]. Stanford University Press, 1995.

Feidelson, Charles, Jr. Symbolism and American Literature

［M］. Chicago and London: University of Chicago Press, 1953.

Fisher, Benjamin F. The Cambridge Introduction to Edgar Allan Poe ［M］. New York: Cambridge University Press, 2008.

Fludernik, Monika. Towards a "Natural" Narratology ［M］. London and New York: Routledge, 1996.

Fludernik, Monika. An Introduction to Narratology ［M］. London: Routledge, 2009.

Fludernik, Monika. Naturalizing the Unnatural from Blending Theory ［J］. Journal of Literary Semantics, 2010 (1): 1 – 27.

Fludernik, Monika. How Natural Is "Unnatural Narratology": or, What Is Unnatural about Unnatural Narratology? ［J］. Narrative, 2012 (3): 357 – 370.

Folks, Jeffery. Edgar Allan Poe and Elias Canetti: Illuminating the Sources of Terror ［J］. Southern Literary Journal, 2005 (2): 1 – 16.

Forest, William. Biblical Allusion in Poe ［M］. New York: Macmillan, 1928.

Foust, Ronald. Poe, Pym, Postmodernism ［J］. The McNeese Review, 2003 (1): 14.

Freeman, William. Poe's Oval Portrait of "The Oval Portrait" ［J］. Poe Studies, 2001 (1 – 2): 7 – 12.

Genett, Gerard. Narrative Discourse: An Essay in Method ［M］. Translated by Jane E. Lewin. New York: Cornell University Press, 1980.

Gilmore, Michael T. American Romanticism and the Marketplace

[M]. Chicago: University of Chicago Press, 1985.

Gilmore, Paul. The Genuine Article: Race, Mass Culture, and American Literary Manhood [M]. Durham, NC, and London: Duke University Press, 2001.

Glassheim, Eliot. A Dogged Interpretation of "Never Bet the Devil Your Head" [J]. Poe Newsletter, 1969 (3): 44.

Goddu, Teresa. Gothic America: Narrative, History, and Nation [M]. New York: Columbia University Press, 1997.

Green, Brian. The Fabric of the Cosmos [M]. New York: Penguin, 2005.

Greeson, Jennifer Rae. Our South: Geographic Fantasy and the Rise of National Literature [M]. Cambridge: Harvard University Press, 2010.

Hammond, J. R. An Edgar Allan Poe Companion [M]. Hong Kong: Macmillan Press, 1983.

Hansen, Per Krogh, et al. Strange Voices in Narrative Fiction. Berlin: de Gruyter, 2011.

Hartmann, Jonathan. The Marketing of Edgar Allan Poe [M]. New York: Routledge, 2008.

Harvey, Ronald C. The Critical History of Edgar Allan Poe's The Narrative of Arthur Gordon Pym: A Dialogue with Unreason [M]. New York: Routledge, 1998.

Haspel, Paul. Bells of Freedom and Foreboding: Liberty Bell Ideology and the Clock Motif in Edgar Allan Poe's "The Masque of the Red Death" [J]. The Edgar Allan Poe Review, 2012 (1): 46 – 70.

Hawking, Stephen, and Leonard Mlodinow. A Briefer History of Time [M]. New York: Bantam Books, 2005.

Hawthorn, Jeremy. A Glossary of Contemporary Literary Theory. (4th New edition) [M]. London: Hodder Arnold, 2000.

Hayes, Kevin. Poe and the Printed Word [M]. Cambridge and New York: Cambridge University Press, 2000.

Hayes, Kevin. ed. The Cambridge Companion to Edgar Allan Poe. Cambridge: Cambridge University Press, 2002.

Hayles, N. Katherine. How We Became Posthuman: Virtual Bodies in Cybernetics, Literature, and Informatics [M]. Chicago: Univeristy of Chicago Press, 1999.

Heise, Ursula K. Chronoschisms: Time, Narrative, and Postmodernism [M]. Cambridge: Cambridge University Press, 1997.

Heinze, Rudiger. Temporal Tourism: Time Travel and Counterfactuality in Literature and Film [M] //D. Birke, M. Butter, & T. Koppe, eds. Counterfactual Thinking/Counterfactual Writing. Berlin: de Gruyter, 2011.

Heinze, Rudiger. The Whirling of Time: Toward a Poetics of Unnatural Temporality [C] //Jan Alber, et al. eds. A Poetics of Unnatural Narrative. Columbus: Ohio State University Press, 2013.

Herman, Luc, & Bart Vervaeck. Handbook of Narrative Analysis [M]. Lincoln: University of Nebraska Press, 2005.

Hoffman, Daniel. Poe Poe Poe Poe Poe Poe Poe [M]. Baton Roue and London: Louisiana State University Press, 1998.

Hofstader, Richard. American Violence: A Documentary History

[M]. New York: Alfred A. Knopf, 1970.

Horn, Andrew. Poe and the Tory Tradition: The Fear of Jacquerie in "A Tale of the Ragged Mountains" [J]. ESQ: A Journal of the American Renaissance, 1983 (3): 26 – 28.

Howe, Daniel Walker. What Hath God Wrought: The Transformation of America, 1815 – 1848 [M]. New York: Oxford University Press, 2007.

Huber, Irmtraud. Present Tense Narration in Contemporary Fiction: A Narratological Overview [M]. London: Palgrave Macmillan, 2016.

Humboldt, Wilhelm. On Language [M]. Cambridge: Cambridge University Press, 2000.

Hunter, Gordon, ed. American Literature, American Culture [C]. New York: Oxford University Press, 1999.

Hyneman, Esther F. Edgar Allan Poe: An Annotated Bibliography of Books and Articles in English, 1827 – 1973 [M]. Boston: G. K. Hall, 1974.

Iversen, Stefan. Unnatural Minds [C] // Alber, Jan, Nielsen, Henrik & Richardson, Brian, eds. A Poetics of Unnatural Narrative. Columbus: Ohio State University Press, 2013: 94 – 112.

Jameson, Fredric. The Political Unconscious: Narrative as a Socially Symbolic Act [M]. New York: Cornell University Press, 1981.

Jameson, Fredric. Postmodernism, Or, The Cultural Logic of Late Capitalism [M]. Durham: Duke University Press, 1991.

Jameson, Fredric. Archaeologies of the Future: The Desire Called Utopia and Other Science Fictions [M]. London: Verso, 2005.

Kal, A. N. The American Vision: Actual and Ideal Society in Nineteenth-Century Fiction [M]. New Haven: Yale University Press, 1963.

Knapp B. Edgar Allan Poe [M]. New York: Frederick Ungar, 1984.

Kammen, Michael. Mystic Chords of Memory: The Transformation of Tradition in American Culture [M]. New York: Vintage, 1993.

Kennedy, J. Gerald. Poe, Death, and the Life of Writing [M]. New Haven and London: Yale University Press, 1987.

Kennedy, J. The Narrative of Arthur Gordon Pym and the Abyss of Interpretation [M]. New York: Twayne, 1995.

Kennedy, J. The American Turn of Edgar Allan Poe [M]. Baltimore: Edgar Allan Poe Society and the Library of the University of Baltimore, 2001.

Kennedy, J. Unwinnable Wars, Unspeakable Wounds: Locating "The Man That Was Used Up" [J]. Poe Studies, 2006 (1 – 2): 77 –89.

Kennedy, J. A Historical Guide to Edgar Allan Poe [M]. Oxford: Oxford University Press, 2001.

Kennedy, J. Gerald and Jerome McGann, eds. 2012. Poe and the Remapping of Antebellum Print Culture [C]. Baton Rouge: Louisiana State University Press, 2012.

Kennedy, J. Gerald and Liliane Weissberg, eds. Romancing the Shadow: Poe and Race [C]. New York: Oxford University Press, 2001.

Kent, Charles W. and John S. Patton. The Book of the Poe Centenary [M]. Charlottesville: University Press of Virginia, 1909.

Kilgore, Chris. From Unnatural Narrative to Unnatural Reading: A Review of A Poetics of Unnatural Narrative [J]. Style 2014 (4): 629 – 636.

Knapp, Bettina. Edgar Allan Poe [M]. New York: Frederick Ungar, 1984.

Kopley, Richard. Edgar Allan Poe and the Dupin Mysteries [M]. New York: Palgrave Macmillan, 2008.

Kopley, Richard. Poe's "Pym": Critical Explorations [M]. Durham, NC: Duke University Press, 1992.

Krutch, Joseph Wood. Edgar Allan Poe: A Study in Genius [M]. New York: Knopf, 1926.

Lawrence, D. H. Studies in Classic American Literature [M]. London and New York: Penguin, 1977.

Lee, Maurice S. Absolute Poe: His System of Transcendental Racism [J]. American Literature, 2003 (4): 751 – 781.

Levine, Stuart. Poe and American Society [J]. The Canadian Review of American Studies, 1978 (1): 16 – 33.

Levin, Stuart & Susan Levin. The Short Fiction of Edgar Allan Poe [M]. Urbana: University of Illinois Press, 1990.

Lilly, Mitchell C. Edgar Allan Poe's The (Unnatural) Narrative of

Arthur Gordon Pym [J]. Poe Studies, 2015 (1): 34 –57.

Lyons, Paul. Opening Accounts in the South Seas: Poe's Pym and American Pacific Orientalism [J]. Emerson Society Quarterly, 1996 (1): 291 –326.

Mabbot, Thomas Ollive. Collected Works of Edgar Allan Poe [M]. Cambridge: Belknap Press of Harvard University Press, 1978.

Macaulay, Thomas. Review of Memoirs of the Life of Warren Hastings [J]. Edinburgh Review, 1841 (1): 251 –268.

May, Charles. Edgar Allan Poe: A Study of the Short Fiction [M]. Boston: Twayne, 1991.

Magistrale, Tony, and Sidney Poger. Poe's Children [M]. New York: Peter Lang, 1999.

McGehee, Michael. Religious Satire and Poe's "Angel of the Odd" [J]. Poe Studies, 2008 (1): 65 –78.

McGrane, Reginald. The Panic of 1837: Some Financial Problems of the Jacksonian Era [M]. Chicago: University of Chicago Press, 1965.

Merivale, Patricia, and Susan Elizabeth Sweeney. Detecting Texts: The Metaphysical Detective Story from Poe to Postmodernism [M]. Philadelphia: University of Pennsylvania Press, 1999.

Meyers, Jeffrey. Edgar Allan Poe: His Life And Legacy [M]. New York: Charles Scribner's Sons, 1992.

Michael, John. Narration and Reflection: The Search for Grounds in Poe's "The Power of Words" and "The Domain of Arnheim"［J］. Arizona Quarterly: A Journal of American Literature, Culture, and Theory, 1989（3）: 1 - 22.

Miller, Perry. The Raven and the Whale: The War of Words and Wits in the Era of Poe and Melville［M］. New York: Harcourt, Brace and World, 1956.

Morris, Richard. Time's Arrows: Scientific Attitudes Toward Time［M］. New York: Simon & Schuster, 1984.

Morrison, Claudia C. Freud and the Critic: The Early Use of Depth Psychology in Literary Criticism［M］. Chapel Hill: University of North Carolina Press, 1968.

Morrison, Toni. Playing in the Dark: Whiteness and the Literary Imagination［M］. Cambridge, MA: Harvard University Press, 1992.

Moss, Sydney P. Poe's Literary Battles［M］. Carbondale: Southern Illinois University Press, 1969.

Mott, Frank Luther. A History of American Magazine［M］. Cambridge, MA: Harvard University Press, 1968.

Muller, John P. and Willam J. Richardson, eds. The Purloined Poe: Lacan, Derrida, and Psychoanalytic Reading［C］. Baltimore and London: The Johns Hopkins University Press, 1988.

Nicholas, Marcia. . Poe's "Some Words with a Mummy" and Blackface Anatomy［J］. Poe Studies, 2015（1）: 2 - 16.

Nielsen, H. Skov. Fictional Voices? Strange Voices? Unnatural Voices?［C］//Per Krogh Hansen, et al. eds. Strange Voices in Narrative Fiction, Berlin: de Gruyter, 2011: 55 - 81.

Nielsen, H. Skov. Naturalizing and Unnaturalizing Reading Strategies: Focalization Revisitied [C] //Jan Alber, et al. eds. A Poetics of Unnatural Narrative. Columbus: The Ohio State University Press, 2013: 67 – 93.

Oates, Joyce C. Haunted: Tales of the Grotesque [M]. New York: Dutton, 1994.

Pahl, Dennis. Architects of the Abyss: The Indeterminate Fictions of Poe, Hawthorn, and Melville [M]. Columbia: University of Missouri Press, 1989.

Peeples, Scott. Edgar Allan Poe Revisited [M]. New York: Twayne, 1998.

Peeples, Scott. The Afterlife of Edgar Allan Poe [M]. New York: Camden House, 2004.

Peeples, Scott. Black and White and Re(a)d All Over: The Narrative of Arthur Gordon Pym [C] //Harold Bloom, ed. Bloom's Modern Critical Views: Edgar Allan Poe. New York: Infobase Publishing, 2006: 89 – 110.

Person, Leland S. Aesthetic Headaches: Women and a Masculine Poetics in Poe, Melville, and Hawthorne [M]. Athens and London: University of Georgia Press, 1988.

Phelan, James. Reading Narrative: Form, Ethics, Ideology [M]. Columbus: Ohio State University Press, 1989.

Phelan, James. Living to Tell about It: A Rhetoric and Ethics of Character, Progression, and the Interpretation of Narrative [M]. Chicago: University of Chicago Press, 2005.

Phelan, James. Implausibilities, Crossovers, and Impossibilities: A Rhetorical Approach to Breaks in the Code of Mimetic Character Narration [C] //Alber, Jan, Nielsen, Henrik & Richardson, Brian, eds. A Poetics of Unnatural Narrative. Columbus: Ohio State University Press, 2013: 167 – 184.

Phelan, James & Lin, Yuzhen. Narrative Theory: 2006 – 2015 [J]. Journal of Shanghai Jiao Tong University, 2016 (4): 38 – 50.

Plessis, Eric H. Deliberate Chaos: Poe's Use of Colors in "The Masque of the Red Death" [J]. Poe Studies, 1999 (1 – 2): 40 – 42.

Poe, Edgar Allan. The Complete Works of Edgar Allan Poe [M]. James A. Harrison, ed. New York: Thomas Y. Crowell & Co, 1902.

Poe, Edgar Allan. The Letters of Edgar Allan Poe [M]. John Ward Ostrom, ed. New York: Gordion, 1966.

Poe, Edgar Allan. Collected Works of Edgar Allan Poe [M]. Thomas Ollive Mabbot, ed. Cambridge, MA: Harvard University Press, 1978.

Poe, Edgar Allan. Essays and Reviews [M]. G. R. Thompson, ed. New York: Library of America, 1984.

Pollin, Burton. Poe's "Some Words with a Mummy" Reconsidered [J]. Emerson Society Quarterly, 1970 (3): 60 – 67.

Ropple, Joseph Patrick. Meaning and "The Masque of the Red Death" [C] //Robert Regan, ed. Poe: A Collection of Critical Essays, Robert Regan. Englewood Cliffs, N. J.: Prentice-Hall, 1967: 139 – 150.

254

Porte, Joel. The Romance in America: Studies in Cooper, Poe, Hawthorne, Melville, and James [M]. Middletown, CT: Wesleyan University Press, 1969.

Pratt, Mary Louise. Imperial Eyes: Travel Writing and Transculturation [M]. London: Routledge, 1922.

Quinn, Arthur Hobson. Edgar Allan Poe: A Critical Biography [M]. New York: Cooper Square, 1969.

Ransome, Arthur. Edgar Allan Poe: A Critical Study [M]. New York: Haskell House Publishers, 1972.

Regan, Robert. Hawthorne's Plagiary, Poe's Duplicity [J]. Nineteenth-Century Fiction, 1970 (3): 281 – 298.

Rein, David. Edgar Allan Poe: The Inner Pattern [M]. New York: Philosophical Library, 1960.

Renza, Louis A. Edgar Allan Poe, Wallace Stevens, and the Poetics of American Privacy [M]. Baton Rouge: Louisiana, 2002.

Reynolds, David S. Beneath the American Renaissance: The Subversive Imagination in the Age of Emerson and Melville [M]. New York: Knopf, 1988.

Reynolds, David S. Poe's art of Transformation: "The Cask of Amontillado" in its Cultural Context [C] //Harold Bloom, ed. Bloom's Modern Critical Views: Edgar Allan Poe. New York: Infobase Publishing, 2009: 30.

Richardson, Brian. Recent Concepts of Narrative and the Narratives of Narrative Theory [J]. Style, 2000 (2): 174.

Richardson, Brian. Narrative Dynamics: Essays on Time, Plot, Closure and Frames [M]. Columbus: Ohio State University

Press, 2002.

Richardson, Brian. Unnatural Voices: Extreme Narration in Modern And Contemporary Fiction [M]. Columbus: Ohio State University Press, 2006.

Richardson, Brian. Unnatural Narrative: Theory, History, and Practice [M]. Columbus: Ohio State University Press, 2015.

Ricoeur, Paul. Time and Narrative [M]. Trans. Kathleen McLaughlin and David Pellauer. Chicago and London: University of Chicago Press, 1984.

Riddel, Joseph N. Purloined Letters: Originality and Repetition in American Literature [M]. Baton Rouge and London: Louisiana State University Press, 1995.

Ridgley, J. V., and Iola S. Haverstick. Chartless Voyage: The Many Narratives of Arthur Gordon Pym, [J]. Texas Studies in Literature and Language, 1966 (8): 63 – 80.

Rimmon-Kenan, Shlomith. Narrative Fiction [M]. London and New York: Routledge.

Robinson, Douglas. 1982. Reading Poe's Novel: A Speculative Review of *Pym* Criticism 1950 – 1980 [J]. Poe Studies, 2002 (2): 47 – 54.

Robinson, Douglas. American Apocalypses [M]. Baltimore and London: The Johns Hopkins University Press, 1985.

Roen, Ruth. Possible Worlds in Literary Theory [M]. Cambridge University Press, 1994.

Roppolo, Joseph Patrick. Meaning and "The Masque of the Red Death" [J]. Tulane Studies in English, 1963 (3): 56 – 65.

Rosenheim, Shawn. The Cryptographic Imagination: From Edgar Poe to the Internet [M]. Baltimore: The Johns Hopkins University Press, 1997.

Rowe, John Carlos. Through the Custom-House: Nineteenth-Century American Fiction and Modern Theory [M]. Baltimore and London: The Johns Hopkins University Press, 1982.

Rowe, John Carlos. At Emerson's Tomb: The Politics of Classic American Literature [M]. New York: Columbia University Press, 1997.

Royot, Daniel. Poe's Humor [C] //Kevin J. Hayes, ed. The Cambridge Companion to Edgar Allan Poe. Cambridge: Cambridge University Press, 2002: 57 – 71.

Russell, Blankenship. American Literature [M]. New York: Cooper Square Publishers, Inc, 1973.

Ryan, Marie-Laure. Temporal Paradoxes in Narrative [J]. Style, 2009 (2): 142 – 164.

Shang, Biwu. Unnatural Narratives in Contemporary Chinese Time Travel Fiction: Patterns, Values, and Interpretive Options [J]. Neohelicon, 2016 (1): 7 – 25.

Shang, Biwu. Unnatural Narrative across Borders: Transnational and Comparative Perspectives [M]. New York: Routledge, 2019.

Shen, Dan. Breaking Conventional Barriers: Transgressions of Modes of Focalization [C] //Willie van Peer and Seymour Chatman, eds. New Perspectives on Narrative Perspective. Albany: SUNY Press, 2001: 159 – 72.

Shen, Dan. What Are Unnatural Narratives? What Are Unnatural

Elements? [J]. Style, 2016 (4): 483 –489.

Silverman, Kenneth. Edgar A. Poe: Mournful and Never-ending Remembrance [M]. New York: HarperCollins, 1991.

Silverman, Kenneth. ed. New Essays on Poe's Major Tales [C]. Cambridge and New York: Cambridge University Press, 1993.

Sova, Dawn. Critical Companion to Edgar Allan Poe [M]. New York: Facts On File Inc, 2007.

Spurr, David. The Rhetoric of Empire: Colonial Discourse in Journalism, Travel Writing, and Imperial Administration [M]. Durham: Duke University Press, 1933.

Stableford, Brian M. Science Fact and Science Fiction: An Encyclopedia [M]. New York: Routledge, 2006.

Stovall, Floyd. Edgar Poe the Poet: Essays New and Old on the Man and His Work [M]. Charlottesville: University Press of Virginia, 1969.

Tally, Robert. Poe and the Subversion of American Literature: Satire, Fantasy, Critique [M]. New York: Bloomsbury Publishing Inc, 2015.

Tate, Allan. Essays of Four Decades [M]. Wilmington: ISI Books, 1999.

Thomas, Dwight & David Jackson, eds. The Poe Log: A Documentary Life of Edgar Allan Poe, 1809 –1849 [M]. Boston: G. K. Hall, 1987.

Thompson, John. The Genius and Character of Edgar Allan Poe [M]. New York: Harper and Row, 1969.

Thompson, G. R. Is Poe's "A Tale of the Rugged Mountains" a Hoax? [J]. Studies in Short Fiction, 1968 (6): 453 –466.

Thompson, G. R. Great Short Works of Edgar Allan Poe [M]. New York: Harper and Row, 1970.

Thompson, G. R. Poe's Fiction: Romantic Irony in the Gothic Tales [M]. Madison of Wisconsin P, 1973.

Thompson, G. R. Romantic Arabesque, Contemporary Theory, and Postmodernism: The Example of Poe's Narrative [J]. Emerson Society Quarterly, 1989 (3): 163 –271.

Thompson, G. R. ed. The Selected Writings of Edgar Allan Poe [C]. New York: W. W. Norton & Company, 2004.

Tresch, John. Extra! Extra! Poe Invents Science Fiction! [C] //Kevin Hayes, ed. The Cambridge Companion to Edgar Allan Poe. Cambridge: Cambridge University Press, 2002: 113 –132.

Turner, Bryan. Orientalism, postmodernism and globalism [M]. Edinburgh: Edinburgh University Press, 2007.

Vines, Lois, ed. Poe Abroad: Influence, Reputation, Affinities [C]. Iowa City: University of Iowa Press, 1999.

Walker, Ian, ed. Edgar Allan Poe: The Critical Heritage [C]. London and New York: Routledge, 1986.

Wallace, Martin. Recent Theories of Narrative [M]. Ithaca: Cornell University Press, 1986.

Watzlawick, Paul. How Real Is Real? Confusion, Disinformation, Communication [M]. London: Souvenir Press, 1976.

Weinstein, Cindy. When Is Now? Poe's Aesthetics of Temporality

[J]. Poe Studies, 2008, 41 (1): 81 – 107.

Werner, James V. American Flaneur: The Cosmic Physiognomy of Edgar Allan Poe [M]. New York: Routledge, 2004.

Whalen, Terrence. Edgar Allan Poe and the Masses [M]. Princeton, NJ: Princeton University Press, 1999.

Whitman, Sarah Helen. Edgar Poe and His Critics [M]. New York: Gordian, 1981.

Wilbur, Richard. Conversation with Richard Wilbur [M]. Jackson: University Press of Mississippi, 1990.

Wiles, Julian. Nevermore! Edgar Allan Poe: The Final Mystery [M]. Woodstock, IL: Dramatic Publishing, 1995.

Williams, Michael J. S. A World of Words: Language and Displacement in the Fiction of Edgar Allan Poe [M]. Durham, NC, and London: Duke University Press, 1988.

Williams, William Carlos. In the American Grain [M]. New York: New Directions, 1956.

Williams, Michael J. S. Poe's Ugly American: "A Tale of the Ragged Mountains" [J]. Poe Studies, 1999 (1 – 2): 51 – 61.

Wittenberg, David. Time Travel: The Popular Philosophy of Narrative [M]. New York: Fordham University Press, 2013.

Zunshine, Lisa. Strange Concepts and the Stories They Make Possible [M]. Baltimore: John Hopkins University Press, 2008.

阿尔贝, 尼尔森, 伊韦尔森, 等. 非自然叙事, 非自然叙事学: 超越模仿模式 [J]. 尚必武, 译. 叙事 (中国版), 2011 (3): 3 – 26.

埃默里. 哥伦比亚美国文学史 [M]. 朱通伯, 等, 译. 成都:

四川辞书出版社，1986.

奥斯本. 时间的政治：现代性与先锋［M］. 王志宏，译. 北京：商务印书馆，2017.

巴尔. 叙述学：叙事理论导论［M］. 谭君强，等，译. 北京：北京师范大学出版社，2009.

巴赫金. 巴赫金全集［M］. 李兆林，等，译. 石家庄：河北教育出版社，1998.

巴雷特. 非理性的人［M］. 段德智，译. 上海：上海译文出版社，2012.

比尔德. 美国文明的兴起［M］. 许亚芬，译. 北京：商务印书馆，2016.

波德莱尔. 1846 年的沙龙：波德莱尔美学论文选［M］. 桂林：广西师范大学出版社，2002.

伯曼. 一切坚固的东西都烟消云散了：现代性体验［M］. 徐大建，张辑，译. 北京：商务印书馆，2015.

布鲁姆. 批评、正典解构与预言［M］. 吴琼，译. 北京：中国社会科学出版社，2000.

布斯. 小说修辞学［M］. 华明，等，译. 北京：北京联合出版公司，2017.

曹明伦. 爱伦·坡作品在中国的译介［J］. 中国翻译，2009（1）：46 – 50.

曹曼. 爱伦·坡死亡主题的内涵读解［J］. 华中师范大学学报（人文社会科学版），2000（2）：63 – 68.

曹曼. 追求效果的艺术家——爱伦·坡的《厄舍古屋的坍塌》［J］. 外国文学研究，1999（1）：88 – 91.

陈嘉明. 现代性与后现代性十五讲［M］. 北京：北京大学出

版社，2006.

陈楸帆，何平. 访谈："它是面向未来的一种文学"［J］. 花城，2017（6）：23 – 28.

道格拉斯. 埃德加·爱伦·坡的《怪诞奇闻故事集》［C］// 科恩. 美国划时代作品评论集. 北京：生活·读书·新知三联书店，1988：153 – 168.

德兰蒂. 现代性与后现代性［M］. 李瑞华，译. 北京：商务印书馆，2015.

邓晓芒. 思辨的张力［M］. 长沙：湖南教育出版社，1992.

董衡巽. 美国十九世纪文论选［M］. 上海：上海译文出版社，1991.

杜夫海纳. 美学与哲学［M］. 孙非，译. 北京：中国社会科学出版社，1985.

福柯. 规训与惩罚：监狱的诞生［M］. 北京：生活·读书·新知三联书店，1999.

弗里斯比. 现代性的碎片［M］. 卢晖临，等，译. 北京：商务印书馆，2016.

弗罗姆. 健全的社会［M］. 欧阳谦，译. 北京：中国文联出版公司，1988.

福斯特. 小说面面观［M］. 冯涛，译. 上海：上海译文出版社，2016.

高宣扬. 福柯的生存美学［M］. 北京：中国人民大学出版社，2005.

歌德. 歌德谈话录［M］. 朱光潜，译. 北京：人民文学出版社，1978.

葛雷，梁栋. 现代法国诗歌美学描述［M］. 北京：北京大学出版社，1997.

格雷克. 时间旅行简史 [M]. 楼伟珊，译. 北京：人民邮电
　　出版社，2017.

海德格尔. 存在与时间 [M]. 陈嘉映，王庆节，译. 北京：
　　生活·读书·新知三联书店，1999.

海德格尔. 在通往语言的途中 [M]. 孙周兴，译. 北京：商
　　务艺术馆，2004.

海因策. 论第一人称叙事小说对模仿认知的违背 [J]. 金敏
　　娜，译. 叙事（中国版），2011（3）：27–44.

赫尔曼，费伦，等. 叙事理论：核心概念与批评性辨析 [M].
　　谭君强，等，译. 北京：北京师范大学出版社，2016.

何宁. 窃信案：文本与批评的对话 [J]. 外国文学评论，
　　2001（4）：135–39.

洪涛. 逻各斯与空间——古代希腊政治哲学研究 [M]. 上海：
　　上海人民出版社，1998.

黄克剑. 黄克剑自选集 [M]. 桂林：广西师范大学出版
　　社，1998.

黄克剑. 心蕴：一种对西方哲学的解读 [M]. 北京：中国青
　　年出版社，1999.

吉登斯. 现代性的后果 [M]. 田禾，译. 南京：译林出版
　　社，2011.

靳风林. 死而后生：死亡现象学视阈中的生存伦理 [M]. 北
　　京：人民出版社，2005.

卡勒. 论解构：结构主义之后的理论与批评 [M]. 陆扬，译.
　　北京：中国社会科学出版社，1998.

卡林内斯库. 现代性的五副面孔 [M]. 顾爱彬，李瑞华，译.

南京：译林出版社，2015.

康马杰. 美国精神 ［M］. 南木，等，译. 北京：光明日报出版社，1988.

克尔凯郭尔. 克尔恺郭尔哲学寓言集 ［M］. 杨玉功，编译. 北京：商务印书馆，2000.

克尔凯郭尔. 论反讽概念：以苏格拉底为底线 ［M］. 汤晨溪，译. 北京：中国社会科学出版社，2005.

科里. 后现代叙述理论 ［M］. 宁一中，译. 北京：北京大学出版社，2003.

昆德拉. 小说的艺术 ［M］. 孟湄，译. 北京：生活·读书·新知三联书店，1992.

劳伦斯. 劳伦斯论美国名著 ［M］. 黑马，译. 上海：上海三联书店，2006.

里克尔. 里尔克散文 ［M］. 叶廷芳，译. 北京：人民文学出版社，2008.

李会芳. 西方艾德加·爱伦·坡研究综述 ［J］. 四川外语学院学报，2007（2）：13 – 17.

李慧明. 爱伦·坡人性主题创作的问题意识探讨 ［J］. 学术论坛，2006.（5）：152 – 55.

李慧明. 爱伦·坡唯美思想研究 ［M］. 北京：中国人民大学出版社，2012.

李敏锐. 非自然叙事学新动态与当代文学批评：布赖恩·理查森教授访谈录 ［J］. 外国文学研究，2017（3）：1 – 6.

李敏锐. 萨尔曼·拉什迪小说中的非自然叙事研究 ［D］. 武汉：华中科技大学，2017：1 – 106.

李伟昉. 黑色经典：英国哥特小说论 ［M］. 北京：中国社会

科学出版社，2005.

刘法民. 怪诞艺术美学［M］. 北京：人民出版社，2005.

刘俐俐. 外国经典短篇小说文本分析［M］. 北京：北京大学
出版社，2004.

刘海平，王守仁. 新编美国文学史［C］. 上海：上海外语教
育出版社，2004.

鲁迅. 鲁迅全集（第二卷）［M］. 广州：花城出版社，2021.

陆扬. 德里达——解构之维［M］. 武汉：华中师范大学出版
社，1996.

罗昔明. 论作为民族文学建构者的爱伦·坡［J］. 外国文学
评论，2012（3）：41－51.

罗昔明. 消费主义视域下经典的生成与延存：爱伦·坡美国本
土际遇的一个侧面［D］. 长春：东北师范大学，2011.

罗昔明. 消费主义视域下的爱伦·坡研究［M］. 镇江：江苏
大学出版社，2016.

马克思，恩格斯. 共产党宣言［M］. 北京：人民出版
社，1997.

马克思，恩格斯. 马克思恩格斯选集第 1 卷［M］. 北京：人
民出版社，2012.

毛信德. 美国小说史纲［M］. 北京：北京出版社，1998.

毛信德. 美国小说发展史［M］. 杭州：浙江大学出版
社，2004.

尼采. 尼采文集（查拉斯图拉卷）［M］. 周国平，等译. 西
宁：青海人民出版社，1995.

宁稼雨. 《山海经》与中国奇幻思维［J］. 南开学报，1994
（3）：20－28.

帕灵顿. 美国思想史［M］. 陈永国，等，译. 长春：吉林人
　　民出版社，2002.

皮平. 作为哲学问题的现代主义——论对欧洲高雅文化的不满
　　［M］. 阎嘉，译. 北京：商务印书馆，2007.

坡. 爱伦·坡故事集［M］. 焦菊隐，译. 上海：晨光出版
　　社，1949.

坡. 爱伦·坡短篇小说集［M］. 陈良廷，徐汝椿，译. 北京：
　　外国文学出版社，1982.

坡. 爱伦·坡集：诗歌与故事［M］. 曹明伦，译. 北京：生
　　活·读书·新知三联书店，1995.

坡. 爱伦·坡惊悚短篇杰作选［M］. 朱璞瑄，译. 北京：中
　　国对外翻译出版公司，2000.

坡. 怪异故事集［M］. 曹明伦，译. 北京：北京燕山出版
　　社，2000.

坡. 爱伦·坡哥特小说集［M］. 肖明翰，译. 成都：四川人
　　民出版社，2001.

坡. 厄舍府的崩塌［M］. 刘象愚，等，译. 北京：解放军文
　　艺出版社，2005.

坡. 摩格街凶杀案：爱伦·坡小说选［M］. 张冲，张琼，译.
　　上海：上海译文出版社，2005.

坡. 爱伦·坡作品精选［M］. 曹明伦，译. 武汉：长江文艺
　　出版社，2007.

普林斯. 叙述学词典［M］. 乔国强，李孝弟，译. 上海：上
　　海译文出版社，2011.

普林斯. 叙事学：叙事的形式与功能［M］. 徐强，译. 北京：
　　中国人民大学出版社，2013.

普林斯. 故事的语法［M］. 徐强，译. 北京：中国人民大学出版社，2015.

钱理群，温儒敏，吴福辉. 中国现代文学三十年（修订本）［M］. 北京：北京大学出版社，2021.

曲春景，耿占春. 叙事与价值［M］. 上海：学林出版社，2005.

任翔. 爱伦·坡的诗歌：书写与死亡的生命沉思［J］. 外国文学研究，2004（2）：30-36.

任翔. 文化危机时代的文学抉择：爱伦·坡与侦探小说［M］. 北京：北京师范大学出版社，2006.

塞尔登. 文学批评理论——从柏拉图到现在［M］. 刘象愚，等，译. 北京：北京大学出版社，2000.

尚必武. 当代西方后经典叙事学研究［M］. 北京：人民文学出版社，2013.

尚必武. 跨越后现代主义诗学与叙事学的边界［J］. 当代外国文学，2014（4）：166-71.

尚必武. 非自然叙事学［J］. 外国文学，2015（2）：95-111.

尚必武. 文学叙事中的非自然情感：基本类型与阐释选择［J］. 上海交通大学学报（哲学社会科学版），2016（4）：5-16.

尚必武. 什么是叙事的"不可能性"？——扬·阿尔贝的非自然叙事学论略［J］. 当代外国文学，2017.（1）：131-39.

尚广辉. 非自然的意识再现：叙事中的社会心理［J］. 广西社会科学，2017（2）：164-68.

申丹. 叙事、文体与潜文本——重读英美短篇小说［M］. 北京：北京大学出版社，2009.

申丹，王丽亚．西方叙事学：经典与后经典［M］．北京：北京大学出版社，2010.

沈天鸿．现代诗学：形式与技巧30讲［M］．北京：昆仑出版社，2005.

盛宁．爱伦・坡与"五四"运动以后的中国现代文学［J］．国外文学，1981（4）：1－9.

盛宁．人・文本・结构——不同层面的爱伦・坡［J］．外国文学评论，1992（4）：75－82.

盛宁．二十世纪美国文论［M］．北京：北京大学出版社，1993.

什克洛夫斯基．散文理论［M］．刘宗次，译．南昌：百花洲文艺出版社，1997.

施密德．叙事学导论［M］．谭君强，等，译．北京：北京师范大学出版社，2016.

史志康．美国文学背景概观［M］．上海：上海外语教育出版社，1998.

谭君强．叙事学导论：从经典叙事学到后经典叙述学［M］．北京：高等教育出版社，2008.

唐伟胜．爱伦・坡小说美学刍议［J］．外国语文，2017（3）：6－11.

托多罗夫．奇幻文学导论［M］．方芳，译．成都：四川大学出版社，2015.

托克维尔．论美国的民主［M］．董果良，译．北京：商务印书馆，1997.

瓦蒂莫．现代性的终结［M］．李建盛，译．北京：商务印书馆，2013.

王逢振. 美国文学大花园 ［M］. 武汉：湖北长江出版社，2007.

王齐建. 首要目标是独创：爱伦·坡故事风格管窥 ［J］. 外国文学研究，1980（4）：91–94.

王倩. 真实与虚构：论秘索思与逻各斯 ［J］. 外国文学评论，2011（3）：64–75.

维尔默. 论现代和后现代的辩证法：遵循阿多诺的理性批判 ［M］. 钦文，译. 北京：商务印书馆，2013.

韦勒克，沃伦. 文学理论 ［M］. 刘象愚，等，译. 南京：江苏教育出版社，2005.

韦勒克. 批评的诸种概念 ［M］. 罗刚，等，译. 上海：上海人民出版社，2015.

韦勒克. 辨异：续《批评的诸种概念》 ［M］. 刘象愚，译. 上海：上海人民出版社，2015.

席勒. 审美教育书简 ［M］. 冯志，范大灿，译. 上海：上海人民出版社，2003.

徐葆耕. 西方文学：心灵的历史 ［M］. 北京：清华大学出版社，1990.

亚里斯多德. 诗学、修辞学 ［M］. 罗念生，译. 上海：上海人民出版社，2016.

伊格尔顿. 文学阅读指南 ［M］. 范浩，译. 郑州：河南大学出版社，2015.

伊格尔顿. 理论之后 ［M］. 商正，译. 北京：商务印书馆，2016.

于雷. 新世纪国外爱伦·坡小说研究述评 ［J］. 当代外国文学，2012（2）：157–167.

于雷. 《裘力斯·罗德曼日志》的文本残缺及其伦理批判 [J]. 外国文学研究, 2013 (4): 78 - 86.

于雷. 爱伦·坡与"南方性" [J]. 外国文学评论, 2014 (3): 5 - 20.

于雷. 基于视觉寓言的爱伦·坡小说研究 [M]. 南京: 南京大学出版社, 2015.

岳夕茜. 爱伦·坡作品的密码主题解析 [J]. 河南社会科学, 2012 (9): 97 - 98.

张隆溪. 道与逻各斯 [M]. 冯川, 译. 成都: 四川人民出版社, 1998.

张陟. "地球中空说"、南极探险与想象美国的三种方式 [J]. 外国文学评论, 2017 (2): 80 - 110.

赵毅衡. 当说者被说的时候 [M]. 北京: 中国人民大学出版社, 1998.

赵毅衡. 广义叙述学 [M]. 成都: 四川大学出版社, 2013.

詹姆逊. 后现代主义与文化理论 [M]. 唐小兵, 译. 北京: 北京大学出版社, 1997.

周晶, 任晓晋. 非自然叙事学文学阐释手法研究 [J]. 华侨大学学报 (哲学社会科学版), 2017 (1): 188 - 198.

朱振武. 爱伦·坡的效果美学论略 [J]. 外国文学评论, 2007 (3): 128 - 137.

朱振武. 爱伦·坡研究 [M]. 北京: 人民文学出版社, 2011.

附　　录

1. 爱伦·坡年表

1809 年

1 月 19 日生于波士顿，三兄妹中的老二（哥哥威廉·亨利出生于 1807 年 1 月 30 日，妹妹罗莎莉出生于 1810 年 12 月 20 日）。父亲戴维·坡和母亲伊丽莎白·阿诺德·坡是同一个剧团的演员。祖籍英国的伊丽莎白·坡是一位颇受欢迎的演员，戴维·坡则相形见绌。戴维·坡的父亲出生于爱尔兰，是独立战争时期的一名爱国人士，被尊称为坡将军。戴维·坡不久之后离家出走。

1811 年

母亲于 12 月 8 日在弗吉尼亚州里士满因病去世。大哥威廉由巴尔的摩的祖父母照顾，妹妹罗莎莉被里士满的麦肯齐家收养，埃德加则被同在里士满的弗朗西丝和约翰·爱伦夫妇收养。约翰·爱伦生于苏格兰，当时是一位富裕的烟草商。这对无儿无女的夫妇虽然没从法律上领养埃德加，但仍将他改姓为爱伦，并把他当作自己的儿子抚养。

1815—1820 年

约翰·爱伦计划在国外建立一个分支商行，举家迁往苏格兰，其后不久又迁居伦敦。埃德加先上由迪布尔姐妹办的一所学校，后于 1818 年进入伦敦近郊斯托克 - 纽因顿区一所寄宿学校学习，这所学校后来成为《威廉·威尔逊》《厄舍古屋的倒塌》等小说的创作源泉。

1820 年

因生意不景气，爱伦全家不得不于 1820 年 7 月回到里士满，埃德加入读当地私立学校里士满学院。

1823 年

就读威廉·博克学校。被友人鲍勃·斯塔那德邀请去家中做客，从而结识其母亲美丽温柔的简·斯塔那德，被她所深深吸引，称其为"我灵魂深处第一个纯洁理想的爱"，并把她作为 1831 年发表的《致海伦》一诗中海伦的原型。

1824 年

斯塔那德夫人病逝，坡心中极为悲痛。爱伦的商行在连续两年经济不景气后倒闭。

1825 年

约翰·爱伦从去世的叔叔那里继承了一大笔遗产，在市中心买下了一幢房子。埃德加不顾双方家庭的强烈反对与爱弥拉·罗伊斯特私定终身。

1826 年

进入弗吉尼亚大学（一年前由托马斯·杰斐逊创办），学业非常优秀，尤其是古典语言及现代语言成绩极为出众。发现爱伦提供的生活费不够开销，经常赌博并欠下 2000 美元赌债。爱伦拒绝为他支付赌债，坡被迫回到里士满，发现罗伊斯特夫妇已解除了他与爱弥拉的婚约。

1827 年

与约翰·爱伦多次争吵后，不顾弗朗西丝·爱伦的一再劝慰于 3 月离家出走。化名"亨利·勒伦内"乘船去波士顿。5 月应募参加美国陆军，报称姓名"埃德加·A. 佩里"，年龄 22 岁，职业"职员"，被分派到波士顿港独立要塞的一个海岸炮兵团。说服一名年轻的印刷商加尔文·托马斯出版了他的第一本书《帖木儿及其他诗》，作者署名为"波士顿人"，这本薄薄的诗集没引起人们注意。11 月，坡所在部队移防到南卡罗莱纳州的莫尔特雷要塞。

1828 年

在一连串提升之后，坡获得士兵中的最高军衔军士长。怀着当职业军人的打算，请求约翰·爱伦帮助谋求进入西点军校的机会。爱弥拉与亚历山大·谢尔顿结婚。坡所在部队移防至弗吉尼亚州的门罗要塞。

1829 年

爱伦夫人于 2 月 28 日去世，坡从军队退伍，居住在巴尔的摩几位父系亲戚家。在等候西点军校答复期间写信求爱伦出钱资助第二本诗集的出版，信中说"我早已不再把拜伦当作楷模"。爱伦拒绝资助，但《阿尔阿拉夫、帖木儿及小诗》仍于 1829 年 12 月由巴尔的摩的哈奇及邓宁出版社出版，这次坡署上了他自己的姓名。包括修改后的《帖木儿》和六首新作的该书样本得到著名评论家约翰·尼尔的认可，他为此书写了一篇虽简短却不乏溢美之词的评论。

1830 年

5 月入西点军校。语言学识过人，因写讽刺军官们的滑稽诗而在学员中广为人知。约翰·爱伦于 10 月再次结婚，婚后不久读到坡以"A 先生并非经常清醒"开篇的来信，因此立即与坡断绝了关系。坡故意"抗命"（缺课，不上教堂，不参加点名）以求离开军校。

1831 年

1 月受军事法庭审判并被西点军校开除。2 月到纽约。用军校 131 位同学捐赠的钱与一出版商签约出版《诗集》第二版。该书被题献给"合众国士官生"，内容包括《致海伦》《以色拉费》以及他第一次发表的评论性文章，即作为序的《致××先生的信》。在巴尔的摩与姨妈玛丽亚·克莱姆和她八岁的女儿弗吉尼亚同住；住姨妈家的还有坡的哥哥威廉·亨利，他于 8 月病逝；此外还有坡的祖母伊丽莎白·凯恩斯·坡，她因亡夫在独立战争中的贡献而领取的一点抚恤金是一家人重要的收入来源。送交五个短篇小说参加费城《星期六信使报》主办的征文比赛；小说无一中奖，但全部于次年发表在该杂志上。

1832 年

教表妹弗吉尼亚念书。在《星期六信使报》发表《梅岑格施泰因》①等去年参赛的 5 篇短篇小说。写出 6 个短篇小说，希望加上《信使报》发表的 5 篇以《对开本俱乐部的故事》为书名结集出版，最终未能如愿。爱伦与第二任妻子的儿子出生，彻底断绝了坡继承遗产的希望。

1833 年

6 月，送交数篇小说和诗歌参加由巴尔的摩《星期六游客报》举办的征文比赛。《瓶中手稿》赢得 50 美元的头奖，同时《罗马大圆形竞技场》在诗歌比赛中名列第二。两篇获奖作品均于 10 月由《星期六游客报》刊登。

1834 年

短篇小说《梦幻者》发表在《戈迪淑女杂志》1834 年 1 月号，这是坡首次在一份发行量大的杂志上发表作品。约翰·爱伦于 3 月去世；尽管他婚生和非婚生的子女均在其遗嘱中被提到，但坡却被排除在外。里士满印刷商托马斯·怀特创办《南方文学信使》月刊，8 月，其创刊号发行。

----

① 这是坡公开发表的第一部短篇小说，标志着他的创作重心由诗歌转向小说。

1835 年

《星期六游客报》征文比赛的评委之一约翰·P. 肯尼迪把坡推荐给《南方文学信使》的出版人托马斯·怀特,从 3 月开始,坡向该刊投寄短篇小说、书评文章以及他第一个长篇故事《汉斯·普法尔》。当月他以"衣衫破旧,无颜见人"为由拒绝了肯尼迪的晚餐邀请,肯尼迪开始借给他钱。祖母伊丽莎白·坡于 7 月去世,坡于 8 月赴里士满。他笔调犀利的评论文章为他赢得了"战斧手"的别名,同时也大大地增加了《南方文学信使》在全国的发行量和知名度,怀特雇他为助理编辑兼书评主笔。当玛丽亚·克莱姆暗示说弗吉尼亚不妨搬到一位表兄家住,坡向她提出求婚,并于 9 月返回巴尔的摩,可能与弗吉尼亚秘密结婚。怀特写信警告坡如果他再酗酒就把他解雇。10 月坡携弗吉尼亚和克莱姆太太回到里士满,12 月怀特提升坡为这份今非昔比的月刊的编辑。坡在《信使》12 月号上发表素体诗悲剧《波利希安》前几场(此剧最终并未完成)。

1836 年

5 月与将满 14 岁的弗吉尼亚·克莱姆举行婚礼;克莱姆太太继续与坡夫妇住在一起,负责操持家务。为《南方文学信使》撰写了 80 多篇书刊评论,其中包括高度评价狄更斯的两篇;印行或重新印行他的小说和诗歌,这些诗文被经常修改。从亲戚处借钱打算让克莱姆母女俩经营一个寄宿公寓,计划起诉政府要求退还他祖父向国家提供的战争贷款;两项计划都最终落空。哈珀兄弟出版社拒绝出版《对开本俱乐部的故事》，并建议坡创作长篇小说。

1837 年

1 月，与怀特发生争执，从《南方文学信使》辞职（一说坡被解雇）。举家迁居纽约另谋生路，但未能找到编辑的职位。接受哈珀兄弟出版社建议开始写长篇小说《亚瑟·戈登·皮姆的故事》，并在《南方文学信使》连载了两部分。克莱姆太太经营一个寄宿公寓以帮助维持家计。

1838 年

哈珀兄弟出版社于 7 月出版《亚瑟·戈登·皮姆的故事》，但销量不佳。8 月坡举家重返费城，求职未果。发表诗歌和小说，其中包括《丽姬娅》（后来坡称此篇为"我最好的小说"）。

1839 年

迫于生计窘困，同意用自己的名字作为一本采贝者手册《贝壳学基础》的作者署名。极具讽刺意味的是这本书是坡有生之年在美国唯一再版的书籍。开始在《亚历山大每周信使》上发表第一批关于密码分析的文章。以同意采纳《绅士杂志》之创办人及老板威廉·伯顿的编辑方针为先决条件，开始为该刊做一些编辑工作。每月提供一篇署名作品和该刊所需的大部分评论文章；早期提供的作品包括《厄舍府的倒塌》和《威廉·威尔逊》。1839 年底，《怪异故事集》（2 卷本）由费城的利及布兰查德出版社出版，该书包括当时已写成的全部 25 个短篇小说。

1840 年

1 月起在《绅士杂志》上连载未署名的《罗德曼日记》，但因 6 月与伯顿发生争吵并被解雇而终止了此故事的连载和创作。试图创办完全由他自己管理编辑事务的《佩恩杂志》，为此散发了一份"计划书"，但计划因无经济资助而被搁置。11 月，乔治·格雷厄姆买下伯顿的《绅士杂志》，并将其与他的《百宝箱》合并为《格雷厄姆杂志》；坡在该刊 12 月号发表《人群中的人》。

1841 年

资金问题使得坡创办《佩恩杂志》的计划再次被搁置。成为《格雷厄姆杂志》助理编辑，每周薪水 15 美元，再加上发表文章的稿费，坡每年的收入至少 1200 美元，这是他成年后首次过上经济相对宽裕的生活。友人弗雷德里克·托马斯建议坡申请政府职务。结识鲁弗斯·W. 格里斯沃尔德，此人即坡后来指定的遗稿执行人，他于坡入葬当天在《纽约论坛报》发表了署名为"路德维希"的长篇讣告，其中很多陈述是歪曲事实的诽谤，对坡的名誉造成了很大的损害。

1842 年

1 月，弗吉尼亚·坡在唱歌时口吐鲜血倒地，连续数周生命危在旦夕，稍有好转后病情再次恶化，被确诊患有肺结核。3 月狄更斯访问费城，坡设法见到了这位大文豪，献上了自己的作品，并得到了其赞赏和推荐，可惜的是坡怪诞诡异的风格并未受到正统保守的英国文坛的欢迎。

1843 年

1 月，詹姆斯·罗素·洛威尔主编的《先驱者》杂志发表
了《泄密的心》（同年 3 月，霍桑的《胎记》在该刊发表）。
重启杂志创办计划，将其更名为《铁笔》，并说服出版商托马
斯·克拉克成为合伙人。3 月，前往华盛顿寻求在政府任职机
会，然而在此期间饮酒无度，不仅求职未果，还得罪了周遭数
人。6 月，《金甲虫》在《美元报》举办的征文比赛中脱颖而
出，赢得 100 美元奖金，在该报刊载后大受读者欢迎，同年 8
月被改编成戏剧在核桃街剧院上演。11 月开始题为《美国诗
人和诗歌》的巡回演讲。

1844 年

4 月初，再次迁居纽约。4 月 13 日，《纽约太阳报》刊载
了《气球骗局》。小说用新闻报道的形式讲述了梅森先生乘坐
最新研制的热气球飞越大西洋的事件，逼真的描述让很多人信
以为真，人们争相购买此报，一时洛阳纸贵。坡在 5 月刊载于
《哥伦比亚密探》的文章中不无得意地说："我从未见过人们
为了得到一份报纸而如此激动。他们几乎不计任何代价地从报
童那里将其抢购一空。我看见有人花半美元买了一份。我想要
买一份，结果一整天都没有买到。"10 月，就职《明镜晚报》
编辑部，在该报上发表了一系列有关文学市场、当代作家及呼
吁国际版权法的文章。11 月开始在《民主评论》发表《旁
注》系列短评。

1845 年

1 月,《乌鸦》在《明镜晚报》上发表。这首长 108 行的诗歌为坡带来了巨大声誉,他在日后比较此诗与《金甲虫》时曾说:"鸟儿完胜虫子。"该诗的发表也让坡结识了纽约文学圈一些有影响力的人物,如《文学世界》编辑埃弗特·奥古斯塔斯·戴金克,他选择了坡的 12 个短篇小说编为《故事集》于 7 月由威利和帕特南出版社出版。该书颇受欢迎,故而出版社于 11 月发行了其姐妹篇《乌鸦及其他诗》。坡的知名度因为一系列批评著名诗人郎费罗剽窃的文章而进一步提升,但此举却让洛威尔等友人开始疏远他。另一件引来众人非议的事情是坡在诗文里公然表达对女诗人奥斯古德夫人的爱慕之情。同期,开始为年初新成立的《百老汇杂志》撰稿,7 月正式成为该刊主编之一。其后不久,主编们因意见不合产生争执,坡借此机会找朋友们借钱买断杂志成为其唯一所有人。

1846 年

因为杂志销量不佳而债务缠身的坡不得不在 1 月 3 日出版《百老汇杂志》最后一期后停办该刊,颇具讽刺意味的是这期重印了他早年的一个短篇小说《失去呼吸》。弗吉尼亚的肺病进一步恶化,坡一家搬迁至纽约郊外福德姆村一幢小屋。在那里,玛丽·路易丝·休精心护理着病弱的弗吉尼亚。休太太既是钦慕坡才华的女诗人,也是医生的女儿,她不仅无微不至地照顾着弗吉尼亚,还好心地为坡一家提供各种生活必需品。当时纽约和宾夕法尼亚的诸多报纸都提到坡一家所接受的施舍和救济。虽然坡全年大部分时间都疾病缠身,但这一年他的创作成果颇丰。4 月，在《格雷厄姆杂志》发表《创作哲学》。该文阐述了《乌鸦》的创作过程，同时陈述了坡的重要诗歌创作原则。5 月开始在《戈迪淑女杂志》发表总题为《纽约城的文人学士》的系列人物特写，涉及的都为纽约知名作家，里面有些文章颇具讽刺意味。其中关于坡在费城结识的托马斯·邓恩·英格利希一文让英格利希极为不满，他撰文抨击坡神志不清、品格不良。坡愤然起诉发表此文的《明镜晚报》。着手以《文学的美国》为名将"文人学士"篇修订成书，计划收录分析诗歌创作的文章和关于霍桑的评论之修订稿。继续在《格雷厄姆杂志》和《民主评论》发表"旁注"系列短评。11 月，在《戈迪淑女杂志》上发表以复仇为主题的短篇小说《一桶蒙特亚白葡萄酒》。创作之余，坡并没有忘记自己创办杂志的目标，他在致一位青年崇拜者的信中写道："至于《铁笔》——那是我生命之崇高目标，我片刻也没有背离这一目标。"《故事集》之法文译本和一篇长评在法国出版，在欧洲声名鹊起。

1847 年

1 月 30 日，缠绵病榻数年的弗吉尼亚最终撒手人寰，终年 24 岁（坡的母亲和哥哥也是在 24 岁时去世），这让坡悲痛万分。没过几日，坡诉讼《明镜晚报》一案开庭，历经数月艰辛后坡最终获胜，获赔 225 美元。丧妻之痛与诉讼之艰让坡大病一场，好在有克莱姆太太和休太太的精心护理照料才逐渐恢复健康。再度寻求资助以创办文学杂志，无奈以失败告终。当年创作最少，只有四部作品，其中最重要的是悲悼亡妻的诗歌《尤娜路姆》。对宇宙哲学理论日益增长的兴趣促使他着手准备写《我发现了》的素材。

1848 年

年初，坡的健康状态有所好转。在给乔治·埃弗莱斯的信中这样写道："我的身体好多了——非常好。"决定再次重启《铁笔》，开始四处演讲和朗诵为《铁笔》筹集资金，同时开始撰写《我发现了》。2 月，在纽约就"宇宙"的演讲已初具后来在《我发现了》中详尽阐述的主题思想。3 月，《家庭杂志》刊发萨拉·海伦·惠特曼写给坡的情诗，题为《乌鸦》，坡将包含《致海伦》一诗的书页回赠惠特曼。6 月，帕特南出版社出版《我发现了》，与此同时，波德莱尔首次翻译坡的作品《催眠启示录》在法国问世。在马萨诸塞州洛厄尔市演讲期间遇到南希·里士满夫人（坡昵称其为安妮，并为她创作诗歌《献给安妮》），两人很快成为知己和灵魂伴侣；随后在罗得岛州的普罗维登斯开始了为期三个月的对惠特曼的追求，他恳求这位 45 岁的孤孀女诗人成为自己的妻子。当她因为听说坡"放荡不羁"的性格而拒绝此次求婚时，坡终日坐立不安、心神不定，在一次去普罗维登斯归来后服下了整整一剂鸦片酊，大病一场。恢复后，坡再次向惠特曼求婚，最终得到了她的许可，但前提是他必须戒酒。12 月，在普罗维登斯演讲中阐释《诗歌原理》，获得成功，也让惠特曼的母亲接受了这门亲事。然而不久，坡又开始了酗酒的旧习，婚礼就此告吹。伤心的坡马上动身去了纽约，两人日后再未见面。

1849 年

尽管情绪低迷、经常头痛，坡还是全身心地投入文学创作中。2月写信对一位朋友说："文学是最高尚的职业。事实上它差不多是唯一适合一名男子汉的职业。"在波士顿一份颇有名气的反奴隶制周刊《我们合众国的旗帜》上发表短篇小说《跳蛙》《冯·肯佩伦和他的发现》《当 X 代替 O》《兰多的小屋》以及诗歌《梦中之梦》《黄金国》《致我的母亲》和《献给安妮》。4月，继续在《南方文学信使》上发表"旁注"系列短评。伊利诺伊州奥阔卡一位名叫爱德华·帕特森的编辑愿意成为坡的合伙人共办杂志，于是坡于6月底动身去里士满寻求南方人对《铁笔》的支持，然后打算一路西行到奥阔卡与帕特森会合。然而在费城停留时，他因喝得酩酊大醉而被短暂监禁，还明显地表现出受迫害狂想症的病象，幸而友人提供帮助才顺利踏上到里士满的火车。抵达里士满不久，坡就去拜访了少年时代的恋人、现已孀居的爱弥拉·罗伊斯特·谢尔顿，两人很快旧情复燃，坡向爱弥拉求婚。和惠特曼夫人一样，爱弥拉最初也拒绝了坡的求婚，后来坡再次成功地就《诗歌原理》进行演讲，同时承诺戒酒，爱弥拉终于同意嫁给他。于是坡动身去纽约接克莱姆太太参加婚礼。他乘船离开里士满，抵达巴尔的摩。10月3日，有人在巴尔的摩一个投票站外发现了处于半昏迷谵妄状态的坡。被送往华盛顿大学医院后，坡一直处于谵妄状态，10月7日他死于"脑溢血"。诗歌《安娜贝尔·李》和《钟》均在他去世后发表。

2. 爱伦·坡诗歌中英文对照

发表年份	英文标题	中文标题
1827	A Dream	《一个梦》
1827	Dreams	《梦》
1827	Imitation	《模仿》
1827	O, Tempora! O, Mores!	《哦，时代！哦，风尚!》
1827	Song	《歌》
1827	Spirits of the Dead	《亡灵》
1827	Stanzas	《诗节》
1827	Tamerlane	《帖木儿》
1827	The Happiest Day	《最快乐的日子》
1827	The Lake — To —	《湖——致——》
1827	To Margaret	《致玛格丽特》
1827	To Octavia	《致奥克塔维娅》
1828	To The River	《致河》
1829	Al Aaraaf	《阿尔阿拉夫》
1829	Alone	《孤独》
1829	An Acrostic	《一首离合诗》
1829	Elizabeth	《伊丽莎白》
1829	Fairy-Land	《仙境》

续上表

发表年份	英文标题	中文标题
1829	Romance	《传奇》
1829	To Isaac Lea	《致艾萨克·利》
1829	To Science	《十四行诗——致科学》
1830	Lines on Joe Locke	《咏乔·洛克》
1831	Israfel	《以色拉费》
1831	Lenore	《丽诺尔》
1831	The City in the Sea	《海中之城》
1831	The Sleeper	《睡美人》
1831	The Valley of Unrest	《不安的山谷》
1831	To Helen	《致海伦》
1833	Enigma	《谜》
1833	Hymn	《赞歌》
1833	Serenade	《小夜曲》
1833	The Coliseum	《罗马大圆形竞技场》
1833	To One in Paradise	《致乐园中的一位》
1837	Bridal Ballad	《新婚小调》
1837	Sonnet—To Zante	《十四行诗——致桑特岛》
1839	Silence, a Sonnet	《十四行诗——静》
1839	The Haunted Palace	《闹鬼的宫殿》
1843	The Conqueror Worm	《征服者爬虫》

续上表

发表年份	英文标题	中文标题
1844	Dream-Land	《梦境》
1844	Eulalie—A Song	《尤拉丽——一首歌》
1845	A Valentine	《赠——的情人节礼物》
1845	The Raven	《乌鸦》
1847	Deep in Earth	《深眠黄土》
1847	To Miss Louise Olivia Hunter	《致路易丝·奥利维亚·亨特小姐》
1847	To M. L. S	《致 M. L. S》
1847	Ulalume — A Ballad	《尤娜路姆——一首歌谣》
1848	An Enigma	《一个谜》
1848	The Bells	《钟》
1848	To Helen	《致海伦》
1849	A Dream Within A Dream	《梦中之梦》
1849	Annabel Lee	《安娜贝尔·李》
1849	Eldorado	《黄金国》
1849	For Annie	《献给安妮》
1849	To My Mother	《致我的母亲》

3. 爱伦·坡小说中英文对照

（1）短篇小说

发表年份	英文标题	中文标题
1832	Metzengerstein	《梅岑格施泰因》
1832	The Duc De L'Omelette	《德洛梅勒特公爵》
1832	A Tale of Jerusalem	《耶路撒冷的故事》
1832	Loss of Breath	《失去呼吸》
1832	Bon-Bon	《甭甭》
1833	MS. Found in a Bottle	《瓶中手稿》
1834	The Assignation	《幽会》
1835	Berenice	《贝蕾妮丝》
1835	Morella	《莫雷娜》
1835	Lionizing	《捧为名流》
1835	King Pest	《瘟疫王》
1835	Shadow—A Parable	《死荫——寓言一则》
1836	Four Beasts in One—The Homo-Cameleopard	《四不像》
1837	Mystification	《故弄玄虚》
1837	Silence—A Fable	《静——寓言一则》
1838	Ligeia	《丽姬娅》

续上表

发表年份	英文标题	中文标题
1838	How to Write a Blackwood Article	《如何写布莱克伍德式文章》
1838	A Predicament	《绝境》
1839	The Devil in the Belfry	《钟楼魔影》
1839	The Man That Was Used Up	《被用光的人》
1839	The Fall of the House of Usher	《厄舍府的倒塌》
1839	William Wilson	《威廉·威尔逊》
1839	The Conversation of Eiros and Charmion	《埃洛斯与沙米翁的对话》
1839	Why the Little Frenchman Wears His Hand in a Sling, 1839	《为什么那小个子法国佬的手悬在吊腕带里》
1840	The Business Man	《生意人》
1840	The Man of the Crowd	《人群中的人》
1841	The Murders in the Rue Morgue	《莫格街谋杀案》
1841	A Descent into the Maelstrom	《莫斯肯漩涡沉浮记》
1841	The Colloquy of Monos and Una	《莫诺斯与尤拉的对话》

续上表

发表年份	英文标题	中文标题
1841	Never Bet the Devil Your Head	《千万别和魔鬼赌你的脑袋》
1841	Eleonora	《埃莱奥诺拉》
1841	Three Sundays in a Week	《一星期中的三个星期天》
1842	The Oval Portrait	《椭圆形画像》
1842	The Masque of the Red Death	《红死魔的假面舞会》
1843	The Pit and the Pendulum	《陷坑与钟摆》
1843	The Mystery of Marie Roget	《玛丽·罗热疑案》
1843	The Tell-tale Heart	《泄密的心》
1843	The Gold-Bug	《金甲虫》
1843	The Black Cat	《黑猫》
1843	Diddling Considered as One of the Exact Sciences	《欺骗是一门精密的科学》
1844	The Spectacles	《眼镜》
1844	A Tale of the Ragged Mountains	《凹凸山的故事》
1844	The Balloon-Hoax	《气球骗局》
1844	The Premature Burial	《过早埋葬》
1844	Mesmeric Revelation	《催眠启示录》
1844	The Oblong Box	《长方形箱子》

续上表

发表年份	英文标题	中文标题
1844	The Angel of the Odd	《离奇天使》
1844	The Purloined Letter	《被窃之信》
1844	Thou Art the Man	《你就是那人》
1844	The Literary Life of Thingum Bob, Esq.	《森格姆·鲍勃先生的文学生涯》
1845	The System of Doctor Tarr and Professor Fether	《塔尔博士和费瑟尔教授的疗法》
1845	The Thousand-and-Second Tale of Scheherazade	《山鲁佐德的第一千零二个故事》
1845	Some Words with a Mummy	《与一具木乃伊的谈话》
1845	The Power of Words	《言语的力量》
1845	The Imp of the Perverse	《反常之魔》
1845	The Facts in the Case of M. Valdemar	《瓦尔德马先生病例之真相》
1846	The Sphinx	《斯芬克斯》
1846	The Cask of Amontillado	《一桶蒙特亚白葡萄酒》
1847	The Domain of Arnheim	《阿恩海姆乐园》
1849	Mellonta Tauta	《未来之事》
1849	Hop-Frog	《跳蛙》

续上表

发表年份	英文标题	中文标题
1849	Von Kempelen and His Discovery	《冯·肯佩伦和他的发现》
1849	X-ing a Paragrab	《用 X 代替 O 的时候》
1849	Landor's Cottage	《兰多的小屋》
生前未出版	The Light-House①	《灯塔》（未完成）

（2）长篇小说

发表年份	英文标题	中文标题
1835	The Unparalleled Adventure of One Hans Pfaall	《汉斯·普法尔历险记》
1837	The Narrative of Arthur Gordon Pym of Nantucket	《亚瑟·戈登·皮姆的故事》
1840	The Journal of Julius Rodman	《罗德曼日记》（未完成）

---

① 此小说并未完稿，在坡有生之年也没有出版。手稿写于 1849 年，共 4 页，其中后 3 页被克莱姆夫人交给格里斯沃尔德保管。1909 年，乔治·伍德贝瑞（George Woodberry）编纂的《埃德加·爱伦·坡的一生》首次刊出了此部分。第 1 页手稿多年后出现在拍卖会上。1942 年 4 月 25 日，《札记与疑问》杂志首次刊出了手稿全文。美国著名女作家乔伊斯·卡罗尔·欧茨（1938—　）曾在《狂野之夜》（Wild Nights）一书中对该小说进行了改写。

4. 爱伦·坡其他重要作品

（1）文论及随笔

发表年份	英文标题	中文标题
1833	The Folio Club	《对开本俱乐部》
1835	Confessions of a Poet	《一位诗人的忏悔》
1835	Norman Leslie: A Tale of the Present Times	《诺曼·莱斯利：一则现代的故事》
1835	Legends of a Log Cabin, by a Western Man	《评一位西方人写的〈木屋传说〉》
1835	Paris and the Parisians in 1835, by Frances Trollope	《评弗朗西斯·特罗洛普的〈1835年的巴黎和巴黎人〉》
1836	Autography	《手稿》
1836	Palestine	《巴勒斯坦》
1836	Maury's Navigation	《评〈莫里的航行〉》
1836	Letters, Conversations and Recollections of S. T. Coleridge	《S. T. 柯尔律治的书信、谈话和回忆录》
1836	Poe's Reply to His Critics	《坡给他的评论家们的回答》
1836	Letter to B	《致B先生的一封信》
1836	A New Dictionary of the English Language, by Charles Richardson	《评查尔斯·理查森的〈新英文词典〉》

续上表

发表年份	英文标题	中文标题
1836	Peter Snook	《彼德·斯努克》
1837	Astoria, by Washington Irving	《评华盛顿·欧文的〈阿斯托里亚〉》
1837	George Balcombe: A Novel	《评小说〈乔治·巴尔科姆〉》
1837	Review of Stephens' Arabia Petraea	《评斯蒂芬斯的〈佩特拉-阿拉伯〉》
1839	Literary Small Talk	《文学略谈》
1839	National Melodies of American, by George P. Morris, Esq.	《评乔治·P.莫里斯的〈美国国家旋律〉》
1840	Voices of the Night, by Henry Wadsworth Longfellow	《评亨利·沃兹沃斯·朗费罗的〈夜之声〉》
1840	The Philosophy of Furniture	《装饰哲学》
1840	Some Account of Stonehenge, the Giant's Dance	《巨人舞石柱林一瞥》
1841	Mercedes of Castile, A Romance, by James Fenimore Cooper	《评詹姆斯·费尼莫·库珀的〈卡斯蒂利亚的默西迪斯传奇〉》
1841	Master Humphrey's Clock, by Charles Dickens	《评查尔斯·狄更斯的〈汉普雷老爷的钟〉》

续上表

发表年份	英文标题	中文标题
1841	A Few Words On Secret Writing	《秘密写作略谈》
1841	Addendum to "A Few Words On Secret writing"	《秘密写作略谈补遗》
1841	The Quacks of Helicon: A Satire, by L. A. Wilmer	《评 L. A. 威尔默的〈海里肯的骗子：讽刺一则〉》
1841	Life of Petrarch, by Thomas Campbell, Esq	《评托马斯·坎贝尔的〈彼得拉克的一生〉》
1842	Stanley Thorn, by Henry Cockton, Esq	《评亨利·科克顿的〈斯坦利索恩〉》
1842	The Vicar of Wakefield, by Oliver Goldsmith	《评奥利弗·哥尔德史密斯的〈威克菲尔德牧师传〉》
1842	Barnaby Rudge, by Charles Dickens	《评查尔斯·狄更斯的〈巴纳比·拉奇〉》
1842	Ballads and Other Poems, by Henry Wadsworth Longfellow	《评亨利·沃兹沃斯·朗费罗的〈歌谣和其他诗歌〉》
1842	Ideals and Other Poems, by Algernon Henry Perkins	《评阿尔杰农·享利·珀金斯的〈理想和其他诗歌〉》
1842	Twice Told Tales, by Nathaniel Hawthorne: A Review	《评霍桑的〈故事重述〉》

续上表

发表年份	英文标题	中文标题
1842	Mr. Griswold and the Poets	《格里斯沃尔德先生和诗人们》
1843	The Rationale of Verse	《诗学原则》
1844	Morning on the Wissahiccon	《维萨西孔河之晨》
1844	Poems by James Russell Lowell	《詹姆斯·拉塞尔·洛厄尔的诗歌》
1844	Amelia Welby	《阿梅莉亚·威尔比》
1844	Byron and Miss Chaworth	《拜伦与查沃斯小姐》
1845	Satirical Poems	《讽刺诗歌》
1845	Achilles' Wrath	《阿喀琉斯的愤怒》
1845	Anastatci Printing	《凸字印刷术》
1845	Fifty Suggestions	《五十则建议》
1845	The Drama	《戏剧》
1845	The American Drama	《美国戏剧》
1845	The Characters of Shakespeare, by William Hazlitt	《威廉·黑兹利特的〈莎士比亚的人物〉》
1845	The Genius and Character of Burns	《威尔逊教授的〈彭斯的天才和个性〉》
1845	The Prose Works of John Milton	《约翰·弥尔顿的散文作品》

续上表

发表年份	英文标题	中文标题
1845	A Chapter of Suggestions	《建议一章》
1845	American and American People, by Frederick von Raumer	《评弗雷德里克·冯·劳姆尔的〈美国和美国人〉》
1845	Poems by Frances S. Osgood	《弗朗西丝·S. 奥斯古德的诗歌》
1845	Brook Farm	《评霍桑的〈溪流农庄〉》
1846	The Philosophy of Composition	《创作哲学》
1848	The Poetic Principle	《诗歌原理》

（2）戏剧

发表年份	英文标题	中文标题
1835–1836	Politian	《波利希安》（未完成）

5. 爱伦·坡生前出版的书籍

发表年份	英文标题	中文标题
1827	Tamerlane and Other Poems	《帖木儿及其它诗》
1829	Al Aaraaf, Tamerlane, and Minor Poems	《阿尔阿拉夫、帖木儿及小诗》
1831	Poems by Edgar Allan Poe	《埃德加·爱伦·坡诗集》
1838	The Narrative of Arthur Gordon Pym of Nantucket	《亚瑟·戈登·皮姆的故事》
1840	Tales of Grotesque and Arabesque	《怪异故事集》
1843	The Prose Romances of Edgar A. Poe	《埃德加·A. 坡传奇故事集》
1845	Tales	《埃德加·爱伦·坡故事集》
1845	The Raven and Other Poems	《乌鸦及其他诗》
1848	Eureka: A Prose Poem	《我发现了：一首散文诗》

后　记

　　本书是在我博士论文的基础上修改而成的。之所以选择爱伦·坡作为我的研究对象，是因为他的作品有着一种独特的魅力，如磁铁一般深深地吸引我和其他众多的读者。特殊的时代和坡本人多舛的人生经历及其对语言艺术的独特审美力，造就了坡特异的叙事风格。他标举"为艺术而艺术"的大旗，从孤独忧郁的个人出发，选择迥异于传统审美趣味的惊世骇俗、带有黑色性质的恐怖、暴力、凶杀、邪恶等非理性题材为观照对象，以本能、直觉、意志等主体内在的非理性因素来阐释世道人心，以新异的叙事手法大胆展示反常识、反经验的审美思考，揭示人类幽隐的生存性状，营构诡谲邪魔的意境，以触目惊心的艺术效果深深震撼着读者的心灵。不过，坡的作品虽然很吸引人，但要对其做出深刻详尽的解读却绝非易事，正如普利策奖得主沃浓·路易·帕灵顿所说，坡的问题像"谜一般难解"。我在撰写过程中遇到了无数的问题和困惑，幸而得到了众多师友的帮助，本书才能够顺利完成。在此，我谨向他们表达最真挚的谢意。

　　首先，我要感谢恩师任晓晋教授的悉心教导。在有幸成为任老师博士生之前我就多次聆听过他的讲座，每次都会被老师渊博的学识和儒雅的气质所折服，故而下定决心报考任老师的博士。功夫不负有心人，我最终顺利被武汉大学录取，成为任老师的博士生，正是在任老师的谆谆教导之下，我才真正开始了解治学之道。我在读博期间写的每一篇论文，任老师都会仔细批改。大到写作方法、逻辑结构，小到遣词造句、标点符号，他都会给出宝贵的指导意见，这让我受益匪浅也十分感动。

我还要感谢尚必武教授、朱宾忠教授、王爱菊教授、涂险峰教授、张箭飞教授、罗良功教授、杨革新教授等老师，他们都曾给我提出过宝贵的建议，没有他们的帮助，本书肯定无法顺利完成。

此外，我由衷感谢华中农业大学外国语学院的全体同仁：覃江华副院长对我的工作和学业处处关心和支持；李敏锐博士在非自然叙事研究方面成果颇丰，他为我的博士论文写作多次提供过很好的建议；还有邓小红、王菲、曾毅等多位老师也给予了我很多的支持与帮助，令我感铭于心。

当然，本书能够顺利完成，也离不开家人的鼓励和支持。感谢父亲、母亲、姐姐、姐夫、外甥女，在漫长的写作过程中，你们是我坚强的后盾，让我体会到亲情的温暖；感谢丈夫，在我分身乏术之时替我分担了家务和教育孩子的重任；感谢乖巧的女儿，你是我贴心的小棉袄，是我前进的动力。

一路走来，我还得到众多其他亲友的关心和支持，虽然此处我无法一一列举你们的名字，但你们的情谊我将永远铭记于心！